中央高校基本科研业务费专项资金资助(Supported by the Fundamental Research Funds for the Central Universities)

中央民族大学自主科研计划项目“李渔话本研究”(0910KYZY29)最终成果

李渔话本研究

傅承洲 等 著

凤凰出版社

图书在版编目（CIP）数据

李渔话本研究 / 傅承洲等著. -- 南京 : 凤凰出版社, 2013.11
ISBN 978-7-5506-1912-8

Ⅰ. ①李… Ⅱ. ①傅… Ⅲ. ①李渔（1610～1680）－话本小说－小说研究 Ⅳ. ①I207.41

中国版本图书馆CIP数据核字(2013)第271911号

书　　名	李渔话本研究
著　　者	傅承洲 等
责任编辑	常宁文
出版发行	凤凰出版传媒股份有限公司 凤凰出版社(原江苏古籍出版社) 发行部电话025-83223462
出版社地址	南京市中央路165号,邮编:210009
出版社网址	http://www.fhcbs.com
经　　销	凤凰出版传媒股份有限公司
照　　排	江苏凤凰制版有限公司
印　　刷	江苏凤凰通达印刷有限公司 南京市六合区冶山镇,邮编:211523
开　　本	718×1005毫米　1/16
印　　张	13
字　　数	206千字
版　　次	2013年11月第1版　2013年11月第1次印刷
标准书号	ISBN 978-7-5506-1912-8
定　　价	32.00元

(本书凡印装错误可向承印厂调换,电话:025-57572508)

目　录

上编　李渔话本综论

一　商业型文人与文化型商人

——李渔的人生角色

李渔(1611—1680),字笠鸿,号笠翁、笠道人、觉道人、觉世稗官。原籍浙江兰溪,出生在江苏如皋,他的父亲李如松和伯父李如椿都是经营中草药的商人,少年李渔受到家庭环境的熏染,养成了良好的商业意识与经营能力。虽然李家祖上无人做官,由于李渔从小聪明好学,“襁褓识字,总角成篇”①,父辈还是将读书做官、改换门庭的希望寄托在李渔身上,为他创造良好的条件,让他潜心儒家经书,准备科举考试。崇祯八年(1635),李渔二十五岁,到金华参加童子试,得到主考官、浙江提学副使许豸的赏识,以五经见拔,成为秀才。许豸还将李渔的试卷印成专帙,送人炫耀。崇祯十二年(1639),李渔赴省城杭州参加乡试,结果名落孙山。三年后,再次赴杭州应乡试,此时已是兵荒马乱,明朝处于风雨飘摇之中,李渔中途闻警折回,未能参加明朝的最后一次乡试。两年后,李自成攻陷北京,明朝灭亡,随着清兵的南下,战火也烧到了李渔的家乡,李渔不得不避兵山中,房屋则在战乱中烧毁。等到战乱结束,金华已被清兵占领,李渔下山回家,被迫剃发,曾作《薙发二首》,其二云:“晓起初闻茉莉香,指拈几朵缀芬芳。遍寻无复簪花处,一笑揉残委道旁。”②此诗成为乾隆年间禁毁《笠翁一家言》的主要原因。顺治四年除夕,李渔作《丁亥守岁》:“著述年来少,应惭没世称。岂无身后句,难向目前誊。骨立先成鹤,头髡已类僧。每逢除夕酒,感慨易为增。”③从他这一时期所作的诗歌来看,李渔还是一个有民族气节的文人,他在明朝只中过秀才,并没有做官,但在明清易代之后,对清朝统治者采取了不合作

---

① 李渔《闲情偶寄·曲词部上》,《李渔全集》第11卷,浙江古籍出版社1992年,第26页。

② 李渔《笠翁诗集》卷三,《李渔全集》第1卷,浙江古籍出版社1992年,第325页。

③ 李渔《笠翁诗集》卷一,《李渔全集》第1卷,浙江古籍出版社1992年,第103页。

的态度，他“绝意浮名，不干寸禄，山居避乱，反以无事为荣”[①]。他在兰溪构筑伊山别业，栽树种花，过着“识字农”的生活。清朝因袭明制，以八股取士，李渔没有参加清朝的科举考试。

李渔绝意功名，不愿意通过科举考试到清朝做官；隐居山中，又不可能真以种地为生。此时李渔已经年近四十，娶妻纳妾，还有孩子，长期隐居只能是坐吃山空，李渔不能不慎重考虑养家糊口的现实问题。他在《与陈学山少宰》中写道：“一艺即可成名，农圃负贩之流，皆能食力。古人以技能自显，见重于当世贤豪，遂至免于贫贱者，实繁有徒，未遑仆数。即今耳目之前，有以博弈、声歌、蹴踘、说书等技，遨游缙绅之门，而王公大臣无不接见恐后者。”[②]经过认真的思考，李渔卖掉伊山别业，举家迁往杭州，开始了“卖赋以糊其口”的创作生涯。

与同时代文人相比，李渔最具商业头脑，从他对文体的选择就可以看出这一点。戏曲小说从明中叶以来蓬勃发展，《三国演义》、《水浒传》、《西游记》、“三言”、“二拍”等通俗小说一版再版，拥有众多的读者，冯梦龙、凌濛初的话本创作获得了巨大的成功。看戏成为明代以来最主要的娱乐活动。而李渔自信自己具有小说戏曲创作方面的天赋，到杭州之后，很快就选择创作戏曲和通俗小说作为谋生的手段。在杭州十年，先后创作了传奇《怜香伴》、《风筝误》、《意中缘》、《玉搔头》、《奈何天》、《蜃中楼》、《比目鱼》，小说《无声戏》、《肉蒲团》、《十二楼》。这些作品问世之后，就获得一些文人的高度评价。顺治十六年(1659)，李渔的第一种传奇集《李氏五种》结集付梓，孙治《李氏五种总序》云：“即就五种而论之，其壮者如天马之鸣霹雳，其幽者如纤林之响落叶；其诙谐如东方舍人射覆于万乘之前，其庄雅者如魏邴丞相谋谟于议堂之上。而总以寄其牢愁之感，写其抑郁之思。挂玉钗于东墙，赠荆珠于洛浦，离合变化，出鬼入神。於乎，岂独词翰之飞黄、才思之神皋哉！……天下后世之才士硕女，必有读是书而咏叹感泣者矣。”[③]身后更是好评如潮，康熙年间刘廷玑云：“李笠翁一代词客也。著述甚夥，有《传奇十种》、《闲情偶寄》、《无声戏》、《肉蒲团》各书，造意纫词，皆极尖

---

① 李渔《闲情偶寄·颐养部》，《李渔全集》第 11 卷，浙江古籍出版社 1992 年，第 319 页。

② 李渔《笠翁文集》卷三，《李渔全集》第 1 卷，浙江古籍出版社 1992 年，第 165 页。

③ 孙治《李氏五种总序》，单锦珩编《李渔研究资料选辑》，《李渔全集》第 12 卷，浙江古籍出版社 1992 年，第 308 页。

新。”[①]光绪《兰溪县志》《李渔传》称李渔“最著者词曲，其意中亦无所谓高则诚、王实甫也。有《十种曲》盛行于世。当时李卓吾、陈仲醇名最噪，得笠翁为三矣”[②]。今人孙楷第《李笠翁与〈十二楼〉》云：“说到清朝的短篇小说，除了笠翁外，真是没有第二人了。”[③]杭州十年，李渔确立了他在中国戏曲小说史上的重要地位。

对李渔来说，更重要的是，他的戏曲小说很快打开了市场，达到了以此谋生的目的，戏班和书坊纷纷请李渔编写戏曲和小说，还发生过传奇只写了半本就交戏班排演再赶写下半本的事情，李渔《与某公》云：“此剧上半已完，可先付之优孟。自今日始，又为下场头矣。月杪必竣，竣后即行。”[④]小说则交书坊刻印。而戏班和书坊要给李渔付酬。正因为靠写作谋生，李渔不允许书坊随便翻刻他的作品，否则他告到官府，追究责任，成为中国最早维护自己作品版权的作家之一。李渔《与赵声伯文学》云：“弟之移家秣陵也，只因拙刻作祟，翻版者多”，“幸弟风闻最早，力恳苏松道孙公出示禁止，始寝其谋。乃吴门之议才熄，而家报倏至，谓杭州翻刻已竣”，“弟以他事滞金阊，不获亲往问罪，只命小婿谒当事求正厥辜。”[⑤]直到晚年，李渔还在为作品被盗版而警告当事人，“至于倚富恃强，翻刻湖上笠翁之书者，六合以内，不知凡几。我耕彼食，情何以堪！誓当决一死战，布告当事”[⑥]！

康熙元年(1662)，为了解决小说戏剧盗版问题，李渔移家江宁。如果说在杭州时期李渔还只是一位具有商业头脑的文人作家的话，到金陵后，角色发生了重大变化，成为一位以经营为主的文化商人，尽管他并没有停止写作。江宁是当时的刻书中心之一，李渔曾有过与书坊合作的经验，对书坊并不陌生，更重要的是他的作品有广阔的市场。有了这些有利条件，李渔到江宁之后，也开书坊刻书，初名翼圣堂，后更名芥子园。刻印过《资治新书》、《求生录》、《笠翁论古》、《尺牍初征》、《四六初征》、《闲情偶寄》、《笠翁诗韵》、《名词选胜》、《芥子园

---

① 刘廷玑《在园杂志》卷一，单锦珩编《李渔研究资料选辑》，《李渔全集》第12卷，浙江古籍出版社1992年，第311页。

② 光绪《兰溪县志》，单锦珩编《李渔研究资料选辑》，《李渔全集》第12卷，浙江古籍出版社1992年，第316页。

③ 孙楷第《李笠翁与〈十二楼〉》，收入《沧州后集》，中华书局1985年。

④ 李渔《与某公》，《李渔全集》第1卷，浙江古籍出版社1992年，第174页。

⑤ 李渔《与赵声伯文学》，《李渔全集》第1卷，浙江古籍出版社1992年，第167—168页。

⑥ 李渔《闲情偶寄·器玩部》，《李渔全集》第11卷，浙江古籍出版社1992年，第229页。

画传》等，有些书籍是他女婿沈因伯协助刻印的。所刻书籍有不少畅销读物，一版再版，有一些书直到今天，仍然有众多的读者。他还设计刻印韵事笺八种、织锦笺十种，也十分畅销，出现了盗印，为此李渔曾予以劝阻和警告："是集中所载诸新式，听人效而行之；惟笺帖之体裁，则令奚奴自制自售，以代笔耕，不许他人翻梓。已经传札布告，诫之于初矣。倘仍有垄断之豪，或照式刊行，或增减一地，或稍变其形，即以他人之功冒为己有，食其利而抹煞其名者，此即中山狼之流亚也。当随所在之官司而控告焉，伏望主持公道。"①

李渔在江宁编书、刻书，并没有摆脱家庭困境，康熙五年春节，李渔靠典当衣囊过年，"以度岁无资，衣囊质尽"②。他得开辟其他的生财之道，他将家政、书坊交给女儿淑昭和女婿沈因伯打理，自己带一姬远游打抽丰，先到京师，后至山西平阳，平阳知府程质夫买一十三岁女子相赠，是为乔姬，乔姬聪慧过人，李渔雇金阊老优教乔姬习歌，后来成为李渔家班的台柱子。又到甘肃兰州，"地主知予有登徒之好，有先购其人以待者，到即受之，不止再来（即王姬）一人，而再来其翘楚也"③。王姬从乔姬学歌，王扮生而乔演旦，"其余脚色，则有诸姊妹在"。自此，李渔家班成立，李渔自己编剧、导演、班主，一身数任。一般来说，明清时期的家班，主要是达官贵人为家人看戏方便而组建的。按李渔的家境，实在是养不起家班。李渔的家班主要是商业演出，为李渔挣钱。"予数年以来，游燕、适楚，之秦、之晋、之闽，泛江之左右、浙之东西，诸姬悉为从者，未尝一日去身"④。此后五六年间，李渔带着家班四处巡回演出，出入达官贵人之家，直到康熙十一年乔姬病逝，商业演出才不得不停止。康熙十二年，王姬病故，家班解散。

李渔组建戏班演出挣钱，在今天看来并没有什么可以指责的。由于李渔是一个有影响的文人，戏班的演员又是李渔的姬妾，邀请李渔的大多是各地的官员，因而李渔受到当时及后来文人的诟病，最早对李渔发难的是袁于令，他说："李渔性龌龊，善逢迎，游缙绅间，喜作词曲小说，极淫亵。常挟小妓三四人，子弟过游，便隔帘度曲，或使之捧觞行酒，并纵谈房中，诱赚重价。其行甚秽，真士

① 李渔《闲情偶寄·器玩部》，《李渔全集》第11卷，浙江古籍出版社1992年，第229页。
② 李渔《闲情偶寄·种植部》，《李渔全集》第11卷，浙江古籍出版社1992年，第286页。
③ 李渔《乔复生王再来二姬合传》，《李渔全集》第1卷，浙江古籍出版社1992年，第97、98页。
④ 李渔《乔复生王再来二姬合传》，《李渔全集》第1卷，浙江古籍出版社1992年，第97、98页。

林所不齿也。予曾一遇，后遂避之。”[①]刘廷玑《在园杂志》卷一还记载了这样一件事：李渔“但所至携红牙一部，尽选秦女吴娃，未免放诞风流。昔寓京师，颜其旅馆之额曰‘贱者居’。有好事者戏颜其对门曰‘良者居’。盖笠翁所题本自谦，而谑者则讥所携也”[②]。滑稽的是，最先向李渔发难的袁于令，却又被后人将其与李渔相提并论：“又撰《西楼记》之袁于令，为人贪污无耻，年逾七旬，犹强作少年态，喜纵谈闺阃，淫词秽语，令人掩耳。后寓会稽，暑月忽染奇疾，口中痒甚，因自嚼其舌，片片而堕，不食不言，二十余日，舌本俱尽而死。”[③]这里存在一个角色错位的问题，人们用传统文人的道德标准来要求李渔，认为他的行为乃至人品都存在瑕疵，如果把他的定位作一下调整，把他看成是一个文化商人，其所作所为就没有什么可以挑剔的。他组建戏班、编剧、导演，联系演出，获取酬金，是一个文化商人的正当业务。

作为一个商人，李渔是不成功的，商人就是要追求利润，不断扩大经营规模，让财富增值，可是李渔开书坊、组戏班，经营二十多年，晚年卖掉金陵别业回到杭州的时候，生计都成为问题，得靠朋友资助。他在给朋友的信中写道：“无论金陵别业属之他人，即生平著述之梨枣与所服之衣，妻妾儿女头上之簪、耳边之珥，凡值数钱一镪者，无不以之代子钱，始能挈家而出。可怜彼一时也只顾医疮，使尽难剜之肉；以致此一时也听其露肘，并无可捉之襟。”“虽有数椽之屋，修葺未终，遽尔释手。日在风雨之下，夜居盗贼之间；寐无堪宿之床，坐乏可凭之几。甚至税釜以炊，借碗而食。嗟乎伤哉！李子之穷，遂至此乎！”[④]按李渔的说法，几乎到了山穷水尽的地步。

之所以如此，除了当时的社会环境之外，李渔的人生哲学也是一个重要原因。李渔经商的目的不是为了扩大规模，获取更大的利润，而是为了享受生活。李渔认为：“行乐之地，首数房中。”[⑤]于是，他一生之中广置姬妾，有姓氏可考者，除正妻徐氏之外，在金华时纳姬曹氏，后来又有为其生子的姬妾纪氏、汪氏，

---

① 袁于令《娜如山房说尤》，单锦珩编《李渔研究资料选辑》，《李渔全集》第12卷，浙江古籍出版社1992年，第310页。

② 刘廷玑《在园杂志》卷一，单锦珩编《李渔研究资料选辑》，《李渔全集》第12卷，浙江古籍出版社1992年，第311页。

③ 梁绍壬《两般秋雨盦随笔》卷四《李袁轻薄》，单锦珩编《李渔研究资料选辑》，《李渔全集》第12卷，浙江古籍出版社1992年，第315页。

④ 李渔《上都门故人述旧状书》，《李渔全集》第1卷，浙江古籍出版社1992年，第225、226页。

⑤ 李渔《闲情偶寄・颐养部》，《李渔全集》第11卷，浙江古籍出版社1992年，第338页。

游秦纳乔姬、王姬以及以二人为主组建的家班，至少应有五六人。游华山，“时有家姬四人随游”。李渔诗文中还出现过一黄姬。游越期间买婢，《粤游家报之四》云：“客中买婢，是吾之常。汝等虑我岑寂，业已嘱之于初，必不嗔之于后。”①李渔身边最多的时候，应该有十几个女人。这些女人为他生了一大群孩子，夭折的不算，存活的有五个儿子三个女儿。加上丫鬟、仆人，一家五十多口人。这些人吃饭、穿衣、住房，主要靠李渔挣钱养活，难怪李渔一生四处哭穷。

李渔的住处谈不上奢华，但绝对考究。李渔一生多次搬家，每到一处，都要买地修建别业。一般住处不计，规模较大的别业有三处，一处是顺治五年(1648)在家乡兰溪设计营建的伊山别业，从李渔《伊山别业成寄同社五首》、《伊园十便》、《伊园十二宜》等诗作来看，伊山别业有山有水、有亭有廊，植树种花，可垂钓灌园，胜似世外桃源。移家江宁后，康熙八年(1669)芥子园落成，李渔《芥子园杂联序》云：“此予金陵别业也，地止一丘，故名芥子，状其微也。往来诸公，见其稍具丘壑，谓取‘芥子纳须弥’之义，其然岂其然乎！”②芥子园虽然占地面积不大，“不及三亩”，没法与伊山别业相比，一样有丹崖碧水，茂林修竹，荷池月榭，还有家班演出的歌台，供五十人居住，房子也不会小。李渔晚年移家杭州，又建层园，《次韵和张壶阳观察题层园十首序》记载了买山营建层园的经过：“予自金陵归湖上，买山而隐，字曰层园。因其由麓至巅，不知历几十级也。乃荒山虽得，庐舍全无，戊午之春，始修颓屋数椽。”③层园地理位置优越，位于吴山半山腰，面对西子湖，背靠钱塘江，李渔曾撰门联：“东坡凭几唤，西子对门居。”像这样搬家、买地、盖房、建园，就是富贵人家，也经不住这样折腾。

李渔的日常生活，吃饭穿衣，出行休闲，都很讲究。《闲情偶寄·种植部》载：“记丙午之春，先以度岁无资，衣囊质尽，迨水仙开时，则为强弩之末，索一钱不得矣。欲购无资，家人曰：‘请已之。一年不看此花，亦非怪事。’予曰：‘汝欲夺吾命乎？宁短一岁之寿，勿减一岁之花。且予自他乡冒雪而归，就水仙也，不看水仙，是何异于不返金陵，仍在他乡卒岁乎？’家人不能止，听予质簪珥购之。”④已靠典当过节的李渔，为了一盆水仙花，又将妻妾的首饰当了。李渔在

---

① 李渔《粤游家报之四》，《李渔全集》第1卷，浙江古籍出版社1992年，第187页。

② 李渔《笠翁文集》卷四，《李渔全集》第1卷，浙江古籍出版社1992年，第241页。

③ 李渔《笠翁诗集》卷二，《李渔全集》第1卷，浙江古籍出版社1992年，第247页。

④ 李渔《闲情偶寄·种植部》，《李渔全集》第11卷，浙江古籍出版社1992年，第286页。

《闲情偶寄·器玩部》中讲如何在床帐之内做托板供花时写道:“予尝梦酣睡足,将觉未觉之时,忽嗅腊梅之香,咽喉齿颊尽带幽芬,似从脏腑中出,不觉身轻欲举,谓此身必不复在人间世矣。既醒,语妻孥曰:‘我辈何人,遽有此乐,得无折尽平生之福乎?’妻孥曰:‘久贱常贫,未必不由于此。’”①夜晚睡眠享受花香,当然不会折福,但生活中时时处处如此讲究,恐怕是李渔“久贱常贫”的重要原因。

李渔六十多岁时,有了落叶归根的想法,《上都门故人述旧状书》云:“仆本浙人,虽家于金陵,非土著也。首丘之念,蓄之已久,矧祖宗墟墓在焉。自乙卯岁两儿泮游于浙,遂决策移家。”②康熙十六年(1677),李渔移家杭州。康熙十九年(1680)正月,在杭州病逝,享年七十岁。

二　明清鼎革对李渔话本创作的影响

(一)

明清鼎革是李渔一生中所遇到的最重要的政治事件。崇祯十七年(1644)三月,李自成攻破北京,崇祯皇帝缢死煤山,明朝灭亡。十月,顺治皇帝入关,定都北京,建立清朝。这一年,李渔三十四岁,生活在家乡金华、兰溪。虽说直到顺治三年,清兵才攻陷金华,实际上,金华从崇祯十六年起便烽火连天,先有东阳诸生许都叛乱,后有明总兵方安国攻城,紧接着清兵南下,势如破竹,各镇溃兵骚扰浙东。李渔亲身经历了这次改朝换代的战乱,曾带着家人在山中避乱,遭遇过多次险情。他在晚年所著《闲情偶寄》中,回忆当年躲避战乱的情境:“至于甲申、乙酉之变,予虽避兵山中,然亦有时入郭,其至幸者,才徙家而家焚,甫出城而城陷,其出生于死,皆在斯须倏忽之间。”③回忆往事,庆幸自己在战乱之中能活下来,说起来还比较轻松。当时逃难的情境却完全不同。他在诗歌《避兵行》中则详细地描述了一家人躲避战乱的实情以及李渔当时的心情:“八幅裙

① 李渔《闲情偶寄·器玩部》,《李渔全集》第 11 卷,浙江古籍出版社 1992 年,第 209 页。
② 李渔《笠翁文集》卷三,《李渔全集》第 1 卷,浙江古籍出版社 1992 年,第 225 页。
③ 李渔《闲情偶寄》,《李渔全集》第 11 卷,浙江古籍出版社 1992 年,第 255 页。

拖改作囊，朝朝暮暮裹餱粮。只待一声鼙鼓近，全家尽陟山之冈。新时戎马不如故，搜山熟识桃园路。始信秦时法网宽，尚有先民容足处。我欲梯云避上天，晴空漠漠迷烽烟。上帝迩来亦好杀，不然见此胡茫然？我思穴处避入地，陵古变迁难定计。海作桑田瞬息间，袁闳土室先崩替。下地上天路俱绝，舍生取义心才决。不如坐待千年劫，自凭三尺英雄铁。先刃山妻后刃妾，衔须伏剑名犹烈。伤哉民数厄阳九，天不自持地亦朽。太平岁月渺难期，莫恃中山千日酒。"[①]在那兵荒马乱的日子里，李渔带着全家背着干粮，藏匿山上，上天无路，入地无门，绝望时甚至想到杀妻刃妾，舍生取义。金华的百姓，家家户户和李渔一样，东躲西藏，九死一生。李渔亲眼目睹了金华百姓的悲惨遭遇，并在诗中真实地记录了难民的生活，《甲申纪乱》云："昔见杜甫诗，多纪乱离事。感怀杂悲凄，令人减幽思。窃谓言者过，岂其遂如是。及我遭兵戎，抢攘尽奇致。犹觉杜诗略，十不及三四。请为杜拾遗，再补十之二。有诗不忍尽，恐为仁者忌。初闻鼓鼙喧，避难若尝试。尽曰偶然尔，须臾即平治。岂知天未厌，烽火日以炽。贼多请益兵，兵多适增厉。兵去贼复来，贼来兵不至。兵括贼所遗，贼享兵之利。如其吝不与，肝脑悉涂地。纷纷弃家逃，只期少所累。伯道庆无儿，向平憾有嗣。国色委菜佣，黄金归溷厕。入山恐不深，愈深愈多祟。内有绿林豪，外有黄巾辈。表里俱受攻，伤腹更伤背。又虑官兵入，壶浆多所费。贼心犹易厌，兵志更难遂。乱世遇萑苻，其道利用讳。可怜山中人，刻刻友魑魅。饥寒死素封，忧愁老童稚。人生贵逢时，世瑞人即瑞。既为乱世民，蜉蝣即同类。难民徒纷纷，天道胡可避。"[②]生逢乱世，命如蜉蝣，贼抢兵夺，腹背受敌，稍不小心，肝脑涂地。感到杜甫所记安史之乱也不及这次战乱之悲凄。李渔一家还算幸运，毕竟在战乱之中生存下来，多少家庭妻离子散，家破人亡。他在《婺城乱后感怀》一诗中写道："重入休文治，纷纷见未经。骨中寻故友，灰里认居停。地欲成沧海，天疑陨婺星。可怜松化石，竟作砺刀硎。"[③]战后的金华尸骨遍地，满目疮痍。《丙戌除夜》云："秃尽狂奴发，来耕墓上田。屋留兵燹后，身活战场边。几处烽烟熄，谁家骨肉全。借人聊慰己，且过太平年。"[④]丙戌除夕，战乱尚未平息，不

① 李渔《笠翁诗集》卷一，《李渔全集》第1卷，浙江古籍出版社1992年，第42—43页。
② 李渔《笠翁诗集》卷一，《李渔全集》第1卷，浙江古籍出版社1992年，第8—9页。
③ 李渔《笠翁诗集》卷一，《李渔全集》第1卷，浙江古籍出版社1992年，第96页。
④ 李渔《笠翁诗集》卷一，《李渔全集》第1卷，浙江古籍出版社1992年，第98页。

少家庭在这场战争中失去了亲人，李渔虽然活了下来，家乡凄惨的现状还是让他感慨万千，悲愤莫名。

李渔的话本创作虽然始于江南战事结束、移家杭州之后，而亲身经历的这场战乱给他留下了终生难忘的痛苦记忆，清兵、强盗烧杀掠抢、草菅人命的行为，百姓惨遭蹂躏、九死一生的遭遇也成了他小说创作的生动素材。《奉先楼》主体故事写明朝末年兵荒马乱之中，池州府东流县舒秀才夫妇为了保全儿子而遭遇的种种苦难。“彼时流寇猖獗，大江南北没有一寸安土。贼氛所到之处，遇着妇女就淫，见了孩子就杀。甚至有熬取孕妇之油为点灯搜物之具，缚婴儿于旗竿之首为射箭打弹之标的者。所以十家怀孕九家堕胎，不肯留在腹中驯致熬油之祸；十家生儿九家溺死，不肯养在世上预为箭弹之媒”①。流寇的残暴行径令人发指，战乱中的百姓九死一生。舒秀才因七世单传，夫妻两人商量要不惜一切代价保存幼子。舒娘子“遇贼之初，把孩子抱在怀里，任凭扯拽，只是不放。闯贼拔刀要斫孩子，她就放声大哭起来，说：‘宁可辱身，勿杀吾子！若杀吾子，连此身也不肯受辱，有母子偕亡而已！’闯贼无可奈何，只得存其一线”②。舒娘子用自己的贞节保全了儿子的性命。在将贞节看得比生命还重的时代，舒娘子的选择及其给她带来的巨大伤害与痛苦可想而知。最后舒娘子完成保全儿子的使命之后，上吊自杀，被人发现得救。小说将舒秀才一家的灾难归之于闯贼，还将同样霸占舒娘子的清朝的一位将军写得颇通人情，将舒娘子送还舒秀才，明显是作者的曲笔，且有意张冠李戴，当时在池州府杀戮奸淫的只能是清兵，不可能是闯贼。因为李自成活动范围在今天的甘肃、陕西、河南、山西、湖北、河北、北京一带，根本就没有到过池州。

《生我楼》写宋元之际一个家庭的悲剧，财主尹小楼与妻子庞氏只有一个独生儿子，不料三四岁时失踪，年过半百想过继一个儿子，又担心招来一个贪财不孝之子，小楼到外地打扮成穷人，卖身为父，想通过这种方式找到一个孝顺的继子。还真有这样一位善良后生姚继用十六两银子买下他做养父。适值元兵南下，盗贼蜂起，许多土贼乘机打劫，抢掳女子卖钱，姚继的未婚妻也被抢走，姚继到一家出脱妇女的人行寻找妻子，乱兵将妇人盛在布袋中发卖，不让挑选，姚继买回一个五十多岁的老妇，只得认了母亲，在老妇的指点下，姚继终于买回了未

① 李渔《十二楼》，人民文学出版社 1986 年，第 201 页。

② 李渔《十二楼》，人民文学出版社 1986 年，第 204 页。

婚妻。当姚继带着母亲、妻子回家与养父团聚时，原来养母就是养父的妻子，更巧的是姚继就是尹小楼夫妇当年失踪的儿子。小说写“元兵攻破燕关，势如破竹，不日就抵金陵。又闻得三楚两粤盗贼蜂起，没有一处的人民不遭劫掠”①。在汉口镇，“乱信一到楚中，就有许多土贼假冒元兵，分头劫掠，凡是女子，不论老幼，都掳入舟中，此女亦在其内，不知生死若何；即使尚存，也不知载往何方去了”②。在仙桃镇，“有无数的乱兵把船泊在此处，开了个极大的人行，在那边出脱妇女”。“把这些妇女当做腌鱼臭鲞一般，打在包捆之中，随人提取，不知哪一包是腌鱼，哪一包是臭鲞，各人自撞造化。那些妇人都盛在布袋里面，只论斤两，不论好歉，同是一般价钱”③。战乱时期，百姓生灵涂炭，家破人亡。妇女命运更加悲惨，被乱兵当做腌鱼臭鲞打包出售。很明显，李渔所写的就是明清鼎革之际所发生的人间悲剧，小说中的地名可以为证，尹小楼是湖广郧阳府竹山县的财主，这“湖广郧阳府竹山县”是明代的建制和地名，在南宋是京西南路房州竹山县。尹小楼卖身在“松江府华亭县”，此处也是明代地名，属南直隶。南宋时此地为两浙西路嘉兴府华亭县。姚继自述是“湖广汉阳府汉口镇人”，“湖广汉阳府汉口镇”也是明代的建制与地名，在南宋此地为荆湖北路汉阳军。李渔为避文网，将故事背景移到了宋元之际。还有一条旁证，李渔将这篇话本改编为传奇《巧团圆》，主要情节基本相同，故事背景则改为明清鼎革之际，不过洗刮民财、抢掠妇女的乱兵一律改为闯贼及其部下。

《女陈平计生七出》的主要内容是写耿二娘在战乱中凭借自己的机智保全贞操的故事，也反映了女性在战乱中的悲惨命运，李渔在入话中写道：“明朝自流寇倡乱，闯贼乘机，以至沧桑鼎革，将近二十年，被掳的妇人车载斗量，不计其数。其间也有矢志不屈，或夺刀自刎、或延颈受诛的，这是最上一乘，千中难得遇一。还有起初勉强失身，过后深思自愧，投河自缢的，也还叫做中上。又有身随异类、心系故乡、寄信还家、劝夫取赎的，虽则腼颜可耻，也还心有可原，没奈何也把她算做中下。最可恨者，是口餍肥甘、身安罗绮、喜唱畲调、怕说乡音、甚至有良人千里来赎、对面不认原夫的，这等淫妇，才是最下一流，说来教人腐心

① 李渔《十二楼》，人民文学出版社 1986 年，第 220 页。
② 李渔《十二楼》，人民文学出版社 1986 年，第 223 页。
③ 李渔《十二楼》，人民文学出版社 1986 年，第 224 页。

切齿。”[①]战乱之中的女性，任人抢掠、奸淫、杀戮，还要承受封建伦理观念的谴责。施暴者包括流寇、闯贼和清兵，时间长达二十年。李渔写陕西武功县，“忽然流贼反来，东蹂西躏，男要杀戮，女要奸淫，生得丑的，淫欲过了，倒还丢下；略有几分姿色的，就要带去”[②]。无论是带走的还是丢下的，都要受到侮辱，还得终生背上失节的道德枷锁，受到社会舆论的谴责，即便是同情妇女遭遇的李渔，也要根据受辱女性的选择将她们分为三六九等。女人在战争中承受了更多的苦难。

（二）

明清鼎革对文人的冲击有如天崩地裂，在传统的“严夷夏之防”思想的支配下，他们奋起反抗清朝的杀戮与占领，涌现出了一批抗清将领、有气节的学者与诗人。李渔只不过是明朝的一个秀才，小说、戏曲创作尚未开始，其地位和影响几乎无从谈起。但在事关文人节操与人格的大是大非面前，李渔具有清醒的认识。李渔虽说出生在一个商人家庭，父亲却将改换门庭的希望寄托在儿子身上，从小便让他读书习八股，准备科举考试。李渔于明崇祯八年(1635)以五经见拔，崇祯十二年(1639)乡试落榜，崇祯十五年(1642)再次赴杭州应试，途中闻警而归。如果不发生甲申之变，李渔或许会考中举人、进士，走上仕途，即便是出贡，也可以做学官。明清鼎革之后，尽管清朝很快就恢复科举，并沿袭明朝的八股取士之法，李渔却毅然决然地选择了放弃，不再参加科举考试。这在《闲情偶寄》中有明确记载：“追忆明朝失政以后，大清革命之先，予绝意浮名，不干寸禄，山居避乱，反以无事为荣。”[③]“绝意浮名”就是不到新朝应试、为官。

顺治三年(1646)丙戌，清兵攻破金华府城，战斗十分惨烈，守城总督朱大典率侍从二十余人自焚身亡。李渔耳闻目睹了清兵占领家乡的全过程，他用诗歌对在抵抗清兵的战斗中牺牲的官兵给予高度的赞美和沉痛的悼念。《挽季海涛先生》序曰：“先生司铎长山，丙戌之难，先生靖焉。其故友昭阳钮君，宦游过此，抚其弱息归盐城。”诗云：“服官无冷热，大节总宜坚。师道真堪表，臣心不愧毡。生无妻子托，死有故人怜。不作招魂赋，知君在九天。”[④]《婺城行吊胡仲衍中

① 李渔《无声戏》，人民文学出版社1989年，第78—79页。

② 李渔《无声戏》，人民文学出版社1989年，第80页。

③ 李渔《闲情偶寄》，《李渔全集》第11卷，浙江古籍出版社1992年，第318—319页。

④ 李渔《笠翁诗集》卷一，《李渔全集》第1卷，浙江古籍出版社1992年，第98页。

翰》云："婺城攻陷西南角，三日人头如雨落。轻则鸿毛重泰山，志士谁能不沟壑。胡君妻子泣如洗，我独破涕为之喜。既喜君能殉国危，复喜君能死知己。生刍一束人如玉，人百其身不可赎。与子交浅情独深，愿言为子杀青竹。"①称赞季海涛靖难大节凛然，胡仲衍殉国重于泰山。悼念与清兵战死的官兵，其政治倾向是十分明确的，在家乡沦陷之时，写这样的诗歌，也是需要勇气和胆识的。清人灭南明，与元人灭南宋有很多相似之处，文天祥为南宋之忠臣，被捕后绝食八日不死，留燕三年不屈，最终被元人杀害。李渔称文天祥"千锤之铁，百炼之钢，较尸浮海上之十万余人，犹觉忠纯而义至"②。联系文章写作背景来理解，不难读出李渔以古喻今的动机。

清朝统治者进军江南后便颁布了薙发令，要求全国官民全部薙发，改从满俗，以此来检验汉人是否真心归顺，执行十分严厉，堪称残酷，"留头不留发，留发不留头"，甚至对薙发稍有异议便会带来杀身之祸。而汉人认为"身体发肤，受之父母，不敢毁伤，孝之始也"③。清朝统治者的这一做法极大地伤害了汉族人民的感情，他们以死抗争，宁愿断头也不薙发，或者索性落发为僧。李渔虽然没有如此激烈的反应，但对薙发也是不满的，他在被迫薙发之后，写过两首《薙发》诗，其二云："晓起初闻茉莉香，指拈几朵缀芬芳。遍寻无复簪花处，一笑揉残委道旁。"④从"一笑揉残委道旁"的行为来看，李渔对薙发是遗憾、无奈、苦笑的情绪，在严厉推行薙发政策的时候，其诗中表达的倾向已经非常鲜明。乾隆年间禁毁李渔的《笠翁一家言》，《薙发》诗便是重要原因。清朝统治者对该诗的态度也证明了李渔所表达的情感倾向。《丁亥守岁》再次提及薙发："著述年来少，应惭没世称。岂无身后句，难向目前誊。骨立先成鹤，头髡已类僧。每逢除夕酒，感慨易为增。"⑤"骨立先成鹤，头髡已类僧"。这种对满俗发型的比喻，对清朝统治者来说也是非常刺眼的。

相对诗文而言，小说具有虚构的特点，一些在诗文中不便乃至不能表达的思想与情感，则可用小说的形式曲折地表达出来。作为一位诗文与小说兼擅的作家，李渔深谙其中的奥秘，他在话本创作中，更加明确地表达了对明朝灭亡的

① 李渔《笠翁诗集》卷一，《李渔全集》第 1 卷，浙江古籍出版社 1992 年，第 43 页。
② 李渔《笠翁别集》卷二，《李渔全集》第 1 卷，浙江古籍出版社 1992 年，第 496 页。
③ 《孝经注疏》卷一，文渊阁《四库全书》，经部，孝经类。
④ 李渔《笠翁诗集》卷三，《李渔全集》第 1 卷，浙江古籍出版社 1992 年，第 325 页。
⑤ 李渔《笠翁诗集》卷一，《李渔全集》第 1 卷，浙江古籍出版社 1992 年，第 103 页。

痛心，对降清官兵的愤慨。

《生我楼》开篇有两首《望江南》词，词云："千年劫，偏自我生逢。国破家亡身又辱，不教一事不成空。极狠是天公！""差一念，悔杀也无功。青冢魂多难觅取，黄泉路窄易相逢。难禁面皮红！"[①]这两首词应是鼎革之时李渔所作。李渔话本中的诗词均为他本人所作，毫无例外。第一首词显然是写明清鼎革对自己的沉重打击，"国破家亡身又辱，不教一事不成空"，其实就是写实，明朝灭亡了，房屋也在战争中被焚毁，自己还被迫薙发受辱，科举仕途的理想也随之破灭。第二首词是后悔自己一念之差，未能殉国。这两首词，李渔词集《耐歌词》未收，原因很清楚，词中悼念明朝，怨恨清朝的倾向非常明显。写进小说中，李渔还要涂上保护色，编了一段故事："此词乃闯贼南来之际，有人在大路之旁拾得瀍烟少许，此词录于片纸，即闯贼包烟之物也。拾得之人不解文义，仅谓残篇断幅而已。再传而至文人之手，始知为才妇被掳，自悔失身，欲求一死，又虑有腆面目，难见地下之人，进退两难，存亡交阻，故有此悲愤流连之作。玩第二句，有'国破家亡'一语，不仅是庶民之妻，公卿士大夫之妾，所谓'黄泉路窄易相逢'者，定是个有家有国的人主。彼时京师未破，料不是先帝所幸之人，非藩王之妃即宗室之妇也。"[②]故事编得漏洞百出，说"彼时京师未破"，哪来"国破家亡"。将话本中自己的诗作说成他人的作品，并不止这一篇小说，《三与楼》开篇有两首诗，一首绝句，一首律诗。李渔说"这首绝句和这首律诗，乃明朝一位高人为卖楼别产而作"[③]。其实就是李渔自己为卖楼而作，两首诗都收入诗集，绝句见《笠翁诗集》卷三，题为《卖楼徙居旧宅》，律诗见《笠翁诗集》卷二，题为《卖楼》。李渔在明清鼎革之际所填的两首词，因其表达了作者悲愤、绝望的心情，不能公然收入词集，但经过精心伪装还是塞进小说中面世。

在《乞儿行好事　皇帝做媒人》的入话中，李渔称赞鼎革之际不愿出仕新朝、宁愿做乞丐的文人、官员为忠臣义士："从来乞丐之中，尽有忠臣义士、文人墨客隐在其中，不可草草看过。至于乱离之后，鼎革之初，乞食的这条路数，竟做了忠臣的牧羊国，义士的采薇山，文人墨客的坑儒漏网之处，凡是有家难奔、

① 李渔《十二楼》，人民文学出版社 1986 年，第 213 页。
② 李渔《十二楼》，人民文学出版社 1986 年，第 213 页。
③ 李渔《十二楼》，人民文学出版社 1986 年，第 37 页。

无国可归的人,都托足于此。”①崇祯末年的忠臣义士,“自从闯贼破了京城,□大行皇帝遇变之后,凡是有些血性的男子,除死难之外,都不肯从贼。家亡国破之时,兵荒马乱之际,料想不能丰衣足食,大半都做了乞儿”②。他们一不愿意投身流寇,二不愿意出仕新朝,“所以明朝末年的叫化子,都是些有气节、有操守的人。若还没有气节,没有操守,就不能够做官,也投在流贼之中,抢掳财物去了,那里还来叫化?彼时鱼龙混杂,好歹难分,谁知乞丐之中尽有人物”③。对于在清兵南下时节望风而逃的文武百官,李渔给予辛辣的嘲讽,而对于靖难殉国的乞丐则是高度赞美。“直到清朝定鼎,大兵南下的时节,文武百官尽皆逃窜,独有叫化子里面死难的最多,可惜不知姓名,难于记载。只有江宁府百川桥下投水自尽的乞儿,做一首靖难的诗,写在桥堍之上,至今脍炙人口。其诗云:三百余年养士朝,一闻国难尽皆逃。纲常留在卑田院,乞丐羞存命一条”④。官员和乞丐在亡国之时的不同选择,显示出他们人格的高下。生活在清朝的李渔,如此这般地评价殉明与降清的文人、官员,比诗文中表达的思想倾向更为鲜明。

明清鼎革不仅改变了李渔的人生道路,而且深刻影响了他的文学创作,虽然清朝的文网甚严,李渔还是勇敢地将他对明清鼎革的认识与态度比较曲折、隐晦地写进了他的话本之中。准确地解读与评介这类作品,有助于我们更加全面地认识李渔。

三　李渔的人生哲学与话本创作

李渔是一个享乐主义者,他在《闲情偶寄·颐养部》明确宣称“行乐第一”,他说:“造物生人一场,为时不满百岁。彼夭折之辈无论矣,姑就永年者道之,即使三万六千日尽是追欢取乐时,亦非无限光阴,终有报罢之日。况此百年以内,有无数忧愁困苦、疾病颠连、名缰利锁、惊风骇浪,阻人燕游,使徒有百岁之虚

---

① 李渔《连城璧》,《李渔全集》第4卷,浙江古籍出版社1992年,第282页。
② 李渔《连城璧》,《李渔全集》第4卷,浙江古籍出版社1992年,第288页。
③ 李渔《连城璧》,《李渔全集》第4卷,浙江古籍出版社1992年,第289页。
④ 李渔《连城璧》,《李渔全集》第4卷,浙江古籍出版社1992年,第289页。

名，并无一岁二岁享生人应有之福之实际乎！……兹论养生之法，而以行乐先之；劝人行乐，而以死亡怵之。”[①]人生不满百年，死神随时可能来临，应该及时行乐。从《闲情偶寄》的记载来看，李渔并不只是口头说说，而是身体力行，美味佳肴、服饰居室、女色玩器、园林花草，凡人生的各种享受，从物质到精神，无不精益求精。李渔的这种人生哲学，对他的文学创作尤其是话本创作产生了重要影响。《无声戏》与《十二楼》中的人物，或为李渔的替身，或为李渔手中的牵线木偶，其思想和行为都深深地烙上了李渔的痕迹。

（一）

李渔认为，人生最大的乐趣是性爱，“行乐之地，首数房中”[②]。好色乃人之天性，“‘食色性也’。‘不知子都之姣者，无目者也’。古之大贤择言而发，其所以不拂人情，而数为是论者，以性所原有，不能强之使无耳。人有美妻美妾而我好之，是谓拂人之性，好之不惟损德，且以杀身。我有美妻美妾而我好之，是还吾性中所有，圣人复起，亦得我心之同然，非失德也。孔子云：‘素富贵，行乎富贵。’人处得为之地，不买一二姬妾自娱，是素富贵而行乎贫贱矣。王道本乎人情，焉用此矫清矫俭者为哉”[③]？正是在这种思想支配下，李渔一生广置姬妾，有姓氏可考者，除正妻徐氏之外，在金华时纳姬曹氏，后来又有为其生子的姬妾纪氏、汪氏，游秦纳乔姬、王姬以及以二人为主组建的家班，至少应有五六人。游华山时，有家姬四人随游。李渔诗文中还出现过一黄姬。游越期间买婢，《粤游家报之四》云：“客中买婢，是吾之常。汝等虑我岑寂，业已嘱之于初，必不嗔之于后。”[④]李渔身边最多的时候，应该有十几个女人。李渔将自己的这种人生哲学与生活方式搬到其婚恋小说之中，他笔下的人物，大多妻妾成群，享尽艳福。《连城璧》申集《寡妇设计赘新郎　众美齐心夺才子》中的吕哉生是一个美男子，第一次娶了一个又麻又黑还痴蠢的妻子，李渔让这位小姐不上一年就暴病而死。后来是三个名妓都要嫁给他做妾，还担心吕哉生娶妒妇为妻，容不下他们，三位名妓便自作主张为吕哉生聘下一位娇媚贤惠的乔小姐为妻。又有一

① 李渔《李渔全集》第 11 卷，浙江古籍出版社 1992 年，第 308 页。
② 李渔《李渔全集》第 11 卷，浙江古籍出版社 1992 年，第 338 页。
③ 李渔《李渔全集》第 11 卷，浙江古籍出版社 1992 年，第 108 页。
④ 李渔《李渔全集》第 1 卷，浙江古籍出版社 1992 年，第 187 页。

位年轻漂亮的寡妇曹婉淑相中了吕哉生，要招赘吕哉生。最后是一位才子拥有五位佳人。《合影楼》本来是一个新颖的爱情故事，珍生和玉娟通过池水中的倒影看见对方，产生爱慕之情，开始受到家长的阻挠，最终成为夫妇。在李渔看来，这种结果对珍生来说还是太寂寞，于是又添一个媒人的养女锦云，硬是凑成了一夫二妻的结局。《夺锦楼》写钱小江与妻子边氏生有一对双胞胎女儿，由于夫妻不和，分别做主给两个女儿许下了赵、钱、孙、李四个婆家，已经是四男二女，李渔偏要改成一夫二妻。赵、钱、孙、李四家为娶亲争执不下，由官府公断。断案的刑尊看见了二女美貌如花，四男奇形怪状，愿替二女别寻佳婿，用考试的方式从未婚生童中选两位才貌双全的男子。真是无巧不成书，选中的两名童生，文章出自一人之手，刑尊做主，将两位佳人许配给一个才子。《夏宜楼》写风流才子瞿吉人用千里镜追求大家闺秀詹娴娴的故事，好不容易有一桩一夫一妻的恋爱婚姻，李渔似乎觉得美中不足，于是又写詹小姐有一群丫环，夏天脱衣下水采莲，被瞿吉人用千里镜窥见，婚后“吉人瞒着小姐与他背后调情，说着下身的事，一毫不错。那些女伴都替他上个徽号，叫做贼眼官人。既已出乖露丑，少不得把灵犀一点托付与他。吉人既占花王，又受尽了群芳众艳”①。

人生往往会有很多的缺憾，作家写小说，经常将自己难以实现的梦想通过笔下的人物去完成。李渔拥有众多妻妾，并非个个都是国色天香。他说：“予一介寒生，终身落魄，非止国色难亲，天香未遇，即强颜陋质之妇，能见几人？”②那些享尽艳福的才子，不妨看作李渔的替身，通过这些人物来弥补自己人生的缺憾。他在谈戏曲创作时说：“予生忧患之中，处落魄之境，自幼至长，自长至老，总无一刻舒眉，惟于制曲填词之顷，非但郁藉以舒，愠为之解，且尝僭作两间最乐之人，觉富贵荣华，其受用不过如此，未有真境之为所欲为，能出幻境纵横之上者。我欲做官，则顷刻之间便臻荣贵；我欲致仕，则转盼之际又入山林；我欲作人间才子，即为杜甫、李白之后身；我欲娶绝代佳人，即作王嫱、西施之元配；我欲成仙作佛，则西天蓬岛即在砚池笔架之前；我欲尽孝输忠，则君治亲年，可跻尧、舜、彭篯之上。”③李渔编剧，可以“作王嫱、西施之元配”，写小说，也可以做乔小姐、詹娴娴之夫君。

---

① 李渔《十二楼》，人民文学出版社，1986 年，第 78 页。

② 李渔《李渔全集》第 11 卷，浙江古籍出版社 1992 年，第 108 页。

③ 李渔《李渔全集》第 11 卷，浙江古籍出版社 1992 年，第 47 页。

李渔的性爱观念，绝对是男人中心，他用天地来喻男女，“天也者，用地之物也，犹男为一家之主，司出纳吐茹之权者也。地也者，听天之物也，犹女备一人之用，执饮食寝处之者也”①。李渔讲性爱，主要讲男人如何御女行乐，借女色养身而不受其害。考虑的是男人的利益，很少关心女人的权利。李渔创作的婚恋小说，很少称得上是真正意义上的爱情小说，绝大多数只能说是婚姻小说。这些作品，一个基本的出发点就是要求女人无条件地顺从男人，满足男人的需求，即便这个女人如花似玉，聪明伶俐，即便所嫁丈夫容貌丑陋，不学无术，也应该死心塌地伺候终身。《无声戏》第一回《丑郎君怕娇偏得艳》中的阙里侯，不仅“五官四肢都带些毛病”，而且一身秽气，却一连娶了三房娇妻。第一房邹氏绝世聪明，“垂髫的时节，与兄弟同学读书，别人读一行，他读得四五行，先生讲一句，他悟到十来句。等到将次及笄，不便从师的时节，他已青出于蓝，也用先生不着了”②。第二房何氏“年方二八，容貌赛过西施”③。第三房吴氏更是才貌双全，“阙家娶过的那两位小姐，有其才者无其貌，有其貌者无其才”④。三个女人因各种原因，阴差阳错做了阙里侯的妻妾，虽然他们不满意这桩婚姻，也做过抗争，最后还得服从命运的安排。李渔写这篇小说，是要奉劝世上的佳人，“说我的才虽绝高，不过像邹小姐罢了；貌虽极美，不过像何小姐罢了；就作两样俱全，也不过像吴氏罢了。他们一般也嫁着那样丈夫，一般也过了那些日子，不曾见飞得上天，钻得入地”⑤。才貌不及这些佳人的女子，就更应该服服帖帖地伺候丈夫。反过来，如果男人对所娶的妻子不满意，那就可以理直气壮地休妻再娶，丝毫不用委屈自己。《十卺楼》中的秀才姚戬第一次娶了温州城内第一美貌佳人屠家次女，却是一位石女，姚家仗势将此女退回，换幼女过来，幼女不仅容貌不及次女，还有小遗病，姚家又将幼女退回，换来长女，长女面容与次女相同，却在婚前已有五个月的私孕，姚家又将长女休弃。姚戬一连做了九次新郎，不曾有一番着实。而可怜的屠家次女，“被人推来攘去，没有一家肯要，直从温州卖到杭城，换了一二十次售主”⑥。姚戬第十次结婚，又将此女娶回，此女的毛病

① 李渔《李渔全集》第 11 卷，浙江古籍出版社 1992 年，第 339 页。
② 李渔《无声戏》，人民文学出版社 1989 年，第 4 页。
③ 李渔《无声戏》，人民文学出版社 1989 年，第 8 页。
④ 李渔《无声戏》，人民文学出版社 1989 年，第 14 页。
⑤ 李渔《无声戏》，人民文学出版社 1989 年，第 25 页。
⑥ 李渔《十二楼》，人民文学出版社 1986 年，第 168 页。

后来竟然好了。在李渔的笔下,女人和男人的地位是完全不平等的,也许这是他所生活的时代的真实状况,问题在于李渔的态度,认为这种不平等是天经地义、理所当然的。

一夫多妻的婚姻制度,很容易产生家庭矛盾,在恋爱婚姻关系中,嫉妒本是一种正常的情感,封建统治者为了维护男人的特权,将妒列入七出之条。李渔妻妾成群,深知其中甘苦。"世人不善处之,往往启妒酿争,翻为祸人之具"①。看来李渔是以善处之人自居,但对"启妒酿争"的现实也不满意,治妒成为李渔小说的重要主题。在《妒妻守有夫之寡　懦夫还不死之魂》中,表彰了一位善于治妒的费隐公,此人不仅将家中大小妻室二十多房管理得服服帖帖,而且登坛说法,方圆数百里,没有一个妒妇不被男子驯服的。费隐公隔壁有个妒妇淳于氏,年过四十无子,不容丈夫穆子大娶妾,费隐公亲自出面治妒,帮助穆子大纳两房姬妾,共生九子。这篇小说在《连城壁》中篇幅最长,看来李渔在处理妻妾矛盾中经验丰富,有话可说。正妻吃醋,李渔还算手下留情,只是羞辱一番,仍旧让他夫妻和好。要是姬妾争风,李渔毫不客气,直接将她打入冷宫。《移妻换妾鬼神奇》写韩一卿有一妻一妾,正妻杨氏,偏房陈氏,陈氏为了做大,给杨氏下毒药,又设计盗窃、奸情离间杨氏和丈夫的关系,最终招致神明的惩治,长了一身癞疮,一世不能与丈夫同床。"可见世间的醋,不但不该吃,也尽不必吃"②。

李渔认为,性爱之于人,最易沉溺,"溺之过度,因以伤身,精耗血枯,命随之绝"③。燕尔新婚,更加危险,"乐莫乐于新相知,但观此一夕之为欢,可抵寻常之数夕,即知此一夕之所耗,亦可抵寻常之数夕。能保此夕不受燕尔之伤,始可以道新婚之乐。不则开荒辟昧,既以身任奇劳,献媚要功,又复躬承异瘁。终身不二色者,何难作背城一战;后宫多嬖侍者,岂能为不败孤军? 危哉! 危哉"④! 不见可欲,摒绝情欲,于人也有害处,"人心私爱,必有所钟。常有君不得之于臣,父不得之于子,而极疏极远极不足爱之人,反为精神所注,性命以之者,即是钟情之物也。或是娇妻美妾,或为狎客娈童,或系至亲密友,思之弗得,或得而弗亲,皆可以致疾。……此数类之中,惟色为甚,少年之疾,强半犯此"⑤。根据

① 李渔《李渔全集》第11卷,浙江古籍出版社1992年,第338页。
② 李渔《无声戏》,人民文学出版社1989年,第177页。
③ 李渔《李渔全集》第11卷,浙江古籍出版社1992年,第338页。
④ 李渔《李渔全集》第11卷,浙江古籍出版社1992年,第342页。
⑤ 李渔《李渔全集》第11卷,浙江古籍出版社1992年,第350页。

这种认识，李渔创作了一篇小说，叫《鹤归楼》，说宋朝有两个才子，一个叫段玉初，一个叫郁子昌，分别娶了两位绝色佳人，一个叫绕翠，一个叫围珠。郁子昌心性风流，把婚姻一事看得极重，他说："人生在世，事事可以忘情，只有妻妾之乐、枕席之欢，这是名教中的乐地，比别样嗜好不同，断断忘情不得。"①而段玉初惜福安穷，"衣服不可太华，饮食不可太侈，宫室不可太美，处处留些余地，以资冥福。……至于夫妻艳乐之情，衽席绸缪之谊，也不宜浓艳太过。十分乐事，只好受用七分，还要留下三分，预为离别之计"②。不久两人奉命出使金国交纳岁币，郁子昌对妻子围珠十分眷恋，而段玉初对妻子绕翠极其冷漠。两人入金，八年后才得以回家。此时，郁子昌未满三十，早已须鬓皓然，妻子围珠已死三年之久。而段玉初容颜未改，妻子绕翠面貌胜似当年。对于这种结局，李渔这样解释："生离的夫妇，只为一念不死，生出无限熬煎。日间希冀相逢，把美食鲜衣认做糠秕桎梏；夜里思量会合，把锦衾绣褥当了芒刺针毡。只因度日如年，以致未衰先老。甚至有未曾出户，先订归期，到后来一死一生，遂成永诀，这都是生离中常有之事。倒不若死了一个，没得思量，孀居的索性孀居，独处的甘心独处，竟像垂死的头陀不思量还俗，那蒲团上面就有许多乐境出来，与不曾出家的时节纤毫无异。"③

（二）

李渔的人生享乐，美色之外，就是居室。他的《闲情偶寄》，卷一、卷二谈曲词，卷三谈声容，卷四谈居室，居室紧随声容之后，可见它在李渔心目中的位置。李渔对居室颇有研究，他曾不无自信地说："生平有两绝技，自不能用，而人亦不能用之，殊可惜也。人问：绝技维何？予曰：一则辨审音乐，一则置造园亭。性嗜填词，每多撰著，海内共见之矣。设处得为之地，自选优伶，使歌自撰之词曲，口授而躬试之，无论新裁之曲，可使迥异时腔，即旧日传奇，一概删其腐习而益以新格，为往时作者别开生面，此一技也。一则创造园亭，因地制宜，不拘成见，一榱一桷，必令出自己裁，使经其地、入其室者，如读湖上笠翁之书，虽乏高才，

① 李渔《十二楼》，人民文学出版社 1986 年，第 173 页。
② 李渔《十二楼》，人民文学出版社 1986 年，第 178 页。
③ 李渔《十二楼》，人民文学出版社 1986 年，第 180 页。

颇饶别致，岂非圣明之世，文物之邦，一点缀太平之具哉？”[1]李渔自叹无用武之地，似乎过于谦虚，辨审音乐，编刻传奇，组家班演戏，闻名遐迩，自有公论，暂且置之不论。就是置造园亭，也不止一次，李渔一生大兴土木，修建别业，至少有三次：第一次是顺治五年在家乡兰溪设计营建的伊山别业，从李渔《伊山别业成寄同社五首》、《伊园十便》、《伊园十二宜》等诗作来看，伊山别业有山有水、有亭有廊，植树种花，可垂钓灌园，胜似世外桃源。第二次是移家江宁后，李渔于康熙八年建芥子园，李渔《芥子园杂联序》云：“此予金陵别业也。地止一丘，故名芥子，状其微也。往来诸公，见其稍具丘壑，谓取‘芥子纳须弥’之义，其然岂其然乎！”[2]芥子园虽然占地面积不大，“不及三亩”，没法与伊山别业相比，一样有丹崖碧水，茂林修竹，荷池月榭，还有家班演出的歌台，供五十人居住，房子也不会小。第三次是李渔晚年移家杭州，又建层园，《次韵和张壶阳观察题层园十首序》记载了买山营建层园的经过：“予自金陵归湖上，买山而隐，字曰层园。因其由麓至巅，不知历几十级也。乃荒山虽得，庐舍全无，戊午之春，始修颓屋数椽。”[3]层园地理位置优越，位于吴山半山腰，面对西子湖，背靠钱塘江，李渔曾撰门联：“东坡凭几唤，西子对门居。”

李渔写过一篇小说，叫《三与楼》，他把自己置造园亭的绝技与雅好移植到了一个人物身上，此人名叫虞素臣，是一个喜读诗书、不求闻达的高士，绝意功名，寄情诗酒，“他一生一世没有别的嗜好，只喜欢构造园亭，一年到头，没有一日不兴工作。所造之屋定要穷精极雅，不类寻常”[4]。虞素臣用几年的功夫，精心构造了一座园亭，厅房台榭、亭阁池沼一应俱全，姑且不论，其中一座书楼，是他一生得意之作，上下三层，每层一匾，最下一层雕栏曲槛，竹座花裀，是待人接物之处，匾题“与人为徒”。中间一层净几明窗，牙签玉轴，是读书临帖之所，匾题“与古为徒”。最上一层名香一炉、《黄庭》一卷，匾题“与天为徒”。三层总题一匾：“三与楼”。这位虞素臣与作者李渔有诸多相同之处，绝意功名，寄情诗酒与李渔的人生选择相同，喜欢盖楼，穷极精雅，与李渔的兴趣相同，李渔一生也多次卖楼，有《卖楼》诗为证，只是没有失而复得。孙楷第先生指出：“文中虞素

---

① 李渔《李渔全集》第 11 卷，浙江古籍出版社 1992 年，第 156—157 页。

② 李渔《李渔全集》第 1 卷，浙江古籍出版社 1992 年，第 241 页。

③ 李渔《李渔全集》第 1 卷，浙江古籍出版社 1992 年，第 246 页。

④ 李渔《十二楼》，人民文学出版社 1986 年，第 40 页。

臣，即是笠翁自寓。”①

李渔认为，居室应该新奇雅致，忌讳富丽堂皇。他说：“土木之事，最忌奢靡，匪特庶民之家，当崇俭朴，即王公大人，亦当以此为尚。盖居室之制，贵精不贵丽，贵新奇大雅，不贵纤巧烂漫。凡人止好富丽者，非好富丽，因其不能创异标新，舍富丽无所见长，只得以此塞责。”②李渔笔下高雅脱俗的正面形象，其居室完全是按照李渔的美学理想安排的，《闻过楼》中的顾呆叟为人恬淡寡营，三十多岁便弃绝功名，到去城四十余里的荆溪之南，“结了几间茅屋，买了几亩薄田，自为终老之地”③。本来还要“屋旁栽竹，池内种鱼，构书屋于住宅之旁，蓄蹇驴于黄犊之外，有许多山林经济要设施布置出来”④。不料被友人设计迁往近城。友人为顾呆叟所构新居，一样高雅别致：“柴关紧密，竹径迂徐。篱开新种之花，地扫旋收之叶。数椽茅屋，外观最朴而内实精工，不竟是农家结构；一带梅窗，远视极粗而近多美丽，有似乎墨客经营。若非陶处士之新居，定是林山人之别业。”⑤这位顾呆叟，就是明清鼎革之际避乱山中的李笠翁的化身。他在小说开篇明确告诉读者：“予生半百之年，也曾在深山之中做过十年宰相，所以极谙居乡之乐。”⑥并引述了他在乡居避乱之际所作十余首诗。顾呆叟的两处住所，也有李渔伊山别业的影子。屋旁栽竹，因为李渔“性嗜花竹”，“竹能令俗人之舍，不转盼而成高士之庐”⑦。池内种鱼，“因予号笠翁，顾名思义，而为把钓之形。予思既执纶竿，必当坐之矶上，有石不可无水，有水不可无山，有山有水，不可无笠翁息钓归休之地”⑧。梅窗则是李渔平生得意之作，“予又尝取枯木数茎，置作天然之牖，名曰梅窗，生平制作之佳，当以此为第一”⑨。

李渔已经明确意识到人物身份、性格与居住环境的关系，他笔下的高人雅士，如虞素臣、顾呆叟，其园亭居室，亦如其性格志趣一般，高雅脱俗。而悭吝、鄙陋的土财主、暴发户，或无才无识，或一味炫富，其居室也就俗不可耐。他讽

① 孙楷第《李笠翁与十二楼》，《沧州后集》，中华书局 1985 年，第 193 页。
② 李渔《李渔全集》第 11 卷，浙江古籍出版社 1992 年，第 157 页。
③ 李渔《十二楼》，人民文学出版社 1986 年，第 235 页。
④ 李渔《十二楼》，人民文学出版社 1986 年，第 238 页。
⑤ 李渔《十二楼》，人民文学出版社 1986 年，第 240 页。
⑥ 李渔《十二楼》，人民文学出版社 1986 年，第 231 页。
⑦ 李渔《李渔全集》第 11 卷，浙江古籍出版社 1992 年，第 301 页。
⑧ 李渔《李渔全集》第 11 卷，浙江古籍出版社 1992 年，第 171 页。
⑨ 李渔《李渔全集》第 11 卷，浙江古籍出版社 1992 年，第 172 页。

刺达官贵人盖楼造园，“兴造一事，则必肖人之堂以为堂，窥人之户以立户，稍有不合，不以为得，而反以为耻。……以构造园亭之胜事，上之不能自出手眼，如标新创异之文人；下之不能换尾移头，学套腐为新之庸笔，尚嚣嚣以鸣得意，何其自处之卑哉”[①]！虞素臣精心建造的园亭，明堂大厅，绣户玲珑，回廊曲折，花竹满园。在唐玉川父子的眼里，“起得小巧，不像个大门大面。回廊曲折，走路的耽搁工夫；绣户玲珑，防贼时全无把柄。明堂大似厅屋，地气太泄，无怪乎不聚钱财；花竹多似桑麻，游玩者来，少不得常赔酒食。这样房子只好改做庵堂寺院，若要做内宅住家小，其实用他不着”[②]。虽说有买主故意憎嫌、压低售价的动机，有眼无珠，看不出园亭的别致也是事实。唐氏父子买园之后，做了一番改造，“经他一番做造，自然失去本来，指望点铁成金，不想变金成铁”[③]。主人与园亭，一雅俱雅，一俗俱俗。环境成为衬托人物的重要手段。在李渔的话本中，虽说对园亭的描写还不是十分充分，远远没有达到曹雪芹《红楼梦》中潇湘馆、蘅芜苑的程度，但这种意识与努力还是十分可贵的。

李渔对居室园林有深入的研究，对园亭的结构非常熟悉，在话本中，李渔利用这种特长，为人物设置独特的居住环境，为故事的发生提供一个新颖别致而又真实可信的场所。《合影楼》中，一对连襟——管提举和屠观察原本住一处宅院，因性格不合，岳父岳母死后，“就把一宅分为两院，凡是界限之处，都筑了高墙，使彼此不能相见。独是后园之中有两座水阁，一座面西的，是屠观察所得，一座面东的，是管提举所得，中间隔着池水”。又“在水底下立了石柱，水面上架了石板，也砌起一带墙垣，分了彼此”[④]。小说的主人公屠观察之子珍生与管提举之女玉娟就生活在这种壁垒森严的一宅两院之中，年轻人的激情却是这一堵墙垣阻隔不断的，夏天，珍生和玉娟不谋而合，都到水阁纳凉，清风徐来，水波不兴，把两座楼台的影子，明明白白倒竖在水中，才子佳人通过这一池清水见面了，珍生对着影子倾吐爱慕之情，又用荷叶做了邮筒，传递情诗。恋人的真情，最终拆去了墙垣，依旧把两院并为一宅，水阁做了藏娇的金屋。这篇爱情小说的独特之处，主要是由这座园亭决定的。

---

① 李渔《李渔全集》第 11 卷，浙江古籍出版社 1992 年，第 156 页。

② 李渔《十二楼》，人民文学出版社 1986 年，第 41 页。

③ 李渔《十二楼》，人民文学出版社 1986 年，第 43 页。

④ 李渔《十二楼》，人民文学出版社 1986 年，第 3 页。

古人居室，多有联匾，李渔对联匾有两个基本观点：第一，他认为，“堂联斋匾，非有成规。……锢习繁多，不能尽革，姑取斋头已设者，略陈数则，以例其余。非欲举世则而效之，但望同调者各出新裁，其聪明什佰于我”①。联匾应该因地制宜，别出心裁。第二，他认为联匾应该“有所取义”，他说：“凡予所为者，不徒取异标新，要皆有所取义。凡人操觚握管，必先择地而后书之，如古人种蕉代纸，刻竹留题，册上挥毫，卷头染翰，剪桐作诏，选石题诗，是之数者，皆书家固有之物，不过取而予之，非有蛇足于其间也。若不计可否而混用之，则将来牛鬼蛇神无一不备，予其作俑之人乎！”②李渔对联匾的思考，影响到他的话本创作，他将十二篇话本小说分别用十二条匾额命名，总名《十二楼》。十二条匾额不能说每一条都是别出心裁，有所取义，大部分匾额达到了李渔所提出的两条标准，且在小说中发挥了各自的作用。有的匾额强化了主人的个性，如前面提到了小说《三与楼》，虞素臣所盖的三层书楼，每层一个匾式，分别为“与人为徒”、“与古为徒”、“与天为徒”，总题一匾曰“三与楼”，完全符合虞素臣诗酒风流的名士风格。有的匾额概括了小说的主旨，如《归正楼》写拐子贝去戎改邪归正的故事，他用骗来的钱买了一座园亭，右边的房子改做庵堂，给他帮助赎身的妓女出家修行。左边的房子改做道院，自己做了道士。楼上有个旧匾，题着“归止楼”三字，因原主是个仕宦，解组归来，不想复出，故题匾示意。贝去戎买下之后，燕子衔泥添了一画，变做“归正楼”，正合贝去戎改邪归正之意。有的匾额指出了小说的中心情节，如“合影楼”一匾源于珍生和玉娟隔墙对影作诗唱和，诗题不离一个“影”字，于是汇成一帙，题曰“合影编”，结婚之后，促成他们婚事的两座水阁，做了藏娇金屋，题曰“合影楼”。就整部话本集而言，每篇小说中有一座楼，每座楼又有一个匾额，李渔用一种独特的方式将十二篇小说连缀起来，形成一个整体，创造了一种新颖别致的话本小说集的编排方式。

（三）

李渔一生追求享乐，广置姬妾，多次盖楼，还有其他各种享受，必须有金钱作基础。可李渔谈过戏曲、美色、居室、园林、饮食、养生，却没有专门谈过金钱，并不是他有意回避这一话题，而是金钱并非“闲情”，不符合“偶寄”的标准。只

---

① 李渔《李渔全集》第11卷，浙江古籍出版社1992年，第188页。

② 李渔《李渔全集》第11卷，浙江古籍出版社1992年，第188—189页。

要细检他的尺牍、诗文，不难梳理出他对金钱的看法和态度。李渔并不讳言金钱，绝不会称之为“阿堵物”，反而说得十分坦然。李渔是一位著名的小说家、剧作家，其作品十分畅销，因而有书坊盗刻他的著作，李渔告到官府，追究责任，成为中国最早维护自己作品版权的作家之一。他在《与赵声伯文学》中云：“弟之移家秣陵也，只因拙刻作祟，翻版者多”，“幸弟风闻最早，力恳苏松道孙公出示禁止，始寝其谋。乃吴门之议才熄，而家报倏至，谓杭州翻刻已竣”，“弟以他事滞金阊，不获亲往问罪，只命小婿谒当事求正厥辜。”①直到晚年，李渔还在为作品被盗版而警告当事人，“至于倚富恃强，翻刻湖上笠翁之书者，六合以内，不知凡几。我耕彼食，情何以堪！誓当决一死战，布告当事”②！在给友人的书信中，李渔多次谈到自己打抽丰的收入状况，如《与龚芝麓大宗伯》云：“渔终年托钵，所遇皆穷，惟西秦一游，差强人意，八闽次之。外此则皆往吸清风、归餐明月而已。”③《答顾赤方》云：“弟客楚江半载，得金甚少，得句颇多。”④晚年李渔多次写信给朋友，请求资助。《与诸暨明府刘梦锡》云：“倘蒙念其凄凉，而复悯其劳顿，则绨袍之赐，不妨遣盛使颁来。”⑤《上都门故人述旧状书》云：“但求一二有心人，顺风一呼，各助以力，则湖上笠翁尚不即死。”⑥李渔出生于一个商人家庭，父亲李如松和伯父李如椿都是经营中草药的商人，李渔从小受到家庭环境的熏染，养成了良好的商业意识与经营能力。李渔四十岁时从家乡兰溪移居杭州，开始了“卖赋以糊其口”的创作生涯。明清之际，小说戏曲具有广阔的市场，《三国演义》、《水浒传》、《西游记》、“三言”、“二拍”等通俗小说一版再版，看戏成为明代以来最主要的娱乐活动。而李渔自信自己具有小说戏曲创作方面的天赋，到杭州之后，很快就选择创作戏曲和通俗小说作为谋生的手段，先后创作了传奇《怜香伴》、《风筝误》、《意中缘》、《玉搔头》、《奈何天》、《蜃中楼》、《比目鱼》，小说《无声戏》、《肉蒲团》、《十二楼》，成为远近闻名的畅销书作家，戏班和书坊纷纷请李渔编写戏曲和小说。李渔五十二岁时移家江宁，索性沉浮商海，成为一位文化商人。江宁是当时的刻书中心之一，李渔曾有过与书坊合作的经验，

---

① 李渔《李渔全集》第 1 卷，浙江古籍出版社 1992 年，第 167—168 页。
② 李渔《李渔全集》第 11 卷，浙江古籍出版社 1992 年，第 229 页。
③ 李渔《李渔全集》第 1 卷，浙江古籍出版社 1992 年，第 163 页。
④ 李渔《李渔全集》第 1 卷，浙江古籍出版社 1992 年，第 210 页。
⑤ 李渔《李渔全集》第 1 卷，浙江古籍出版社 1992 年，第 218 页。
⑥ 李渔《李渔全集》第 1 卷，浙江古籍出版社 1992 年，第 226 页。

对刻书并不陌生，更重要的是他的作品十分畅销。有了这些有利条件，李渔到江宁之后，也开书坊刻书，初名翼圣堂，后更名芥子园。所刻书籍有不少是畅销读物，一版再版。由于家庭人口多，开销大，入不敷出，李渔又另辟生财之道，他将家政、书坊交给女儿淑昭和女婿沈因伯打理，自己组建戏班四处巡回演出，出入达官贵人之家，时间长达五六年之久。李渔凭一人之力，挣钱养活五十口之家，收入相当可观。李渔虽然出入达官贵人之门，但挣钱却有自己的人格尊严与道德底线，他在《答周子》中说："弟虽贫甚贱甚，然枉尺直寻之事，断不敢为。"①虽然当时的一些文人对他打抽丰颇有微词，但那是人们用传统文人的操守来要求一个文化商人，不是李渔的过错。李渔的金钱观念影响到他的话本创作，他笔下的正面人物，都是靠忠厚起家，凭仁慈发迹。《改八字苦尽甘来》中的蒋成在理刑厅做皂隶，为人忠厚仁慈，行杖下不了手，拿人好行方便，不仅趁不到钱，还多次挨板子。后来请一个算命先生改了八字，时来运转，受到刑厅赏识，不仅挣到数千金家事，还选了主簿，升了经历。李渔在入话中虽然发了一通死生有命、富贵在天的议论，而蒋成发家的故事还是告诉大家"修身所以立命"的道理，蒋成之所以发迹，"只为他在衙门中，做了许多好事，感动天心"②。俗话说："君子爱财，取之有道。"不义之财，则分文也不能取。《失千金福因祸至》写小商人秦世良向财主杨百万借了五百两银子漂洋闯海，结果遇海盗打劫。又借了五百两银子，先用三百两往湖广贩米，被同行的老汉将银子拐去。再取二百两银子贩米，被结拜兄弟秦世芳误以为是自己的银子取走。天下竟有这等怪事，秦世良所遇到的海盗、拐子和结拜兄弟，都是仗义之人。海盗原本也是漂洋商人，因货船沉入海中，不得已打劫做本钱，后来做了朝鲜国王的驸马，将秦世良当年的货物，按货价十倍还给原主。拐子是一个义仆，用三百两银子救主，主人后来做了知县，秦世良受了知县五六千金之惠。结拜兄弟秦世芳用二百两银子做本钱，赚了三万两银子的利息，当秦世芳确认是自己错取了秦世良的银子时，要连本带利送还，秦世良只同意对半均分。不论是误会所致，还是不得已而为之，只要不是自己的钱财，都应该及时归还，否则会有恶报。秦世芳将钱财送还秦世良后，家中就遭到上百强盗抢劫，秦世芳如果不是发一念善心，家产将一无所有。

---

① 李渔《李渔全集》第1卷，浙江古籍出版社1992年，第180页。

② 李渔《无声戏》，人民文学出版社1989年，第54—55页。

李渔一生为钱忙碌，为钱发愁，但他挣钱的目的非常明确，就是为了享乐，决不当守财奴。他在《上都门故人述旧状书》中说：亲友“皆怪予不识艰难，肆意挥霍，有昔日之豪举，宜乎有今日之落魄”①。他在信中辩解：“昔日之豪举，非自为之，人为之也。”李渔曾经“肆意挥霍”乃不争的事实。确有歌姬数人，出于知己所赠，“客中买婢，是吾之常”②。白纸黑字，写得清清楚楚。《闲情偶寄·种植部》载：“记丙午之春，先以度岁无资，衣囊质尽，迨水仙开时，则为强弩之末，索一钱不得矣。欲购无资，家人曰：‘请已之。一年不看此花，亦非怪事。’予曰：‘汝欲夺吾命乎？宁短一岁之寿，勿减一岁之花。且予自他乡冒雪而归，就水仙也，不看水仙，是何异于不返金陵，仍在他乡卒岁乎？’家人不能止，听予质簪珥购之。”③已靠典当过节的李渔，为了一盆水仙花，又将妻妾的首饰当了。享受比金钱重要，从李渔当簪珥购水仙花一事看得再清楚不过了。李渔笔下的人物大多会享受生活，娶妻纳妾，盖楼买房，如前所述，此处不赘。守财在李渔的小说中是被否定的。《变女为男菩萨巧》写了这样一桩奇事：施达卿靠烧盐起家做了财主，后来发本钱给别人烧，自己坐收其利，但利心太重，烧出盐来，自己得七分，灶户只得三分。年近六十，尚无子嗣。后来广行善事，烧盐的利息倒过来，灶户得七分，自己只得三分，以前的陈账，一概免除。出钱接济穷人，捐资修桥筑路，结果通房果真怀孕。自通房有了身孕，施达卿便不再施舍，后来通房生出个不男不女的石女。施达卿又发仓赈济灾民，请医生救治病人，石女变成了男儿。这篇小说有一个明显缺陷，观念操纵情节的痕迹太重，但从中还是可以看出，作者想以此告诫世人：为人不能贪婪，赚钱不要刻薄，钱财不一定能传给儿孙，有钱就该多做善事，于人于己都有好处。仗义疏财，扶困救危，在其小说中会得到表彰和赞美；吝啬贪婪，损人利己，会遭到鄙视乃至谴责。《三与楼》中虞素臣的结义朋友，拥有巨万家产，仗义轻财，看到虞素臣卖了园亭，要捐资为他赎回，虞素臣为人狷介，决然不从，友人将二十锭元宝藏在三与楼下，二十年后终于为虞素臣之子赎回园亭。对虞素臣的这位朋友，小说中称赞他为高人侠客，藏金赠友为盛德之事。而刻薄鄙啬，以极低的价格谋取他人园亭的唐玉川父子，不仅生前遭人唾骂，死后其后人入狱吃官司，园亭归还原主。李渔明确反

① 李渔《李渔全集》第1卷，浙江古籍出版社1992年，第225页。
② 李渔《李渔全集》第1卷，浙江古籍出版社1992年，第187页。
③ 李渔《李渔全集》第11卷，浙江古籍出版社1992年，第286页。

对“素富贵而行乎贫贱”，有钱就应该享乐，同时也反对赌博嫖娼，挥霍钱财。《鬼输钱活人还赌债》写王竺生被人诱骗去赌博，将父亲辛苦挣来的田地、房子全部输光，还将父母活活气死。小说结尾，作者写道：“奉劝世人，三十六行的生意，桩桩做得，只除了这项钱财，不趁也好。”[①]《人宿妓穷鬼诉嫖冤》写篦头的待诏王四看了一出新戏《占花魁》，也想做卖油郎，他看上妓女雪娘，和老鸨约定一百二十两财礼娶雪娘为妻，王四前后做了六七年的生意，才交完了彩礼钱，结果老鸨和雪娘说一百二十两银子还不够嫖钱。李渔好色，只好美妻美妾，并不主张将金钱送给老鸨，他在小说中耳提面命：“这段事情，是穷汉子喜风流的榜样，奉劝世间的嫖客，及早回头，不可被戏文小说引偏了心，把血汗钱被他骗去。”[②]嫖妓赌博是挥霍，纳妾盖房是享乐，挥霍与享乐，在李渔的观念中有清晰的界限。

四　李渔的无声戏理论与话本的戏剧化特征

中国古代小说与戏剧有千丝万缕的联系，元杂剧中的名剧《西厢记》、《梧桐雨》、《倩女离魂》等都与唐代小说有关。明代话本中不少名篇被改编成戏剧，《蒋兴哥重会珍珠衫》被改编成传奇《珍珠衫》、《远帆楼》和杂剧《会香衫》，《老门生三世报恩》被改变为传奇《三报恩》，《杜十娘怒沉百宝箱》也被改编成传奇《百宝箱》。就是在这种前提下，李渔提出他的无声戏理论，他将自己创作的第一种话本集命名为“无声戏”，表明他对话本的最基本的认识，话本是无声的戏剧。他在《十二楼·拂云楼》第四回写道：“各洗尊眸，看演这出无声戏。”[③]就是说，《拂云楼》是一出无声戏。他在话本中，经常将小说中的人物与戏剧中的角色对应，如《无声戏》第二回：“那官府未审之先，也在后堂与幕宾串过一次戏了出来的。此时只看两家造化，造化高的，合着后堂的生旦，自然赢了；造化低的，合着后堂的净丑，自然输了。”[④]既然话本是无声戏，那么，李渔对戏剧剧本的认识同

---

① 李渔《无声戏》，人民文学出版社 1989 年，第 147 页。
② 李渔《无声戏》，人民文学出版社 1989 年，第 125 页。
③ 李渔《十二楼》，人民文学出版社 1986 年，第 148 页。
④ 李渔《无声戏》，人民文学出版社 1989 年，第 28 页。

样适用于他的话本，在李渔缺乏系统的小说理论的条件下，用他的戏剧理论观照其话本创作，不失为一条有效的途径。

（一）

李渔论戏剧非常重视结构，“填词首重音律，而予独先结构”①。他所说的结构与我们今天的结构概念有一些出入，但核心意思是相通的。李渔认为戏剧结构应该集中紧凑，他说：“古人作文，一篇定有一篇之主脑。主脑非他，即作者立言之本意也。传奇亦然。一本戏中，有无数人名，究竟俱属陪宾，原其初心，止为一人而设。即此一人之身，自始至终，离合悲欢，中具无限情由，无穷关目，究竟俱属衍文，原其初心，又止为一事而设。此一人一事，即作传奇之主脑也。”②传奇就应该集中笔墨写一人一事，人物不能太多，头绪不能太杂。“头绪繁多，传奇之大病也。《荆》、《刘》、《拜》、《杀》之得传于后，止为一线到底，并无旁见侧出之情。三尺童子观演此剧，皆能了了于心，便便于口，以其始终无二事，贯串只一人也。后来作者不讲根源，单筹枝节，谓多一人可增一人之事。事多则关目亦多，令观场者如入山阴道中，人人应接不暇”③。李渔的话本也具有结构集中紧凑的特点，人物不多，重点写一两个人，相当于传奇中的生旦，情节也不复杂，集中写一件事。《合影楼》写珍生与玉娟隔着墙垣对着水中倒影谈恋爱的故事，用话本中的一句话概括，就是“做出一本风流戏来”。杜浚《十二楼·合影楼》总评云：“‘影儿里情郎，画儿中爱宠’，此传奇野史中两个绝好题目。作画中爱宠者，不止十部传奇，百回野史，迩来遂成恶套，观者厌之。独有影儿里情郎，自关汉卿出题之后，几五百年，并无一人交卷。不期今日始读异书，但恨出题者不得一见；若得一见，必于《西厢》之外又增一部填词，不但相思害得稀奇，团圆做得热闹，即捏臂之关目，比传书递柬者更好看十倍也。”④此评一是说这篇话本情节新奇，二是说这篇话本具有戏剧的特点，便于改编传奇。传奇的角色小说中都已安排好了：“《合影编》的诗稿，已做了一部传奇，目下就要团圆快了。只是正旦之外又添了一脚小旦。”⑤小说中是一夫二妻同时完婚，因此出

---

① 李渔《闲情偶寄》卷一，《李渔全集》第 11 卷，浙江古籍出版社 1992 年，第 4 页。
② 李渔《闲情偶寄》卷一，《李渔全集》第 11 卷，浙江古籍出版社 1992 年，第 8 页。
③ 李渔《闲情偶寄》卷一，《李渔全集》第 11 卷，浙江古籍出版社 1992 年，第 12 页。
④ 李渔《十二楼》，人民文学出版社 1986 年，第 20 页。
⑤ 李渔《十二楼》，人民文学出版社 1986 年，第 16 页。

现正旦、小旦之说。《谭楚玉戏里传情　刘藐姑曲终死节》中心人物就是题目显示的两人，李渔曾据此改编传奇《比目鱼》，剧中生旦就分别扮演谭楚玉和刘藐姑，话本还有一出戏中戏，谭楚玉和刘藐姑演《荆钗记》，谭、刘就扮生、旦。话本的中心情节就是戏里传情。

结构要集中紧凑，除了"立主脑"外，李渔还提出了"密针线"的主张，他说："编戏有如缝衣，其初则以完全者剪碎，其后又以剪碎者凑成。剪碎易，凑成难，凑成之工，全在针线紧密。一节偶疏，全篇之破绽出矣。每编一折，必须前顾数折，后顾数折。顾前者，欲其照映，顾后者，便于埋伏。照映埋伏，不止照映一人、埋伏一事，凡是此剧中有名之人、关涉之事，与前此后此所说之话，节节俱要想到，宁使想到而不用，勿使有用而忽之。"[①]剧中的人物与情节要前后勾连，互相照应，成为一个有机的整体。传奇如此，话本也是如此。《失千金福因祸至》写财主杨百万靠放债为生，他放债的依据，一不看你是否诚信，二不看你家产多少，只看相貌如何。两个借贷者面貌身材，就像一个印板印出来的，秦世芳家有千金，还想借五百两本钱，杨百万认为他家产留不住，一两银子也不借。秦世良家事萧条，要借五两银子，杨百万认为他是个财主的相貌，先后借给他一千两本钱。杨百万看相是否准确，秦世芳是否会败落，秦世良是否会发家，小说在这里已经埋下了伏笔。秦世良先用五百两做本钱漂洋做生意，结果在海上被劫。再带三百两银子到湖广贩米，住店被盗。又取二百两去湖广，这次巧遇秦世芳，两人结为兄弟，可在取货兑银子的时候，秦世芳的二百两银子不见了，主人家误认秦世良偷了银子。这次不仅亏了本钱，还受到侮辱，愤而回家处馆度日。秦世芳用秦世良的二百两银子做本钱，赚了三万两的利息。这种结果似乎与杨百万的相面大相径庭，这只是李渔话本千回百转的叙事技巧而已，秦世芳回家发现自己的二百两本钱放在家里，诚实的世芳一定要将三万两的货物全部交还世良，两人争执不下，最后由杨百万判为对半均分。新知县到任，差人请秦世良相会，后来两人成为至交。秦世良受了知县五六千金之惠。原来偷秦世良三百两银子的人是知县的老仆，为了搭救主子而行窃，知县结交秦世良是为了补还前债。秦世芳到朝鲜卖绸缎，见到驸马，这驸马原是当年海上劫货的强盗，要按货物十倍的价返还秦世良。话本在写知县告知秦世良结交原因处，睡乡祭酒评

---

① 李渔《闲情偶寄》卷一，《李渔全集》第 11 卷，浙江古籍出版社 1992 年，第 10 页。

曰:“看他针线。”事实上,小说并不只是一处照应,凡是前面出现的人物与事件,后面几乎一一有交代。秦世良三次经商,最后都有结果。杨百万的相面,后面一一灵验。秦世芳因为一件官司原先的家产几近费尽,后来靠秦世良的二百两本钱挣来的利润,要不是他及时交还秦世良,早被强盗抢去。只因他行了善事,脸上生出许多阴骘纹来,才发财致富。

李渔认为,戏曲开篇要简洁,重要人物要及时出场,尽快入戏。他说:“本传中有名脚色,不宜出之太迟。如生为一家,旦为一家,生之父母随生而出,旦之父母随旦而出,以其一部之主,余皆客也。虽不定在一出二出,然不得出四五折之后。太迟则先有他脚色上场,观者反认为主,及见后来人,势必反认为客矣。即净丑脚色之关乎全部者,亦不宜出之太迟。善观场者,止于前数出所记,记其人姓名;十出以后,皆是枝外生枝,节中长节,如遇行路之人,非止不问姓字,并形体面目皆可不必认矣。”①话本一般有头回,这是说话艺术留下的遗迹,在文人话本中还得到一定程度的强化,它对正话的立意有补充作用。头回太长就会喧宾夺主,影响读者尽快进入正话故事。因此,李渔话本的头回都比较短,有部分话本就没有头回,就是为了让主要人物尽快出场,读者能及时进入主要故事。《谭楚玉戏里传情　刘藐姑曲终死节》就没有头回,李渔在入话结尾处写道:“别一回小说,都要在本事之前另说一件小事,做个引子;独有这回不同,不需为主邀宾,只消借母形子,就从粪土之中,说到灵芝上去,也觉得文法一新。”②《生我楼》也没有头回。《改八字苦尽甘来》虽有头回,篇幅不到二百字,非常简洁。

好的戏剧结尾,可以让观众回味无穷。“全本收场,名为大收煞。此折之难,在无包括之痕,而有团圆之趣。如一部之内,要紧脚色共有五人,其先东西南北各自分开,至此必须会合。此理谁不知之?但其会合之故,须要自然而然,水到渠成,非由车戽。最忌无因而至,突如其来,与勉强生情,拉成一处,令观者识其有心如此,与恕其无可奈何者,皆非此道中绝技,因有包括之痕也。骨肉团聚,不过欢笑一场,以此收锣罢鼓,有何趣味?水穷山尽之处,偏宜突起波澜,或先惊而后喜,或始疑而终信,或喜极信极而反致惊疑,务使一折之中,七情俱备,始为到底不懈之笔,愈远愈大之才,所谓有团圆之趣者也。予训儿辈尝云:‘场中作文,有倒骗主司入彀之法:开卷之初,当以奇句夺目,使之一见而惊,不敢弃

① 李渔《闲情偶寄》卷二,《李渔全集》第11卷,浙江古籍出版社1992年,第62页。
② 李渔《连城璧》,《李渔全集》第4卷,浙江古籍出版社1992年,第252页。

去，此一法也；终篇之际，当以媚语摄魂，使之执卷留连，若难遽别，此一法也。'收场一出，即勾魂摄魄之具，使人看过数日，而犹觉声音在耳、情形在目者，全亏此出撒娇，作'临去秋波那一转'也"①。戏曲绝大多数是团圆结局，李渔传奇更是如此。但团圆要自然，真实可信。同时要有新意，给观众留下难忘的印象。李渔也将这种技巧运用到话本创作之中，《谭楚玉戏里传情　刘藐姑曲终死节》这样结尾："后来都活到九十多岁，才终天年。只可惜没有儿子，因藐姑的容貌过于娇媚，所以不甚宜男；谭楚玉有笃于夫妇之情，不忍娶妾故也。"②小说结尾一般是儿孙满堂，可这篇话本跳出窠臼，说谭楚玉夫妇没生儿子，出人意料，因此杜濬于此处加上眉批："煞处更妙，脱尽小说蹊径。"③

（二）

人们常说，文学是语言的艺术，优秀的文学家都是杰出的语言大师。李渔认为，戏曲语言贵浅易，"曲文之词采，与诗文之词采非但不同，且要判然相反。何也？诗文之词采，贵典雅而贱粗俗，宜蕴藉而忌分明。词曲不然，话则本之街谈巷议，事则取其直说明言。凡读传奇而有令人费解，或初阅不见其佳，深思而后得其意之所在者，便非绝妙好词，不问而知为今曲，非元典也。元人非不读书，而所制之曲，绝无一毫书本气，以其有书而不用，非当用而无书也，后人之曲则满纸皆书矣。元人非不深心，而所填之词，皆觉过于浅近，以其深而出之以浅，非借浅以文其不深也，后人之词则心口皆深矣"④。戏剧是舞台艺术，演出是连贯性的，演员不可能中途停顿，更不可能重复表演，它必须让观众一眼就能看懂，无论是曲词还是宾白，都应该通俗易懂。不仅如此，"传奇不比文章，文章做与读书人看，故不怪其深，戏文做与读书人与不读书人同看，又与不读书之妇人小儿同看，故贵浅不贵深。使文章之设，亦为与读书人、不读书人及妇人小儿同看，则古来圣贤所作之经传，亦只浅而不深，如今世之为小说矣"⑤。读书人看戏，不读书人也看戏，而且不读书人看戏的更多，那么，戏曲语言更应该浅近，让不读书人也能看懂。话本与传奇有所不同，必须读书识字的人才能阅读，但

---

① 李渔《闲情偶寄》卷二，《李渔全集》第 11 卷，浙江古籍出版社 1992 年，第 63 页。
② 李渔《连城璧》，《李渔全集》第 4 卷，浙江古籍出版社 1992 年，第 279 页。
③ 李渔《连城璧》，《李渔全集》第 4 卷，浙江古籍出版社 1992 年，第 279 页。
④ 李渔《闲情偶寄》卷一，《李渔全集》第 11 卷，浙江古籍出版社 1992 年，第 17 页。
⑤ 李渔《闲情偶寄》卷一，《李渔全集》第 11 卷，浙江古籍出版社 1992 年，第 24 页。

它的读者群主要还是市民，他们识字不多，满篇的典故与生僻字句，他们也读不懂，因此也要通俗易懂，“今世之为小说”，“只浅而不深”。李渔运用白话的能力在古代小说戏曲家中是少见的。他常常从市井口语中提炼小说语言，既通俗易懂，又形象生动。《改八字苦尽甘来》写一个淳朴善良刑厅皂隶蒋成，因为好行方便，常常自己挨打，同行这样笑话他：“不是撑船手，休来弄竹篙。衙门里的钱，这等好趁！要进衙门，先要吃一服洗心汤，把良心洗去；还要烧一分告天纸，把天理告辞，然后吃得这碗饭。你动不动要行方便，这‘方便’二字，是毛坑的别名，别人泻干净，自己受腌臜。你若有做毛坑的度量，只管去行方便，不然这两个字请收拾起。”①市井中的谚语、比喻都被李渔写进小说，把衙门里面的暗无天日和蒋成与环境的格格不入写得入木三分，市民读者不仅好懂，而且倍感亲切。《变女为儿菩萨巧》有这样一段文字，几乎通篇都是浅俗的比喻：“达卿虽不能肆意取乐，每到经期之后，也奉了钦差，走去下几次种。却也古怪，那些通房在别人家就像雌鸡、母鸭一般，不消家主同衾共枕，只是说话走路之间，得空偷偷摸摸，就有了胎；走到他家，就是阉过了的猪，揭过了的狗，任你翻来覆去，横困也没有，竖困也没有，秋生冬熟之田，变做春夏不毛之地，达卿心上甚是忧煎。”②杜浚眉批：“极平常、极村俗的话，一出其口，便有许多奇趣出来，真点铁手也。”③“平常”、“村俗”就是说它通俗浅易，而“奇趣”则是说它富有文学意味。

通俗要有一个度，否则就会流于庸俗，李渔坚决反对用庸俗的语言迎合观众，在《闲情偶寄》中李渔指出：“观文中花面插科，动及淫邪之事，有房中道不出口之话，公然道之戏场者。无论雅人塞耳，正士低头，惟恐恶声之污听，且防男女同观，共闻亵语，未必不开窥窃之门，郑声宜放，正为此也。不知科诨之设，止为发笑，人间戏语尽多，何必专谈欲事？即谈欲事，亦有‘善戏谑兮，不为虐兮’之法，何必以口代笔，画出一幅春意图，始为善谈欲事者哉？人问：善谈欲事，当用何法，请言一二以概之。予曰：如说口头俗语，人尽知之者，则说半句，留半句，或说一句，留一句，令人自思。则欲事不挂齿颊，而与说出相同，此一法也。如讲最亵之话虑人触耳者，则借他事喻之，言虽在此，意实在彼，人尽了解，则欲

---

① 李渔《无声戏》，人民文学出版社 1989 年，第 48 页。
② 李渔《无声戏》，人民文学出版社 1989 年，第 152 页。
③ 李渔《无声戏》，人民文学出版社 1989 年，第 152 页。

事未入耳中，实与听见无异，此又一法也。得此二法，则无处不可类推矣。”[①]素轩云：“稗官为传奇蓝本。传奇有生、旦，不能无净、丑。故文中科诨处，不过借笔成趣。观者勿疑其有所指刺也；若疑其有所指刺，则作者尝设大誓于天矣。”[②]李渔在话本中也用这种方法来写欲事。《丑郎君怕娇偏得艳》写阙里侯与邹小姐新婚之夜一段，几乎全用比喻：“邹小姐是赋过摽梅的女子，也肯脱套，不消得新郎死拖硬扯，顺手带带也就上床。虽然是将开之蕊，不怕蜂钻，究竟是未放之花，难禁蝶采。摧残之际，定有一番狼藉，女人家这种磨难，与小孩子出痘一般，少不得有一次的，这也不消细说。”[③]杜浚眉批：“极戏谑的话，说来又不伤风雅，所以为妙。”[④]《人宿妓穷鬼诉嫖经》也用同样的方法：“某公子风流之兴，虽然极高，只是本领不济。每与妇人交感，不是望门流涕，就是遇敌倒戈，自有生以来，不曾得一次颠鸾倒凤之乐。相处的名妓虽多，考校之期，都是草草完篇，不交白卷而已。”[⑤]杜浚曾评《贞女守节来异谤　朋侪相谑致奇冤》：“极村的话说得极文，极俗的话说得极雅。”[⑥]其实概括了李渔话本语言的共同特点。

戏曲是代言体，人物的性格，故事的发展，只能通过剧中人物的曲词和宾白来完成，因此，戏曲对人物的语言要求极高。“言者，心之声也，欲代此一人立言，先宜代此一人立心，若非梦往神游，何谓设身处地？无论立心端正者，我当设身处地，代生端正之想；即遇立心邪辟者，我亦当舍经从权，暂为邪辟之思。务使心曲隐微，随口唾出，说一人，肖一人，勿使雷同，弗使浮泛，若《水浒传》之叙事，吴道子之写生，斯称此道中之绝技。果能若此，即欲不传，其可得乎”[⑦]？与戏剧相比，小说作者可运用的手段要多一些，自由度也要大一些，除人物语言之外，不少的创作意图可以通过叙述人的语言来完成。人物的内心世界，戏剧只能通过人物的旁白来揭示，小说则可以直接描写。无论是写语言，还是写心理，都必须符合人物的身份、性格、处境，这一点小说、戏剧又是相通的。李渔话本对人物语言、心理的描写，也是设身处地，务求肖似。《萃雅楼》写权奸严世蕃

---

① 李渔《闲情偶寄》卷二，《李渔全集》第 11 卷，浙江古籍出版社 1992 年，第 56 页。
② 《合锦回文传》第二卷总评，《李渔全集》第 4 卷，浙江古籍出版社 1992 年，第 326 页。
③ 李渔《无声戏》，人民文学出版社 1989 年，第 5 页。
④ 李渔《无声戏》，人民文学出版社 1989 年，第 5 页。
⑤ 李渔《无声戏》，人民文学出版社 1989 年，第 114 页。
⑥ 李渔《连城璧》，《李渔全集》第 4 卷，浙江古籍出版社 1992 年，第 403 页。
⑦ 李渔《闲情偶寄》卷二，《李渔全集》第 11 卷，浙江古籍出版社 1992 年，第 47 页。

为了得到一个漂亮男童权汝修，竟然指使一太监将其阉割的故事。李渔为了写出严世蕃的残忍与自私，确实做到了设身处地。严世蕃用尽各种手段，权汝修就是不从，于是严世蕃思量道："我这样一位显者，心腹满朝，何求不得？就是千金小姐，绝世佳人，我要娶他，也不敢回个不字，何况百姓里面一个孤身无靠的龙阳！我要亲热他，他偏要冷落我，虽是光棍不好，预先勾搭住他，所以不肯改适，却也气愤不过。少不得生个法子，弄他进来。只是一件，这样标致后生放在家里，使妻妾们看见，未免动心，就不做出事来，也要彼此相形，愈加见得我老丑。除非得个两全之法，止受其益，不受其损，然后招他进来，实是长便。"①严世蕃是相国之子，朝廷高官，一个小小的男童，还敢不从，自然非常生气，一定要把他弄到手，而且对此毫不怀疑。这种心理完全符合他的身份。严世蕃满室妻妾，把一个年轻貌美的男童放在家里，实在是放心不下。这又是严世蕃满脑子男盗女娼的龌龊心理的真实反映。于是他心生一计，让沙太监给权汝修净身。这种描写，确实是"舍经从权，暂为邪辟之思"。李渔说："极粗极俗之语，未尝不入填词，但宜从脚色起见。如在花面口中，则惟恐不粗不俗，一涉生旦之曲，便宜斟酌其词。无论生为衣冠仕宦，旦为小姐夫人，出言吐词当有隽雅舂容之度。即使生为仆从，旦作梅香，亦须择言而发，不与净丑同声。以生旦有生旦之体，净丑有净丑之腔故也。"②根据人物身份与个性来设计其语言与心理，是李渔一贯的艺术追求。

（三）

李渔的戏剧理论与创作有一个鲜明的特点，就是重喜剧轻悲剧，《笠翁传奇十种》绝大多数是喜剧，他在名剧《风筝误》结尾写道："传奇原为消愁设，费尽杖头歌一阕；何事将钱买哭声？反令变喜成悲咽。惟我填词不卖愁，一夫不笑是吾忧；举世尽成弥勒佛，度人秃笔始堪投。"③将他爱写喜剧及其原因说得非常清楚。事实上李渔并不只是在戏剧创作中崇尚喜剧，包璿在《李先生〈一家言全集〉叙》中指出："笠翁游历遍天下，其所著书数十种，大多寓道德于诙谐，藏经术于滑稽，极人情之变，亦极文情之变。不知者以为此不过诙谐滑稽之书，其知者

---

① 李渔《十二楼》，人民文学出版社 1989 年，第 115 页。
② 李渔《闲情偶寄》卷一，《李渔全集》第 11 卷，浙江古籍出版社 1992 年，第 22 页。
③ 李渔《风筝误》，《李渔全集》第 2 卷，浙江古籍出版社 1992 年，第 203 页。

则谓李子之诙谐非诙谐也，李子之滑稽非滑稽也。当世之人尽聋聩矣，吾欲与之庄语道德固不可，既欲与之庄语经术复不可，则不得不出之以诙谐滑稽焉。”①李渔的大多数著作都有诙谐滑稽的特点，当然包括李渔的话本在内。如果从话本的主体风格来判断，李渔的话本大部分也是喜剧性的。《丑郎君怕娇偏得艳》立意并不可取，无非是劝有才有貌的女子，即使是嫁了个愚丑丈夫，也要认命。小说对喜剧手法的运用，喜剧情境的创造，可谓精彩绝伦。阙里侯不仅愚蠢至极，而且丑得出奇，五官四肢都带些毛病，还浑身恶臭。而他连娶三房妻子，邹小姐风度嫣然，聪明绝世。何小姐年方二八，貌赛西施。而吴氏则才貌双全。李渔明白：“两物相形，好丑愈见。”②李渔用夸张的手法将阙里侯的愚丑与三位小姐的才貌描绘到极点，使之形成强烈的反差，达到滑稽可笑的程度。不仅如此，作者还写三位小姐见到阙里侯的尊容之后，千方百计地躲避他，吴氏还企图摆脱他，最终鬼使神差地只能回到他的身边，以此来讽诫不愿认命的美貌女子，也带有喜剧色彩。杜濬总评云：“这回小说救得人活，又笑得人死，作者竟操生杀大权。”③“笑得人死”显然是针对小说的喜剧性特点而发。

李渔编喜剧常用误会、巧合的手法来构思情节，制造喜剧效果，《风筝误》将这一喜剧技巧发挥得淋漓尽致。才子韩世勋英俊潇洒，因父母双亡，家境贫寒，靠父亲好友戚补臣抚养，陪戚子友先读书。詹列侯蓄二妾梅氏、柳氏，梅氏生女爱娟，貌丑才劣。柳氏生女淑娟，聪慧端庄。戚生清明节放风筝，线断坠落柳氏院中，淑娟见风筝上韩生所题感怀诗，和诗其上。韩生见诗后爱慕不已，另做一风筝，再题诗一首，故令坠落詹府，却入爱娟之手。爱娟误以为是戚生所作，约戚生幽会。韩生假冒戚生之名赴约，见爱娟貌丑言俗，惊而逃归。后来戚生与爱娟结婚，韩生聘淑娟为妻。爱娟以为约见的就是戚生，韩生则以为见到的就是淑娟，由此产生一系列的喜剧性冲突，拒婚悔约，惊丑诧美，令人喷饭。《风筝误》几乎成为用误会、巧合手法创造喜剧的标本，难怪朴斋主人认为“从来杂剧未有如此好看者，无怪甫经脱稿，即传遍域中”④。在话本中，李渔也常用误会、巧合的手法来写喜剧性的故事，《美男子避祸反生疑》写书生蒋瑜与商人赵玉吾

① 李渔《笠翁一家言文集》卷首，《李渔全集》第一卷，浙江古籍出版社 1992 年。
② 李渔《无声戏》，人民文学出版社 1989 年，第 9 页。
③ 李渔《无声戏》，人民文学出版社 1989 年，第 26 页。
④ 《风筝误》第二十九出眉批，《李渔全集》第 2 卷，浙江古籍出版社 1992 年，第 191 页。

比邻而居，赵家尚未完婚的儿媳妇何氏聪明标致，何氏的卧室与蒋瑜的书房一墙之隔，何氏的玉扇坠被老鼠衔到蒋家，赵家据此认为儿媳妇与蒋瑜有奸情，将蒋瑜告到官府，并为儿子另娶蒋瑜的未婚妻。后来知府发现老鼠洞才真相大白，官府判何氏与蒋瑜结婚。这个故事明显受到《十五贯》的影响。主要情节由误会与巧合构成，这里有赵玉吾夫妇、官府对蒋瑜、何氏的误会，还有蒋瑜对何氏的误会，何氏对蒋瑜的误会。赵玉吾夫妇为防范何氏将她的卧室换到前面，而蒋瑜为避嫌也将书房移到前面，虽属巧合，却合情理。误会与巧合成就了一桩美满姻缘。《生我楼》写湖广陨阳府财主尹厚，原有一独生子，三四岁时失踪，年过半百，他想立嗣，又担心别人图他家产，于是远离家乡，破衣旧帽，插上草标，愿意卖身作父，身价十两。还真有一个后生商人姚继愿意买他，姚继自幼失去父母，靠贩布为生，一人孤苦伶仃，希望有个养父教诲。就在此时，不料遇上战乱，尹厚将实情告诉姚继，让他随自己回家。途中姚继下船去看未婚妻，未婚妻却被乱军抢走。有人在一码头卖妇女，姚继想找回妻子。乱兵不让查看，所有抢来的妇女都装在布袋里面，论斤买卖。姚继被迫买回一个，却是一个五十多岁的老妇，善良的后生将她认做母亲。老妇感激姚继，指点他买回一绝世佳人，这女子正是姚继的心上人。老妇带姚继夫妇回家，这老妇不是别人，正是尹厚的妻子。还有更巧的，尹厚夫妇正是姚继的亲生父母。巧合成为这篇小说完成喜剧结局的重要手段。在李渔的一些喜剧性的话本中，存在一种不良倾向，为追求喜剧效果，作者不管情感的庄严与神圣，也不管背景的冷峻与严酷，只是一味地戏谑和嘲弄，失去了喜剧的美学价值与作者的社会责任。

五　李渔话本议论的出新与尚趣

（一）

小说是一种叙事文体，特别是古代白话小说，起源于说话艺术，主要是叙述故事。但古代小说家并不排斥议论，标志着中国小说成熟的唐传奇就有部分作品在写完故事之后，往往要发几句议论。如李公佐《谢小娥传》叙述完小娥只身报杀父、杀夫之仇的故事后，作者写道："复父夫之仇，节也；佣保杂处，不知女人，贞也。女子之行，唯贞与节，能终始全之而已。如小娥，足以儆天下逆道乱常之心，足以观天下贞夫孝妇之节。"①元稹《莺莺传》写完莺莺与张生的爱情悲剧后，作者云："予常于朋会之中，往往及此意者，夫使知者不为，为之者不惑。"②唐传奇在篇末发议论尚不多见。话本小说中的议论比唐传奇更为普遍，作者在入话和篇末经常发议论。如《金玉奴棒打薄情郎》开篇是一首诗，接着是简短的议论："这四句，乃昔人所作《弃妇词》，言妇人之随夫，如花之附于枝；枝若无花，逢春再发；花若离枝，不可复合。劝世上妇人事夫尽道，同甘同苦，从一而终；休得慕富嫌贫，两心三意，自贻后悔。"③又如《宣徽院仕女秋千会》也是开篇为诗，随后是议论："话说人世婚姻前定，难以强求。不该是婚姻的，随你用尽机谋，坏尽心术，到底没收场。及至该是婚姻的，虽是被人扳障，受人离间，却又散的弄出合来，死的弄出活来。"④但是无论是唐传奇还是话本小说，议论都是三言两语，百十来字，叙事才是小说主要的艺术手段。

李渔是一位极富创新意识的作家，他写话本小说，就有多方面的出新。其中之一就是议论与前代话本大不相同。他的话本议论之多，在话本小说乃至白话小说中首屈一指。李渔充分利用话本小说的文体优势，在入话、结尾处大发议论。一篇话本大多有三处大段的议论，一处在开篇诗词之后，一处在头回之后，一处在正话之后。以《无声戏》第一回《丑郎君怕娇偏得艳》为例，开篇一首七律诗，然后是一大段姻缘错配、红颜薄命的议论，下面讲了一个恶人死后被阎王罚做绝标致妇人的故事作头回。紧接着又讲红颜薄命的道理，才进入正话。正话之后，又发了一通劝诫配了丑夫的女人不要求全责备，娶了美妻的男人要敬爱娇妻的议论。三段议论相加，一千三百多字。《寡妇设计赘新郎　众美齐心夺才子》开篇一首[忆秦娥]词，接着是一通风流子弟要才貌双全，"才貌二字虽然并称，毕竟才字在貌字之前"，然后是头回，下面又是一段"若还有才有貌，又能循规蹈矩，不做妨伦背理之事，方才叫做真正风流"⑤的高论，正话之后，又就吕哉生"不为才貌所误"发表议论。三段议论，也有一千二百多字。李渔话本

① 李昉等编《太平广记》十，中华书局 1961 年，第 4032 页。
② 李昉等编《太平广记》十，中华书局 1961 年，第 4016 页。
③ 冯梦龙《古今小说》，人民文学出版社 1958 年，第 431 页。
④ 凌濛初《拍案惊奇》，上海古籍出版社 1982 年，第 146 页。
⑤ 李渔《连城璧全集》第九回，《李渔全集》第 4 卷，浙江古籍出版社 1992 年，第 368 页。

议论多、篇幅长不是个别现象，还可以举出不少例证。

在入话和篇末发议论，符合话本小说体制的要求，李渔话本的议论，并不限于入话和篇末，渗透到话本的方方面面，在正话中也经常发议论，写到一些重要关目，李渔便要跳出来说几句。在《鹤归楼》中，议论随处可见。段玉初、郁子昌不想出仕，却双双连捷，李渔写道："不想文章的造诣，与棋力酒量一般，低的要高也高不来，高的要低也低不去，乡会两榜，都巍然高列。"①官尚宝调换亲事，将亲生女儿配了二甲的郁子昌，将侄女嫁给三甲段玉初，李渔说："可见天下之事都有个定数存焉，不消逆虑。"②郁子昌在外料理军饷，百般劳苦，加上日夜思念娇妻，容貌衰老很快，李渔写道："俗语云：少年子弟江湖老。为商做客的子弟尚且要老在江湖，何况随征遇敌的少年，岂能够仍其故像？若还单受辛勤，止临锋镝，还有消愁散闷之处，纵使易衰易老，也毕竟到将衰将老之年那副面容才能改变；当不得这位少年，他生平不爱功名，只图快乐，把美妻当了性命，一时三刻也是丢不下的。又兼那位妻子极能体贴夫心，你要如此，她早已如此；枕边所说的话，被中相与之情，每一想起，就令人销魂欲绝。所以郁子昌的面貌，不满三年，就变做苍然一叟，髭须才出就白起来。"③李渔在入话中奉劝世人："要晓得别离二字，虽不是乐，但从别离之下，又深入一层，想到那别无可别、离不能离的苦处，就觉得天涯海角，胜似同堂，枕冷衾寒，反为清福。"④这一意图是通过段玉初夫妇的故事表达出来的，郁子昌是一个反例，所以李渔在正话中迫不及待地说出来。《谭楚玉戏里传情　刘藐姑曲终死节》写杨村坞的女旦有"三许三不许"，讲完之后，李渔就有一段议论："但凡男子相与妇人，那种真情实意，不在粘皮靠肉之后，却在眉来眼去之时，就像极馋的客人上了酒席，众人不曾下箸时节，自己闻见了香味，竟像那些馔肴都是不曾吃过的一般，不住要垂涎咽唾；及至口之后，狼餐虎嚼吃了一顿，再有珍馐上来，就不觉其可想，反觉其可厌了。男子见妇人，就如馋人遇酒食，只可使他闻得，不可容他下箸，一下了箸，就不觉兴致索然，再要他垂涎咽唾，就不能够了。"⑤这番议论意在说明杨村坞的女旦为何"三许三不许"。作为一位主体意识非常强烈的作家，李渔在话本创作中随

① 李渔《十二楼》，人民文学出版社 1986 年，第 174 页。

② 李渔《十二楼》，人民文学出版社 1986 年，第 176 页。

③ 李渔《十二楼》，人民文学出版社 1986 年，第 189 页。

④ 李渔《十二楼》，人民文学出版社 1986 年，第 171 页。

⑤ 李渔《连城璧全集》，《李渔全集》第 4 卷，浙江古籍出版社 1992 年，第 254 页。

时出面发议论，形成了独特的夹叙夹议的叙事风格。

李渔还借小说中人物之口发议论，在《妒妻守有夫之寡 懦夫还不死之魂》中，费隐公用守寡、改嫁的办法来制服妒妇，曾对懦夫穆子大说过这样一番话："他起先不容你娶妾，总是不曾做过寡妇，不知绝后之苦，一味要专宠取乐，不顾将来。只说有饭可吃，有衣可穿，过得一世就罢，定要甚么儿子？如今做了寡妇，少不得要自虑将来，得病之际那个延医，临死之时谁人送老？自己的首饰衣服、粮米钱财，付与何人？少不得是一抢而散。想到此处，自然要懊悔起来。可见世间的儿子，无论嫡生庶出，总是少不得的。以后嫁了丈夫，自然以得子为重，取乐为轻了。他起先挟制丈夫，难为姬妾，总是说他身子站得正，口嘴说得响，立于不败之地，不怕那个休了他，所以敢作敢为，不肯受人箝束。若还略有差池，等丈夫捏住筋节，就有飞天的本事，也只好收拾起来了。"[①]这番议论，既是费隐公给穆子大解释他的治妒之法，又是分析妒妇淳于氏洗心革面的原因，也不妨看做李渔告诫妇人不要嫉妒的逆耳忠言。在前面提及的《鹤归楼》中，段玉初离家之前对新婚妻子十分绝情，李渔通过段、郁对话作出解释："但凡少年女子，最怕的是凄凉，最喜的是热闹，只除非丈夫死了，没得思量，方才情愿守寡。若叫她没缘没故做个熬孤守寡之人，少不得熬上几年定要郁郁而死。我和她两个平日甚是绸缪，不得已而相别，若还在临行之际又做些情态出来，使她念念不忘，把颠鸾倒凤之情形诸梦寐，这分明是一剂毒药，要逼她早赴黄泉。万一有个生还之日，要与她重做夫妻也不能够了。不若寻些事故，与她争闹一场，假做无情，悻悻而别，她自然冷了念头，不想从前的好处，那些凄凉日子就容易过了。古人云：'置之死地而后生。'我顿挫她的去处，正为要全活她。"[②]虽说是人物语言，实际上代表了李渔的观点。

李渔话本的结构也带有明显的议论文的特点：入话提出论点，正话用事实论证，篇末归纳出结论。《鬼输钱活人还赌债》入话中提出赌博败家的观点："如今世上的人迷而不悟，只要将好好的人家央他去送。起先要赢别人的钱，不想到输了自家的本；后来要翻自家的本，不想又输与别人的钱。输家失利，赢家也未尝得利，不知弄它何干？"[③]正话便讲王竺生被人诱骗赌博，输掉了父亲辛苦

---

① 李渔《连城璧全集》，《李渔全集》第4卷，浙江古籍出版社1992年，第353页。

② 李渔《十二楼》，人民文学出版社1986年，第192页。

③ 李渔《无声戏》，人民文学出版社1989年，第126页。

挣下的田地、房产，还气死了亲生父母的故事，作为赌博败家的活生生证据。最后得出结论："可见赌博一事，是极不好的。不但赢来的钱钞，做不得人家；就是送去了人家，也损于阴德。……奉劝世人，三十六行的生意，桩桩做得，只除了这项钱财，不趁也好。"①《丑郎君怕娇偏得艳》开篇诗后，就是一段红颜薄命的议论："不是因她有了红颜，然后才薄命；只为她应该薄命，所以才罚做红颜。但凡生出个红颜妇人来，就是薄命之坯了，哪里还有好丈夫到她嫁，好福分到她享？"②头回讲了一个极恶之人被阎王罚做绝标致的妇人，嫁给一个极丑陋男子的"鬼话"。正话写三个绝代佳人先后阴差阳错地嫁给内才不济、相貌极丑的阙里侯为妻。写完正话，李渔特别强调："这岂不是美妻该配丑夫的实据？"③作者写这一故事的目的，是要"把一桩实事，演做正文，不像以前的话，出于阎王之口，入于判官之耳，死去的病人，还魂说鬼，没有见证的"④。也就是说，李渔要用实事作为见证，证明其红颜薄命的高论。最后的结论对开篇的观点稍作调整："我这回小说也只是论姻缘的大概，不是说天下夫妻个个都如此。只要晓得美妻配丑夫倒是理之常，才子配佳人反是理之变。处常的要相安，处变的要谨慎。"⑤

（二）

李渔凡事喜欢求新求奇，光绪《兰溪县志》载：李渔"性极巧，凡窗牖、床榻、服饰、器具、饮食诸制度，悉出新意，人见之莫不喜悦，故倾动一时"⑥。文学创作更是如此，"人惟求旧，物惟求新。新也者，天下事物之美称也。而文章一道，较之他物，尤加倍焉。戛戛乎陈言务去，求新之谓也"⑦。戏曲小说不仅情节要脱前人窠臼，语言也要意取尖新。"同一话也，以尖新出之，则令人眉扬目展，有如闻所未闻。……白有尖新之文，文有尖新之句，句有尖新之字，则列之案头，不观则已，观则欲罢不能；奏之场上，不听则已，听则求归不得"⑧。李渔话本的

① 李渔《无声戏》，人民文学出版社 1989 年，第 146—147 页。
② 李渔《无声戏》，人民文学出版社 1989 年，第 1 页。
③ 李渔《无声戏》，人民文学出版社 1989 年，第 25 页。
④ 李渔《无声戏》，人民文学出版社 1989 年，第 3 页。
⑤ 李渔《无声戏》，人民文学出版社 1989 年，第 25 页。
⑥ 李渔《李渔全集》第十二卷，浙江古籍出版社 1992 年，第 316 页。
⑦ 李渔《闲情偶寄》卷一，《李渔全集》第 11 卷，浙江古籍出版社 1992 年，第 9 页。
⑧ 李渔《闲情偶寄》卷二，《李渔全集》第 11 卷，浙江古籍出版社 1992 年，第 52 页。

议论立论大胆，新颖别致，常常发前人所未发，发前人所不敢发。他在《夺锦楼》的入话中说："这番议论无人敢道，须让我辈胆大者言之，虽系末世之言，即使闻于古人，亦不以为无功而有罪也。"①这段话虽是针对《夺锦楼》的议论而言，实际上代表了一部分李渔话本议论的特点。《夺锦楼》议论的惊人之处在于，李渔承认，人人都有嫌贫爱富的势利心肠。他说："做父母的，那一个不愿儿女荣华，女婿显贵？他改许之意，原是为爱女不过，所以如此，并没有什么歹心。只因前面所许者或贱或贫，后面所许者非富即贵，这点势利心肠，凡是择婿之人，个个都有。但要用在未许之先，不可行在既许之后。未许之先，若能够真正势利，做一个趋炎附势的人，遇了贫贱之家，决不肯轻许，宁可迟些日子，要等个富贵之人，这位女儿就不致轻易失身，倒受他势利之福了。当不得他预先盛德，一味要做古人，置贫贱富贵于不论，及至到既许之后，忽然势利起来，改弦易辙，毁裂前盟，这位女儿就不能够自安其身，反要受他盛德之累了。"②发完这番高论之后，李渔担心自己出格的言论招致世人的非议和指责，还得加以说明和辩解。

这种不合时人看法的议论，在李渔话本中并非个别现象。《连城璧》第十二回《贞女守贞来异谤　朋侪相谑致奇冤》提出齐家比治国更难："这首诗是说齐家一事，比治国更难。治国的人，遇了是非曲直之事，可以原情而论，据理而推。情理上说不去的，就把刑罚加他，那怕他不服服贴贴？至于齐家的人，遇了是非曲直之事，只好用那调和鼎鼐的手段调剂拢来，使他是者忘其是，非者忘其非，曲者冥其曲，直者冥其直，才能够使一门之内，尽奏雍熙，五伦之中，不生变故。若还也像治国一般，要把情理去压服他，无论蛮妻拗子，不是情理二字压得服的，连这情理两件东西先不肯同心协力，替他做和事老人，预先要在问官胸中，打起斗殴官司来了。"③修身齐家治国平天下是古代文人的人生理想，《礼记》云："古之欲明明德于天下者，先治其国；欲治其国者，先齐其家；欲齐其家者，先修其身；欲修其身者，先正其心；欲正其心者，先诚其意；欲诚其意者，先致其知，致知在格物。物格而后知至，知至而后意诚，意诚而后心正，心正而后身修，身修而后家齐，家齐而后国治，国治而后天下平。"④按《礼记》的说法，"家齐而后

① 李渔《十二楼》，人民文学出版社 1986 年，第 24 页。

② 李渔《十二楼》，人民文学出版社 1986 年，第 23—24 页。

③ 李渔《连城璧全集》，《李渔全集》第 4 卷，浙江古籍出版社 1992 年，第 400 页。

④ 《礼记正义》卷六十，《大学第四十二》，《十三经注疏》三，中华书局 2009 年，第 3631 页。

国治”，治国比齐家更难。李渔却从情理入手，得出了齐家比治国更难的结论，以偏概全的逻辑错误非常明显，而李渔标新立异的倾向昭然若揭。

古代的百姓深受贪官污吏的压榨之苦，他们憎恨贪官，企盼青天大老爷，反映在戏曲小说创作中，则是颂扬为民请命的清官，谴责鱼肉百姓的贪官成为最为常见的主题。在李渔的话本中，却说清官比贪官更坏。《美男子避惑反生疑》入话云：“这首诗是劝世上做清官的，也要虚衷舍己，体贴民情，切不可说‘我无愧于天，无怍于人，就审错几桩词讼，百姓也怨不得我’这句话。那些有守无才的官府，个个拿来塞责，不知误了多少人的性命。所以怪不得近来的风俗，偏是贪官起身有人脱靴，清官去后没人尸祝。只因贪官的毛病有药可医、清官的过失无人敢谏的缘故。”[①]李渔谴责官员刚愎自用、草菅人命没错，但将这类官员作为清官的代表而否定所有清官，甚至认为清官比贪官更坏，结论不能成立。李渔之所以如此立论，难逃标新立异的指摘。

乞丐肯定不是什么高尚的职业，老弱病残不论，青壮年不自食其力，靠乞讨为生，显然有好逸恶劳之嫌。李渔在《连城璧》第三回《乞儿行好事　皇帝做媒人》入话中极力赞美乞丐：“世上人做了叫化子，也可谓卑贱垢污不长进到极处了，为甚么还去称赞他？不知讨饭吃的这条道路虽然可耻，也还是英雄失足的退步，好汉落魄的后门，比别的歹事不同。……从来乞丐之中，尽有忠臣义士、文人墨客隐在其中，不可草草看过。至于乱离之后，鼎革之初，乞食的这条路数，竟做了忠臣的牧羊国，义士的采薇山，文人墨客的坑儒漏网之处，凡是有家难奔、无国可归的人，都托足于此。有心世道者，竟该用招贤纳士之礼，一食三吐哺，一沐三握发，去延揽他才是，怎么好把残茶剩饭去亵渎他？”[②]经历过明清鼎革的李渔，耳闻目睹了太多的明朝遗民、文人墨客有家难奔、无国可归，不少人自杀、出家，做乞丐也是一种无可奈何的选择。在这里，与其说李渔赞美乞丐，不如说在赞美忠臣义士。

李渔读书爱独立思考，不愿盲从旧说，经常发表新见。李渔有一部史学著作，名《笠翁别集》，常有惊人之论。“当其读时，偏喜予夺前人，曲直往事；其所议论，大约合于宋人者少，而相为掎角者众”[③]。《论项羽不渡乌江》云：“羽之不

---

① 李渔《无声戏》，人民文学出版社 1989 年，第 27 页。

② 李渔《连城璧全集》，《李渔全集》第 4 卷，浙江古籍出版社 1992 年，第 281—282 页。

③ 李渔《笠翁别集弁言》，《李渔全集》第 1 卷，浙江古籍出版社 1992 年，第 308 页。

渡乌江，疑为亭长所执。”“汉兵追项羽至乌江，则乌江片土，必非鸡犬不惊之地。亭长何人，能不随众避兵，而尚艤船以待，且为甘言以诱之乎？虽曰非奸，吾不信也。”①汉人记载项羽是在乌江自刎而死，李渔怀疑为“亭长所执”。《论晋武帝之得天下》云：“司马昭父子之篡魏，其悖逆不道，三尺黄口皆知之矣。然论者皆谓昭、炎之罪，过于操、丕，予窃以为不然。夫晋之篡魏，非创举也。殷受夏，周受殷，夫有所受之耳。魏得天下于汉，既以臣而弑君矣，能保后代之臣，无一效先王之懿范而蹑其芳轨者乎？是昭之弑君，魏武教之；炎之篡位，曹丕教之。然则昭与炎者，非魏之逆臣，乃魏之肖子也。”②史家与时人均谴责司马昭父子篡魏，李渔却说司马氏“非魏之逆臣，乃魏之肖子”。王望如评曰：“昭与炎为魏肖子，此论最奇，亦最确！”③陆敬安对李渔的诗文评价甚低，独于其史论另眼相看，《冷庐杂识》卷四：“惟史论二卷，持论较胜。……此等议论，殊有见地，过《一家言》远矣。”④读史存疑、不尽信书，几乎成了李渔的一种习惯，这种习惯也带到了话本创作中，在议论中也不盲从他人，时有新论。

（三）

李渔写小说，经常用自己的人生经历作素材，写自寓式人物，在这类小说中，作者常常借议论抒发人生感慨，书写文人雅趣。李渔曾经经历过明清鼎革的战乱，居乡避乱。虽然后来为生计所迫，移居城市，却一直怀念、向往乡间生活。在《闻过楼》中，李渔发过这样一番议论：“古语云：‘小乱避城，大乱避乡。’予谓无论治乱，总是居乡的好；无论大乱小乱，总是避乡的好。只有将定未定之秋，似乱非乱之际，大寇变为小盗，戎马多似禾稗，此等世界，村落便难久居。造物不仁，就要把山中宰相削职为民，发在市井之中去受罪了！予生半百之年，也曾在深山之中做过十年宰相，所以极谙居乡之乐。如今被戎马盗贼赶入市中，为城狐社鼠所制，所以又极谙市廛之苦。你说这十年宰相是哪个与我做的？不亏别人，倒亏了个善杀居民、惯屠城郭的李闯，被他先声所慑，不怕你不走。到这时候，真个是富贵逼人来，脱去楚囚冠，披却仙人氅。初由田畯社师起家，屡

① 李渔《笠翁别集》卷一，《李渔全集》第1卷，浙江古籍出版社1992年，第334页。
② 李渔《笠翁别集》卷二，《李渔全集》第1卷，浙江古籍出版社1992年，第414页。
③ 李渔《笠翁别集》卷二，《李渔全集》第1卷，浙江古籍出版社1992年，第414页。
④ 李渔《李渔全集》第12卷，浙江古籍出版社1992年，第322页。

迁至方外司马，未及数年，遂经枚卜，直做到山中宰相而后止。”①李渔居乡避乱，并非避闯贼，而是避清兵，这在他晚年所著《闲情偶寄》中有明确交待，怀念乡居生活则是他的真实想法。《闲情偶寄》卷六载：“追忆明朝失政以后，大清革命之先，予绝意浮名，不干寸禄，山居避乱，反以无事为荣。夏不谒客，亦无客至，匪止头巾不设，并衫履而废之。或裸处乱荷之中，妻孥觅之不得；或偃卧长松之下，猿鹤过而不知。洗砚石于飞泉，试茗奴以积雪；欲食瓜而瓜生户外，思啖果而果落树头，可谓极人世之奇闻，擅有生之至乐者矣。后此则徙居城市，酬应日纷，虽无利欲熏人，亦觉浮名致累。计我一生，得享列仙之福者，仅有三年。今欲续之，求为闰余而不可得矣。伤哉！”②李渔居乡期间，写了不少诗歌，从中也可以看出他居乡的心情。《伊园十便》有序云：“伊园主人结庐山麓，杜门扫轨，弃世若遗。有客过而问之曰：‘子离群索居，静则静矣，其如取给不便何？’主人对曰：‘余受山水自然之利，享花鸟殷勤之奉，其便实多，未能悉数，子何云之左也？’客请其目，道人信口答之，不觉成韵。”③“十便”为耕便、课农便、钓便、灌园便、汲便、浣濯便、樵便、防夜便、吟便、眺便，尽是乡居的好处。

李渔喜爱花草，《闲情偶寄》著有《种植部》，讲述各种花草树木的特点与种植。尤其喜爱莲花，“吾夏季以此为命者，非故效颦于茂叔，而袭成说于前人也；以芙蕖之可人，其事不一而足。请备述之。……自荷钱出水之日，便为点缀绿波，及其劲叶既生，则又日高一日，日上日妍，有风既作飘摇之态，无风亦呈袅娜之姿，是我于花之未开，先享无穷逸致矣。迨至菡萏成花，娇娇欲滴，后先相继，自夏徂秋，此时在花为分内之事，在人为应得之资者也。及花之既谢，亦可告无罪于主人矣，乃复蒂下生蓬，蓬中结实，亭亭独立，犹似未开之花，与翠叶并擎，不至白露为霜，而能事不已。此皆言其可目也。可鼻则有荷叶之清香，荷花之异馥，避暑而暑为之退，纳凉而凉逐之生。至其可人之口者，则莲实与藕，皆并列盘餐，而互芬齿颊者也。只有霜中败叶，零落难堪，似成弃物矣，乃摘而藏之，又备经年裹物之用。是芙蕖也者，无一时一刻，不实耳目之观；无一物一丝，不备家常之用者也”④。李渔爱莲，并非始于晚年，在话本《宜春楼》的入话中，便

① 李渔《十二楼》，人民文学出版社 1986 年，第 231 页。

② 李渔《闲情偶寄》卷六，《李渔全集》第 11 卷，浙江古籍出版社 1992 年，第 318—319 页。

③ 李渔《李渔全集》第 1 卷，浙江古籍出版社 1992 年，第 310 页。

④ 李渔《闲情偶寄》卷五，《李渔全集》第 11 卷，浙江古籍出版社 1992 年，第 287—288 页。

谈过他的这种雅好："世间可爱的花卉不知几千百种，独有荷花一件更比诸卉不同：不但多色，又且多姿；不但有香，又且有韵；不但娱神悦目，到后来变作莲藕，又能解渴充饥。……自少至老，没有一日空闲、一时懒惰。开花放蕊的时节，是她当令之秋，那些好处都不消说得，只说她前乎此者与后乎此者。自从出水之际，就能点缀绿波，雅称荷钱之号。未经发蕊之先，便可饮漱清香，无愧碧简之誉。花瓣一落，早露莲房。荷叶虽枯，犹能适用。这些妙处，虽是她的绪余，却也可矜可贵。"①不仅对莲花特点的认识一致，甚至连一些语句也相同，数十年李渔爱莲之心不改。

《萃雅楼》云："市廛乃极俗之地，花卉有至雅之名，雅俗二字从来不得相兼，不想被卖花之人趁了这主肥钱，又享了这段清福，所以诗中的意思极赞羡他。生意之可羡者不止这一桩，还有两件贸易与他相似。哪两件？书铺，香铺。这几种贸易合而言之，叫做'俗中三雅'，开这些铺面的人，前世都有些因果。只因是些飞虫走兽托生，所以如此，不是偶然学就的营业。是那些飞虫走兽？开花铺者，乃蜜蜂化身；开书铺者，乃蠹鱼转世；开香铺者，乃香麝投胎。还有一件生意最雅，为什么不列在其中？开古董铺的，叫做'市廛清客'，冒了文人，岂不在三种之上？只因古董铺中也有古书，也有名花，也有沉檀速降，说此三件，古董就在其中，不肯以高文典册、异卉名香作时物观也。"②李渔虽为文人，自从移居杭州之后，实际上是行走在市井之中，先是与书坊、戏班打交道，后来是自己开书坊刻书、卖书，组家班打抽丰，市井之中尽有文人之营生，花铺、书铺、香铺、古董铺，乃"俗中四雅"，此乃李渔人生经验之总结。

从宋元说话艺术到明中叶之前的话本小说，受众主要是市民，他们到勾栏瓦舍听艺术讲唱故事，或购买话本小说阅读消遣，最看重的是其中的富有传奇色彩的故事情节。随着文人作家参与话本创作，话本文人化程度越来越高，话本读者群也悄然发生变化，一大批文人读者也喜爱上话本。文人读者的阅读趣味与欣赏水平与市民读者不完全相同，文人读者不仅希望读到一个有趣的故事，也乐意接受一些富有见地的观点。李渔的话本创作显然适应了读者群体的变化，在话本中大谈文人雅趣，可以满足文人读者的审美需求。

---

① 李渔《十二楼》，人民文学出版社1986年，第58页。

② 李渔《十二楼》，人民文学出版社1986年，第106页。

（四）

在小说中发议论是非常危险的，它不像叙事那样具有故事情节，引人入胜，很容易流于说教，让人生厌，或者艰深晦涩，味同嚼蜡。李渔显然已经意识到这一问题，话本的议论写得通俗易懂，妙趣横生。李渔谈到戏曲词采时，提出了“贵浅显”、“重机趣”的主张。他说：“曲文之词采，与诗文之词采非但不同，且要判然相反。何也？诗文之词采贵典雅而贱粗俗，宜蕴藉而忌分明；词曲不然，话则本之街谈巷议，事则取其直说明言。凡读传奇而有令人费解，或初阅不见其佳，深思而后得其意之所在者，便非绝妙好词。”①“机趣二字，填词家必不可少。机者，传奇之精神，趣者，传奇之风致，少此二物，则如泥人土马，有生形而无生气。”②尤其不能“有道学气”，“非但风流跌宕之曲、花前月下之情当以板腐为戒，即谈忠孝节义与说悲苦哀怨之情，亦当抑圣为狂，寓哭于笑”③。李渔认为，话本是“无声戏”，“稗官为传奇蓝本”④。戏曲和小说具有相似性。李渔对戏曲词采的要求，同样适合于话本，容易流于艰涩和板腐的话本之议论，尤其要“贵浅显”、“重机趣”。

李渔著书，一向深入浅出，即便是写给文人阅读的《闲情偶寄》，也像与朋友聊天，娓娓道来，如家常口语一般。写给文人与市民同看的话本小说，口语化程度更高，议论也是如此。《奉先楼》入话，李渔劝人吃半斋：“何谓半斋？肉食之中，断了牛、犬二件，其余的猪、羊、鹅、鸭，就不戒也无妨。同是一般性命，为什么单惜牛、犬？要晓得上帝好生，佛门恶杀，不能保全得到，就要权其重轻。伤了别样生命虽然可悯，还说他于人无罪，却也于世无功，杀而食之，就像虎豹食麋鹿，大虫吞小虫，还是可原之罪。至于牛、犬二物，是生人养命之原，万姓守家之主。耕田不借牛力，五谷何由下土？守夜不赖犬功，家私尽为盗窃。有此大德于人，不但没有厚报，还拿来当做仇敌，食其肉而寝其皮，这叫做负义忘恩，不但是贪图口腹。所以宰牛屠狗之罪，更有甚于杀人；食其肉者亦不在持刀执梃之下。若能戒此二物，十分口腹之罪就可以减去五分，活得十年，只当吃了五年

① 李渔《闲情偶寄》卷一，《李渔全集》第 11 卷，浙江古籍出版社 1992 年，第 17 页。
② 李渔《闲情偶寄》卷一，《李渔全集》第 11 卷，浙江古籍出版社 1992 年，第 20 页。
③ 李渔《闲情偶寄》卷一，《李渔全集》第 11 卷，浙江古籍出版社 1992 年，第 20 页。
④ 素轩《合锦回文传》第二卷评语，《李渔全集》第 4 卷，浙江古籍出版社 1992 年，第 326 页。

长素，不但可资冥福，能免阳灾。”[①]不吃牛犬，是李渔的一贯主张，在《闲情偶寄》卷五《饮馔部》中，谈到牛犬时说：“以二物有功于世，方劝人戒之之不暇，尚忍为制酷刑乎？”[②]在入话中，李渔就像面对食牛犬者，苦口婆心地劝诫世人勿食牛犬，即便是市民农夫也不难理解其语言及道理。

李渔话本的议论，并非不用典故，“有时偶涉诗书，亦系耳根听熟之语，舌端调惯之文，虽出诗书，实与街谈巷议无别者”[③]。《合影楼》入话有这样一段议论：“儒书云：‘男女授受不亲’，道书云：‘不见可欲，使心不乱’，这两句话极讲得周密。男子与妇人亲手递一件东西，或是相见一面，他自他，我自我，有何关碍，这等防得森严？要晓得古圣先贤也是有情有欲的人，都曾经历过来，知道一见了面，一沾了手，就要把无意之事认作有心，不容你自家做主，要颠倒错乱起来。譬如妇人取一件东西递与男子，过手的时节，或高或下，或重或轻，总是出于无意。当不得那接手的人常要画蛇添足，轻的说她故示温柔，重的说她有心戏谑，高的说她提心在手、何异举案齐眉，下的说她借物丢情、不啻抛球掷果。想到此处，就不好辜其来意，也要弄些手势答她。焉知那位妇人不肯将错就错？”[④]“男女授受不亲”，语出《孟子》，是明清时期统治者极力宣扬的道德准则，实为“耳根听熟之语”，李渔似乎还怕有人不明白，还要详细讲解一番。

议论要有机趣，实在不是一件容易的事情，作为语言大师，李渔有这种本事，本来平淡无奇的道理，一经李渔阐发，就叫人忍俊不禁。《无声戏》第十回《移妻换妾鬼神奇》写一家妻妾争风吃醋的故事，李渔开篇有一段很长的醋论：“人只晓得醋乃妒之别名，不知这两个字也还有些分辨。妒字从才貌起见，是男人、女子通用得的；醋字从色欲起见，是妇人用得着、男子用不着的。虽然这两个名目同是不相容的意思，究竟咀嚼起来，妒是个歪字眼，醋是件好东西。当初古人命名，一定有个意思，开门七件事，醋是少不得的。妇人主中馈，凡物都要先尝，吃醋是她本等，怎么比做争锋夺宠之事？要晓得争锋争得好，夺宠夺得当，也就如调和饮食一般，醋用得不多不少，那吃的人就但觉其美而不觉其酸了；若还不当争而争，不当夺而夺，只顾自己不管别人，就如性喜吃酸的妇人安

① 李渔《十二楼》，人民文学出版社 1986 年，第 200 页。
② 李渔《闲情偶寄》卷五，《李渔全集》第 11 卷，浙江古籍出版社 1992 年，第 249 页。
③ 李渔《闲情偶寄》卷一，《李渔全集》第 11 卷，浙江古籍出版社 1992 年，第 24 页。
④ 李渔《十二楼》，人民文学出版社 1986 年，第 1—2 页。

排饮食，只向自己的心，不管别人的口，当用盐酱的都用了醋，那吃的人，自然但觉其酸而不觉其美了。……究竟妇人家这种醋意，原是少不得的。当醋不醋，谓之失调；要醋没醋，谓之口淡。怎叫做当醋不醋？譬如那个男子，是姬妾众的，外遇多的，若有个会吃醋的妻子钳束住了，还不至于纵欲亡身；若还见若不见，闻若不闻，一味要做女汉高，豁达大度，就像饮食之中，有油腻而无虀盐，多甘甜而少酸辣，吃了必致伤人，岂不叫做失调？怎叫做要醋没醋？譬如富贵人家，珠翠成行，钗环作队，若有个会吃醋的妻子夹在中间，愈加觉得津津有味。若还听我自去，由我自来，不过像个家鸨母迎商奉客。譬如饮食之中，但知鱼肉之腥膻，不觉珍馐之贵重，滋味甚是平常，岂不叫做口淡？只是这件东西，原是拿来和作料的，不是拿来坏作料的。……陈醋是大吃小的，新醋是小吃大的。做大的醋小，还有几分该当，就酸也酸得有文理。况且她说的话，丈夫未必心服，或者还有几次醋不着的。惟有做小的人，倒转来醋大，那种滋味，酸到个没理的去处，所以更觉难当。况且丈夫心上，爱的是小，厌的是大。她不醋就罢，一醋就要醋着了。”[①]不等读完全篇醋论，杜濬便情不自禁地批道：“绝妙一篇醋论！”[②]妙就妙在李渔将作为女人嫉妒的醋与作为调味品的醋联系起来，相互为喻，引发出诸多妙论。先说醋与妒的区别，“妒是个歪字眼，醋是件好东西”。再说吃醋要适可而止，“争锋争得好，夺宠夺得当”。最后说陈醋与新醋，陈醋酸得有理，新醋酸得无理。李渔沉醉在他的绝妙的醋论之中，思如泉涌，尽情发挥。等到写完小吃大的“新醋”故事之后，才发现故事的主旨与其开篇的醋论不符，于是在结尾回过头来重新更正自己的醋论：“我这回小说，不但说做小的不该醋大，也要使做大的看了，晓得这件东西，不论新陈，总是不吃的妙。……世间的醋，不但不该吃，也尽不必吃。我起先那些吃醋的注解，原是说来解嘲的，不可当了实事做。”[③]原来醋论是给读者“解嘲”的，尽管他不符小说主旨，还是不删不改，置于篇首，供读者欣赏。

李渔追求议论的机趣，不惜脱离故事及其主题，穿插一段有趣的议论。在写完《夏宜楼》的入话之后，突然插入这样一段文字：“我往时讲一句笑话，人人都道可传，如今说来请教看官，且看是与不是：但凡戏耍亵狎之事，都要带些正

---

① 李渔《无声戏》，人民文学出版社 1989 年，第 163—164 页。

② 李渔《无声戏》，人民文学出版社 1989 年，第 163 页。

③ 李渔《无声戏》，人民文学出版社 1989 年，第 177 页。

经，方才可久。尽有戏要亵狎之中，做出正经事业来者。就如男于与妇人交媾，原不叫做正经，为什么千古相传，做了一件不朽之事？只因在戏耍亵狎里面，生得儿子出来，绵百世之宗祧，存两人之血脉，岂不是戏耍而有益于正，亵狎而无叛于经者乎！"[①]李渔自己也意识到这段议论与小说所写婚恋故事没有关系，就此解释："因说荷花，偶然及此，幸勿怪其饶舌。"[②]

六　李渔话本的创新与因袭

在中国古代文学理论史上，将文学的创新问题谈得最透彻的恐怕要数李渔，他在《闲情偶寄》中写道："'人惟求旧，物惟求新'。新也者，天下事物之美称也。而文章一道，较之他物，尤加倍焉。戛戛乎陈言务去，求新之谓也。至于填词一道，较之诗赋古文，又加倍焉。非特前人所作，于今为旧，即出我一人之手，今之视昨亦有间焉。昨已见而今未见也，知未见之为新，即知已见之为旧矣。古人呼剧本为传奇者，因其事甚奇特，未经人见而传之，是以得名，可见非奇不传。新即奇之别名也，若此等情节业已见之戏场，则千人共见，万人共见，绝无奇矣，焉用传之？是以填词之家，务解'传奇'二字，欲为此剧，先问古今院本中曾有此等情节与否，如其未有，则急急传之，否则枉费辛苦，徒作效颦之妇。"[③]虽然李渔在这里主要是论戏曲，但完全符合小说创作规律，李渔认为，小说是无声的戏曲，"稗官为传奇蓝本"[④]，创新同样是李渔在小说创作中的自觉追求。他在《与陈学山少宰书》中写道："鸿文大篇，非吾敢道；若诗歌词曲以及稗官野史，则实有微长：不效美妇一颦，不拾名流一唾，当世耳目为我一新。使数十年来无一湖上笠翁，不知为世人减几许谈锋，增多少瞌睡？"[⑤]正因为李渔非常重视文学的创新，又对自己的戏曲小说颇为自负，因而李渔话本之创新也得到了后人的认可，孙楷第先生对此便推崇备至："以文而论，差不多都是戛戛独造，不

---

① 李渔《十二楼》，人民文学出版社 1986 年，第 58—59 页。
② 李渔《十二楼》，人民文学出版社 1986 年，第 59 页。
③ 李渔《闲情偶寄·曲词部上》，《李渔全集》第 11 卷，浙江古籍出版社 1992 年，第 9 页。
④ 《绣像合锦回文传》第 2 卷素轩评，《李渔全集》第 4 卷，浙江古籍出版社 1992 年，第 326 页。
⑤ 李渔《与陈学山少宰书》，《李渔全集》第 1 卷，浙江古籍出版社 1992 年，第 164 页。

拾他人牙慧的。他的风格纵然不如冯梦龙之落落大方，亦决不至于猥琐庸沓。虽然在他的小说中，有时因关目新奇而近于纤巧，有时好用些儇薄字眼，但终不能掩其意境之清新与文章之流利。我们看他的小说，真觉得篇篇有篇篇的境界风趣，绝无重复相似的毛病，这是他人赶不上的。”①李渔话本是否篇篇都是戛戛独造，令人耳目一新，恐怕还得具体分析。

在我看来，李渔话本既有创新之作，也有因袭篇什，不可一概而论。具体说，可分为三种情况。

第一，在李渔话本集中确有一些优秀作品情节新奇，极富创造性与想象力。在李渔看来，戏曲小说创新，最重要的是情节的创新，即他所说的“先问古今院本中曾有此等情节与否，如其未有，则急急传之”，起源于说话艺术的话本小说，对情节新奇的要求更甚于戏曲，戏曲还可以欣赏词曲、唱腔，小说则主要读故事。在话本创作中，李渔确实是非常重视情节的新奇，《十二楼》中之《夏宜楼》，瞿吉人用西洋千里镜赚得一位美貌佳人的故事，情节就很奇特。千里镜就是望远镜，明朝才从欧洲传入，普通百姓不易见到，也就不是太了解它的用途，因而李渔在小说第二回专门对千里镜的形状与功能作了介绍：“此镜用大小数管，粗细不一。细者纳于粗者之中，欲使其可放可收，随伸随缩。所谓千里镜者，即嵌于管之两头，取以视远，无遐不到。千里二字虽属过称，未必果能由吴视越，坐秦观楚，然视千百里之内，便不觉其诬。至于十数里之中，千百步之外，取以观人鉴物，不但不觉其远，较对面相视者更觉分明。真可宝也。”②而且对与千里镜同时传入的显微镜、焚香镜、端容镜、取火镜等物品也一并作了介绍。而后又对它们传入中国的途径作了说明：“以上诸镜皆西洋所产，二百年以前不过贡使携来，偶尔一见，不易得也，自明朝至今，彼国之中有出类拔萃之士，不为员幅所限，偶来设教于中土，自能制造，取以赠人，故凡探奇好事者，皆得而有之。”③这些说明与小说的主要内容多少有些游离，李渔之所以不厌其烦的介绍，就因为它在当时还不常见。瞿吉人就是用千里镜看中大家闺秀詹娴娴小姐，又叫媒人将他看到的詹家的事情告诉娴娴，骗得娴娴死心塌地要嫁给他，当娴娴的父亲用拈阄的方式要将娴娴许配给别人时，瞿吉人又用千里镜骗过詹父，终于与娴

---

① 孙楷第《李笠翁与十二楼》，《十二楼》附录，人民文学出版社 1986 年。

② 李渔《十二楼》，《李渔全集》第 4 卷，浙江古籍出版社 1992 年，第 83 页。

③ 李渔《十二楼》，《李渔全集》第 4 卷，浙江古籍出版社 1992 年，第 84 页。

姻结为夫妻。青年男女的恋爱婚姻故事，前人不知写过多少，用千里镜成就姻缘，在小说戏曲史上闻所未闻。李渔在《闲情偶寄》卷一中提出了“立主脑”的一说：“一本戏中有无数人名，究竟俱属陪宾，原其初心，止为一人而设；即此一人之身，自始至终，离合悲欢，中具无限情由，无穷关目，究竟俱属衍文，原其初心，又止为一事而设；此一人一事，即作传奇之主脑也。”①如果用李渔的这种理论关照《夏宜楼》，瞿吉人用千里镜成就终身大事，就是这篇小说的主脑，此一人一事，完全出于李渔的创造。《连城璧》开篇第一回《谭楚玉戏里传情　刘藐姑曲终死节》写少年书生谭楚玉看上戏班女旦刘藐姑，竟然到戏班学戏，与刘藐姑在戏里演夫妻，借剧中人物关系与台词谈情说爱，“同是一般的旧戏，经他两个一做，就会新鲜起来。做到风流的去处，那些偷香窃玉之状，偎红依翠之情，竟像从他骨髓里面透露出来，都是戏中所未有的一般，使人看了无不动情。做到痛楚的去处，那些怨天恨地之词，伤心刻骨之语，竟像从他心窝里面发泄出来，都是刻本所未载的一般，使人听了无不堕泪”②。贪婪的刘母要将刘藐姑卖给一富翁做妾，刘藐姑与谭楚玉借演《荆钗记》中钱玉莲抱石投江之际，假戏真做，双双投河殉情。后面谭楚玉与刘藐姑被渔翁救起，谭楚玉发奋读书考中科举，没有多少新意。前面谭楚玉与刘藐姑戏里传情的故事，确为李渔颇具匠心的创作。睡乡祭酒评曰：“这回稗史之中，有七件怪事，皆与寻常情理相背：以极淫之妇而生极贞之女，一怪也；以极下贱之人而为极高贵之事，二怪也；从来作传奇者，皆从实事之中演出戏文，此独于戏文中演出实事，三怪也；从来梨园中之净丑为生脚之退步，此独为生脚之入门，四怪也；既以神道设教，则二郎神为梨园子弟之主，即当从此起见，借渠作氤氲使者，乃二郎神绝不与事，忽以不相关涉之晏公越神俎而代庖，五怪也；从来稗官野史皆以主人携客，未闻以客携主，谭楚玉一朝发迹，则当携带莫渔翁做个富贵之人，乃常理也，此独以旁见侧出之莫渔翁携带谭楚玉做了个高隐之辈，六怪也；从来戏文小说皆以热闹收场方合时眼，否则为观者所弃，此独以山林寂寞终之，七怪也。种种拂情背理之事，不见怒于观者亦已幸矣，乃复令人自开卷称奇，直至终篇，无刻不欲飞欲舞，此何故欤？真令人解说不出，只好骂几声作怪稗官、稗官作怪而已。”③睡乡祭酒所说

① 李渔《闲情偶寄·曲词部上》，《李渔全集》第 11 卷，浙江古籍出版社 1992 年，第 8 页。

② 李渔《连城璧》，《李渔全集》第 4 卷，浙江古籍出版社 1992 年，第 260 页。

③ 《连城璧》第一回总评，《李渔全集》第 4 卷，浙江古籍出版社 1992 年，第 279—280 页。

的七怪，实际上就是这篇话本不同于前人戏文小说的创新之处。应该说，在李渔的话本集中，像上述小说主体情节富有新意的还有一些，与同时代的话本小说家相比，李渔堪称具有创新精神的小说家。

第二，在李渔话本集中并非篇篇都“不效美妇一颦，不拾名流一唾”，也有不少因袭、模仿之作。除去根据前人文言小说改写的篇目不论，在《无声戏》与《十二楼》中，就存在不少借鉴“三言”、“二拍”等话本小说和明清传奇的作品。兹举数例：《无声戏》第十二回《妻妾抱琵琶梅香守节》与《警世通言》第二卷《庄子休鼓盆成大道》就有明显的因袭关系。《庄子休鼓盆成大道》写庄周娶妻田氏，忽然一日病重，田氏在床头表白：“妾读书知礼，从一而终，誓无二志。”①庄子死后，少年秀士楚王孙前来悼念，田氏贪其人才标致，求老苍头说媒，愿意改嫁楚王孙。为了与楚王孙成亲，田氏将庄子的棺材移到一间破屋。花烛之夜，楚王孙心疼欲绝，必得生人脑髓热酒吞服才能止疼，田氏竟然劈开棺材要取庄子的脑髓。当田氏劈开棺盖，庄子挺身坐起。原来一切都是庄子用分身隐行之法安排的圈套。田氏羞愧难当，悬梁自缢。这篇小说立意并不可取，极力丑化夫死改嫁的女子，劝世人不要溺“闺中之爱”，听“枕上之音”，“被妇人迷惑”②。李渔在《妻妾抱琵琶梅香守节》中，从人物到情节，几乎照搬《庄子休鼓盆成大道》。马麟如有一妻一妾，正妻罗氏不育，小妾莫氏生有一子，马麟如生了一场大病，担心死后妻妾改嫁，儿子无人抚养，便试探妻妾是否守节，罗氏表示：“烈女不更二夫，就是没有儿子，尚且要立嗣守节，何况有了嫡亲骨血，还起别样心肠。”③莫氏也不甘示弱：“你不生不育的，尚且肯守，难道我生育过的，反丢了自家的骨血，去跟别人不成？”④后来马麟如痊愈，外出行医，误传客死扬州，罗氏、莫氏连丈夫的棺木也不愿意运回安葬，扔下儿子改嫁了。两篇小说至少有三点相同：第一，罗氏、莫氏与田氏一样，都是丈夫生前甜言蜜语、信誓旦旦，一旦丈夫病故，马上改嫁；第二，马麟如与庄周并非真的亡故，最后都是死而复生，只不过一个是隐身，一个是误传；第三，田氏、罗氏与莫氏最后都得到报应，田氏、罗氏悬梁自尽，莫氏怨恨而死。

---

① 冯梦龙《警世通言》第二卷，人民文学出版社 1956 年，第 17 页。
② 冯梦龙《警世通言》第二卷，人民文学出版社 1956 年，第 14 页。
③ 李渔《无声戏》第十二回，《李渔全集》第 4 卷，浙江古籍出版社 1992 年，第 225 页。
④ 李渔《无声戏》第十二回，《李渔全集》第 4 卷，浙江古籍出版社 1992 年，第 225 页。

《十二楼》之《奉先楼》与《二刻拍案惊奇》卷之六《李将军错认舅　刘氏女诡从夫》主要情节与人物关系也基本相同。《李将军错认舅　刘氏女诡从夫》写金定与翠翠夫妻恩爱，时值元末战乱，翠翠被李将军抢走，成为其专房之宠。等到战事平静，金定外出寻访妻子，找到李将军门首，谎称与翠翠为兄妹，与妻子见了一面，后来留在将军门下做记室，不得与妻子再见，最终抑郁而死，翠翠悲痛而亡，死后两人仍做夫妻。《奉先楼》写舒秀才夫妇恩爱，且育有一子，时值明末战乱，妻儿被闯贼抢走，明清鼎革，舒娘子成为一将军夫人，舒秀才四处寻找，结果被大兵抓去做了纤夫，而舒娘子就在船上，将军查清真相，将儿子还给舒秀才，舒娘子上吊自杀，将军救活之后，将其送还舒秀才。结局虽然有异，而情节的模仿痕迹非常清晰。

《无声戏》第十一回《儿孙弃骸骨僮仆奔丧》明显仿效《徐老仆义愤成家》，虽然徐阿寄实有其人，多种文献有记载，李渔看的却是《醒世恒言》。他在小说篇末写道："我道单百顺所行之事，当与嘉靖年间徐阿寄一样流芳……阿寄辅佐主母，抚养孤儿，辛苦一生，替他挣成家业，临死之际，搜他私蓄，没有分文，其事载于《警世通言》。"[①]不过李渔记忆有误，《徐老仆义愤成家》并不载于《警世通言》，而是载于《醒世恒言》。两篇小说主体故事，一为兄弟不和，一为儿孙不孝，一个是老仆人，一个是小仆人，但徐阿寄与单百顺都是对主子忠心耿耿，帮主子做买卖挣钱，从性格到行为完全相同。

《连城璧》第七回《妒妻守有夫之寡　懦夫还不死之魂》与冯梦龙的传奇《万事足》，从人物到情节都非常相似。《万事足》写陈循帮助朋友治妒的故事。陈循与高谷为同窗好友，高谷娶妻伾氏，年近四十，尚无子嗣，伾氏悍妒，不许丈夫治妾。高谷赴京应试途中，救了少女柳新莺，并纳为妾，因伾氏妒甚，暂留流云观中。后来陈循、高谷高中，即迎家眷至京。一日高谷邀陈循到家中饮酒下棋，话及高谷无子，陈循劝高谷治妾生子，招致伾氏撒泼诟骂，陈循大怒，先拿七出之条威吓，又用棋杆教训，迫使伾氏答应让丈夫娶妾。此时，柳新莺在流云观中已育一子，高谷夫妻父子最终团聚。《万事足》的思想倾向比较庸俗，表彰陈循棒喝朋友妒妻的义举，丑化伾氏不容丈夫娶妾的行为。冯梦龙对剧中《筵中治妒》一折颇为自得："此折乃全部精神结穴处，曲虽多，不可删减。"[②]李渔在《妒

---

① 李渔《无声戏》第十一回，《李渔全集》第4卷，浙江古籍出版社1992年，第220—221页。

② 冯梦龙《冯梦龙全集》第12卷，江苏古籍出版社1993年，第674页。

妻守有夫之寡　懦夫还不死之魂》中，也写了一位类似于陈循的人物费隐公，此人以善于治妒著称。费隐公隔壁有个孝廉叫穆子大，是费隐公同年之子，天生懦弱，妻子淳于氏十分凶悍，年过四十无子，不容丈夫娶妾。费隐公受同年之托，收其子穆子大为门生，传授疗妒秘诀。穆子大受教之后，回家提及买妾之事，淳于氏先打丈夫，后骂费隐公，正当淳于氏骂在兴头上，上百个男人打上门来，指责淳于氏犯七出之条，逼穆子大写休书，淳于氏被迫同意丈夫娶妾。费隐公为穆子大相中两房姬妾，让穆子大娶回家中。哪知事后淳于氏醋性复发，钳束丈夫，鞭挞姬妾，弄得穆子大生不如死。穆子大假托进京会试，到费家求救。穆子大离家之后，淳于氏便将两个小妾卖掉。费隐公安排媒婆将两个佳人接来与穆子大相聚。后来生了三个儿子。费隐公又想出降妒妙法，让穆子大的老仆回家报丧，等淳于氏改嫁时，费隐公再派媒人将淳于氏娶来与丈夫相会。用守寡一事引动她望子之心，用“失节”二字堵住她吃醋之口，费隐公最终将妒妇收拾得服服帖帖。《万事足》与《妒妻守有夫之寡　懦夫还不死之魂》的主要人物及其相互关系十分相似，陈循与高谷为同年，费隐公与穆子大之父为同年。人物性格基本相同，高谷与穆子大软弱惧内，伓氏与淳于氏凶悍嫉妒，陈循与费隐公治妒有方，前后的因袭痕迹十分明显，只不过后者为前者的升级版。而作者的创作倾向完全一致。

《无声戏》第二回《美男子避祸反生疑》与朱素臣《十五贯》情节多有相同之处。《十五贯》写书生熊友蕙与开粮铺的冯玉吾为邻居，冯子锦郎甚丑，养媳侯三姑聪慧漂亮。友蕙与三姑隔墙而居。老鼠将友蕙放有鼠药的烧饼衔至三姑房中，锦郎误食而亡。老鼠又将冯家的金环衔至友蕙室中，友蕙用金环换米，被冯玉吾发现，冯以奸情杀人将友蕙与三姑告至官府，熊、侯均被判死罪。《十五贯》是清初颇有影响的剧作，现存顺治七年抄本，比《无声戏》早数年问世。《美男子避祸反生疑》则写书生蒋瑜与开绸缎铺的赵玉吾是邻居，赵生一子，名旭郎，貌丑而痴，养媳何氏，标致又聪明。蒋瑜的书房与何氏的卧室一墙之隔。赵家有两个扇坠，一个是汉玉，一个是迦楠香，送给了媳妇。后玉扇坠被老鼠衔至蒋家，蒋瑜将其吊在扇子上，被人看见，告知赵玉吾，赵据此认定儿媳与蒋瑜有私情，告到官府，知府严刑逼供，判赵家休弃何氏。两部作品的关键情节基本相同，而且赵玉吾与冯玉吾，名字也相同，李渔并不回避，《美男子避祸反生疑》显然源于《十五贯》。

本来明清话本小说家据前人作品改编和仿写司空见惯，并非李渔一人，但我们指出李渔话本存在模仿与因袭，并非苛求，而是想对这类话本作出实事求是的评价，而不应该被李渔的自我标榜所迷惑。

第三，李渔话本集中还有一些作品情况比较复杂，并不像一味地抄袭、剽窃，而是在前人作品的基础上加工改造，写出一些新的东西。《无声戏》第七回《人宿妓穷鬼诉嫖冤》明显受到《卖油郎独占花魁》的影响，李渔并不回避这一事实，在小说中就提到《卖油郎独占花魁》以及据此改编的传奇《占花魁》："后来有个才士，做一回《卖油郎独占花魁》的小说，又有个才士，将来编做戏文。"①《卖油郎独占花魁》写一个挑担沿街卖油的秦重看上了杭州名妓王美娘，他用一年多的时间辛勤劳动、省吃俭用，积攒了十几两银子去见王美娘，因王美娘醉酒呕吐，秦重反而服侍她一晚，只有几两银子本钱的小商人秦重凭借自己的忠厚老实、知情识趣赢得了花魁娘子的爱情。李渔担心"那些挑葱卖菜的看了，都想做起风流事来。每日要省一双草鞋钱，每夜要做一个花魁梦，攒积几时，定要到妇人家走走"②。于是他写了这篇《人宿妓穷鬼诉嫖冤》，人物的身份、地位及其相互关系，基本照搬《卖油郎独占花魁》，雪娘是扬州名妓，"钞关上的姊妹，也要数他第一"③。与王美娘身份相似。王四是给人篦头的待诏，地位与秦重相似。因为看了一本《占花魁》的新戏，王四忽然动起风流兴来："敲油梆的人，尚且做得情种，何况温柔乡里脂粉丛中摩疼擦痒之待诏乎？"④王四篦头认识了雪娘，要娶雪娘为妻，雪娘满口答应，老鸨要一百二十两银子，王四倾其所有先交三十两，余下的挣钱后分期交付，等交完钱之后，方许从良。王四忙活了四五年，才交完余数，要娶雪娘过门，老鸨竟然说这点钱还不够嫖资，雪娘也翻脸不认人："我若肯从良，怕没有王孙公子，要跟你做待诏夫人！"⑤要不是运官为其主持公道，追回银子，王四只有自认晦气。他写这篇小说的动机，是要"奉劝世间的嫖客，及早回头，不可被戏文小说引偏了心，把血汗钱被他骗去，再没有第二个不识字的运官肯替人扶持公道了"⑥。李渔显然是主题先行，故意与《卖油郎独占

---

① 李渔《无声戏》第七回，《李渔全集》第4卷，浙江古籍出版社1992年，第137页。
② 李渔《无声戏》第七回，《李渔全集》第4卷，浙江古籍出版社1992年，第137页。
③ 李渔《无声戏》第七回，《李渔全集》第4卷，浙江古籍出版社1992年，第137页。
④ 李渔《无声戏》第七回，《李渔全集》第4卷，浙江古籍出版社1992年，第137页。
⑤ 李渔《无声戏》第七回，《李渔全集》第4卷，浙江古籍出版社1992年，第140页。
⑥ 李渔《无声戏》第七回，《李渔全集》第4卷，浙江古籍出版社1992年，第146—147页。

花魁》唱反调，虽然两篇小说中人物的身份、地位相同，性格却完全不同，雪娘不是有情有义、一心从良的义妓，而是一个为虎作伥、帮助老鸨骗钱的帮凶，王四也不是知情识趣的情种，不过是一个偷鸡不成蚀把米的可怜虫。与秦重、王美娘不可同日而语。

李渔在《妻妾抱琵琶梅香守节》中刻画的罗氏、莫氏几乎就是《庄子休鼓盆成大道》中田氏的影子。李渔高明的地方就在于他不是简单地依葫芦画瓢，还别出心裁地虚构了一个守节的通房丫鬟碧莲，碧莲在丈夫病重时，不会讨好丈夫，病好之后，受到丈夫的冷落。丈夫亡故之后，妻妾改嫁，碧莲一人守节，做女工养活丈夫的儿子。杜浚篇后有评："碧莲守节，虽是梅香的奇事，尤可敬者，是在丈夫面前，以淫污自处，而以贞节让人。"[①]李渔小说经常运用对比手法来塑造人物，有一美必有一丑，有一贤必有一不肖，有一穷必有一富。写守节的碧莲就是要与不节的罗氏、莫氏形成对比，多少对《庄子休鼓盆成大道》一味地讥讽妇女的态度有所调整。实事求是地说，碧莲并没有罗氏、莫氏写得生动。但正是有了碧莲，才使这篇小说有了不同于《庄子休鼓盆成大道》的地方。

李渔在前人创作的基础上加工、改写的做法也存在重大缺陷，他不是从生活出发，而是从观念出发，他对前人的作品，赞成的则加以补充和深化，反对的则予以颠覆和重构，人物和情节取决于前人的作品和李渔的态度。因而他的这些话本基本上没有生活的积累，没有情感的投入，他总是以旁观者的身份，冷静地观察他笔下人物的所作所为，不时做一些不关痛痒的评价。话本中的人物成了作者手中的牵线木偶，某种观念的图解。所以李渔虽然标举创新，但真正有新意的小说却不多，这也是他难以超越冯梦龙、凌濛初等晚明话本作家的重要原因。

---

① 《无声戏》第十二回总评，《李渔全集》第4卷，浙江古籍出版社1992年，第245页。

七　李渔话本与冯梦龙话本比较[①]

（一）

冯梦龙与李渔都是话本小说大家，分别代表了明清两代话本创作的最高成就。冯梦龙出生于明万历二年（1574），去世于清顺治三年（1646）。李渔出生于明万历三十九年（1611），去世于清康熙十九年（1680）。冯梦龙大李渔三十七岁，冯梦龙去世时，李渔三十六岁。由于两人生活在不同地区，年龄相差较大，加上李渔顺治七年（1650）移居杭州后才涉足小说戏曲创作领域，两人可能未曾谋面。而冯梦龙对李渔的影响是显而易见的，李渔读过大量冯梦龙的书籍，在他的著作中多次出现冯梦龙的名字，李渔《三国志演义序》云："尝闻吴郡冯子犹赏称宇内四大奇书，曰《三国》、《水浒》、《西游》及《金瓶梅》四种。余亦喜其赏称为近是。"[②]《智囊序》云："冯子犹龙之辑是编，事求其备，义取乎该，惟恐失一哲人，漏一慧语，遂不觉网罗太密、组织太工而流于凿。"[③]《古今笑史序》云："是编之辑，出于冯子犹龙。其初名为'谈概'，后人谓其网罗之事，尽属诙谐，求为正色而谈者，百不得一，名为谈概，而实则笑府，亦何浑朴其貌而艳冶其中乎！遂以'古今笑'易名，从时好也。"[④]李渔创作话本时，仔细研读过冯梦龙的名著"三言"，他将自己的话本集《十二楼》又命名为"觉世名言"，署名"觉世稗官编次"，模仿"三言"命名的痕迹甚重。在他的话本集中，也多次提到"三言"及其中的名篇，《无声戏》第七回《人宿妓穷鬼诉嫖冤》写道："后来有个才士，做一回《卖油郎独占花魁》的小说，又有个才士，将来编做戏文。"[⑤]《卖油郎独占花魁》见于《醒世恒言》。《无声戏》第十一回《儿孙弃骸骨僮仆奔丧》篇末写道："我道单百顺所行之事，当与嘉靖年间徐阿寄一样流芳……阿寄辅佐主母，抚养孤儿，辛苦一

---

① 本论题准确的名称应为"李渔创作的《无声戏》、《十二楼》与冯梦龙编纂的'三言'中的明代话本比较"，因题目太长，姑且用简称。

② 李渔《李渔全集》第5卷，浙江古籍出版社1992年，第1页。

③ 李渔《笠翁文集》卷一，《李渔全集》第1卷，浙江古籍出版社1992年，第29页。

④ 李渔《笠翁文集》卷一，《李渔全集》第1卷，浙江古籍出版社1992年，第30页。

⑤ 李渔《无声戏》，人民文学出版社1989年，第116页。

生，替他挣成家业，临死之际，搜他私蓄，没有分文，其事载于《警世通言》。”①所指即《徐老仆义愤成家》，不过不是载于《警世通言》，而是载于《醒世恒言》，当为李渔误记。我们将“三言”与《无声戏》、《十二楼》中的具体作品进行对照比较，发现它们之间的内在关联非常密切。

《无声戏》第十二回《妻妾抱琵琶梅香守节》从人物到情节都明显地模仿《警世通言》第二卷《庄子休鼓盆成大道》。关于这一问题，笔者在《李渔话本的创新与因袭》一文中已有考述②，这里不再赘述。

有些话本，虽然主要故事不同，但人物性格与写法非常相似。上文提到的《儿孙弃骸骨僮仆奔丧》中的单百顺和《徐老仆义愤成家》中的徐阿寄都是义仆，他们对主子忠心耿耿，只身在外帮助主人经商，没有半点私心。李渔也毫不掩饰两个人物之间的借鉴关系。《丑郎君怕娇偏得艳》用极度夸张的手法写阙里侯之丑：“里侯自六岁上学，读到十七八岁，刚刚只会记帐，连拜帖也要央人替写。内才不济也罢了，那个相貌一发丑得可怜。凡世上人的恶状，都合来聚在他一身，半件也不教遗漏。……眼不叫做全瞎，微有白花；面不叫做全疤，但多紫印；手不叫做全秃，指甲寥寥；足不叫做全跷，脚跟点点；鼻不全赤，依稀略见酒糟痕；发不全黄，朦胧稍有沉香色；口不全吃，急中言常带双声；背不全驼，颈后肉但高一寸；还有一张歪不全之口，忽动忽静，暗中似有人提；更余两道出不全之眉，或断或连，眼上如经樵采。”③不禁让人想起《钱秀才错占凤凰俦》中的颜俊：“况且颜俊自己又生得十分丑陋。怎见得？亦有《西江月》为证：面黑浑如锅底，眼圆却似铜铃。痘疤密摆泡头钉，黄发蓬松两鬓。牙齿真金镀就，身躯顽铁敲成。楂开五指鼓锤能，枉了名呼颜俊。那颜俊虽则丑陋，最好妆扮，穿红着绿，低声强笑，自己以为美。更兼他腹中全无滴墨，纸上难成片语，偏好攀今掉古，卖弄才学。”④为了骗娶漂亮的妻室，两人都请英俊的朋友代替自己相亲，其做法如出一辙。

冯梦龙是最早从事话本小说创作的文人作家之一，他将文人的生活与情感带入了话本小说领域，写文人追求功名的遭遇，写文人与官吏的冲突，写文人高

---

① 李渔《无声戏》，人民文学出版社 1989 年，第 189 页。
② 傅承洲《李渔话本的创新与因袭》，《明清小说研究》2007 年第 6 期。
③ 李渔《无声戏》，人民文学出版社 1989 年，第 3—4 页。
④ 冯梦龙《醒世恒言》，人民文学出版社 1956 年，第 138 页。

雅脱俗的志趣，这些内容都令人耳目一新，对后来的话本小说家包括李渔在内，都产生了广泛的影响。冯梦龙还将自己的人生经历与梦想写进话本小说，塑造出自寓性的人物形象。可以肯定出自冯梦龙之手的话本小说《老门生三世报恩》，所写主人公鲜于同明显带有冯梦龙的影子。鲜于同八岁举神童，十一岁游庠，超增补廪。到三十岁上，循资该出贡了，他不愿就贡途前程，一连让了八遍贡。到五十七岁，鬓发都白了，还是一秀才。由于资料缺乏，我们不知道冯梦龙何时进学，可方志有明确记载，冯梦龙正是五十七岁出贡，此前一直是三年一科的老秀才，和鲜于同完全一样。鲜于同五十七岁中举与冯梦龙五十七岁出贡不该是一种偶然的巧合。鲜于同对科场的看法代表了冯梦龙的观点，他说："只是如今是个科目的世界，假如孔夫子不得科第，谁说他胸中才学？若是三家村一个小孩子，粗粗里记得几篇烂熟时文，遇了个盲试官，乱圈乱点，睡梦里偷得个进士到手，一般有人拜门生，称老师，谭天说地，谁敢出个题目，将带纱帽的再考他一考么？不止于此，做官里头，还有多少不平处，进士官就是个铜打铁铸的，撒漫做去，没人敢说他不字；科贡官兢兢业业，捧了卵子过桥，上司还要寻趁他。"[①]小说写鲜于同五十七岁中举，六十一岁中进士，得选刑部主事，后升台州知府、浙江巡抚。鲜于同的美满结局可以看作冯梦龙为自己设想的美好前景，只是命运不济，最终没能实现。冯梦龙的这种创作方式对李渔启发很大，在李渔的话本中，出现了多个自寓性的人物。《三与楼》的虞素臣，几乎就是李渔的化身。虞素臣不求闻达、绝意功名，喜读诗书、寄情诗酒。"他一生一世没有别的嗜好，只喜欢构造园亭，一年到头，没有一日不兴工作。所造之屋定要穷精极雅，不类寻常"[②]。虞素臣用几年的工夫，精心构造了一座园亭，厅房台榭、亭阁池沼一应俱全，姑且不论，其中一座书楼，是他一生得意之作，上下三层，每层一匾，最下一层雕栏曲槛，竹座花裀，是待人接物之处，匾题"与人为徒"。中间一层净几明窗，牙签玉轴，是读书临帖之所，匾题"与古为徒"。最上一层名香一炉、《黄庭》一卷，匾题"与天为徒"。三层总题一匾："三与楼"。虞素臣家境本来就不富裕，厅房亭阁造好后就贱卖给唐玉川父子，只留一座书楼栖身。六十岁时又生一子，贺客纷纷登门，把虞素臣家吃得盐干醋净，又将书楼也卖给了唐家。后来唐家被人告发窝藏盗银，并从三与楼下起出二十锭元宝。原来是虞素

---

① 冯梦龙《警世通言》，人民文学出版社 1956 年，第 257 页。

② 李渔《十二楼》，人民文学出版社 1986 年，第 40 页。

臣生前好友送给虞家赎回园亭的银子，此银仍旧作为赎金，园亭还归原主。这位虞素臣与作者李渔有诸多相同之处，明清鼎革之后，李渔绝意功名，隐居山中，与虞素臣的人生选择相同。李渔自云有两大嗜好与特长："一则辨审音乐，一则置造园亭。性嗜填词，每多撰著，海内共见之矣。设处得为之地，自选优伶，使歌自撰之词曲，口授而躬试之，无论新裁之曲，可使迥异时腔，即旧日传奇，一概删其腐习而益以新格，为往时作者别开生面，此一技也。一则创造园亭，因地制宜，不拘成见，一榱一桷，必令出自己裁，使经其地、入其室者，如读湖上笠翁之书，虽乏高才，颇饶别致，岂非圣明之世，文物之邦，一点缀太平之具哉?"[①]李渔自叹无用武之地，似乎过于谦虚，辨审音乐，编刻传奇，组家班演戏，闻名遐迩，自有公论，暂且置之不论。就是置造园亭，也不止一次，李渔一生大兴土木，修建别业，至少有三次:第一次是顺治五年(1648)在家乡兰溪设计营建的伊山别业，从李渔《伊山别业成寄同社五首》、《伊园十便》、《伊园十二宜》等诗作来看，伊山别业有山有水、有亭有廊，植树种花，可垂钓灌园，胜似世外桃源。第二次是移家江宁后，李渔于康熙八年(1669)建芥子园，李渔《芥子园杂联序》云:"此予金陵别业也。地止一丘，故名芥子，状其微也。往来诸公，见其稍具丘壑，谓取'芥子纳须弥'之义，其然岂其然乎!"[②]芥子园虽然占地面积不大，"不及三亩"，没法与伊山别业相比，一样有丹崖碧水，茂林修竹，荷池月榭，还有家班演出的歌台。第三次是李渔晚年移家杭州，又建层园，《次韵和张壶阳观察题层园十首序》记载了买山营建层园的经过:"予自金陵归湖上，买山而隐，字曰层园。因其由麓至巅，不知历几十级也。乃荒山虽得，庐舍全无，戊午之春，始修颓屋数椽。"[③]三处别业，两处卖给他人。李渔卖楼后作七律《卖楼》、七绝《卖楼徙居旧宅》，这两首诗都被李渔置于话本《三与楼》的开篇，并说:"这首绝句与这首律诗，乃明朝一位高人为卖楼别产而作。"[④]《十二楼》原刊于顺治十五年(1658)，作于杭州时期，此时李渔的南京的芥子园和杭州的层园尚未兴建，更谈不上卖楼，李渔的两首卖楼诗乃是为卖家乡兰溪伊山别业而作，话本《三与楼》也是根据他建造和转卖兰溪别业的经历写成，后半部分虞素臣的儿子赎回别

---

① 李渔《李渔全集》第11卷，浙江古籍出版社1992年，第156—157页。
② 李渔《笠翁文集》卷四，《李渔全集》第1卷，浙江古籍出版社1992年，第241页。
③ 李渔《笠翁诗集》卷二，《李渔全集》第1卷，浙江古籍出版社1992年，第246页。
④ 李渔《十二楼》，人民文学出版社1986年，第37页。

业，就和冯梦龙为鲜于同虚构的仕途一样，只是李渔的一种美好的幻想。半实半虚的创作方式与冯梦龙如出一辙。

《闻过楼》也是李渔用鼎革之时避乱隐居山中的经历写成，话本中的顾呆叟为李渔自况。这位顾呆叟为人恬澹寡营，生在衣冠阀阅之乡，常带些山林隐逸之气。少年时节也曾考过科举，中过秀才，可乡试不利，曾对人立誓道："秀才只可做二十年，科场只好进五六次，若还到强仕之年而不能强仕，就该弃了诸生，改从别业。镊须赴考之事，我断断不为。"①不想到三十岁外，仍旧未能中举，于是告了衣巾，把一切时文讲章与镂管穴孔的笔砚尽皆烧毁，只留农圃种植之书与营运资生之具，在荆溪之南、去城四十余里，结了几间茅屋，买了几亩薄田，自为终老之计。李渔毫不掩饰自己的经历与志趣与顾呆叟的相似，他在入话写道："予生半百之年，也曾在深山之中做过十年宰相，所以极谙居乡之乐。……诸公若再不信，但取我乡居避乱之际信口吟来的诗，略摘几句，略拈几首念一念，不必论其工拙，但看所居者何地，所与者何人，所行者何事，就知道他受用不受用，神仙不神仙，这山中宰相的说话僭妄不僭妄也。如五言律诗里面有'田耕新买犊，檐盖旋诛茅。花绕村为县，林周屋是巢'。'绿买田三亩，青赊水一湾。妻孥容我傲，骚酒放春闲'之句。七言律诗里面有'自酿不沽村市酒，客来旋摘野棚瓜。枯藤架拥诙谐史，乱竹篱编隐逸花'。'裁遍竹梅风冷淡，浇肥蔬蕨饭家常。窗临水曲琴书润，人读花间字句香'之句。此乃即景赋成，不是有因而作。还有《山斋十便》的绝句，更足令人神往。"②李渔早年也中过秀才，崇祯十二年（1639）赴杭州应乡试，落榜，这一年，李渔二十九岁。崇祯十五年（1642），赴考途中闻警返回。从此李渔放弃功名，再未应试。与顾呆叟略有不同的是，李渔放弃科举与明清鼎革有关。明亡后，李渔先是在山中避乱，后来营建伊山别业，做识字农，直至顺治七年（1650）四十岁时移居杭州。入话所引诗歌，是李渔在兰溪山居期间所作，笔者查了李渔的《笠翁诗集》，两首五言律诗均引自《山居杂咏》，一为其一，一为其五。两首七言律诗，查出一首，第二首出自《伊山别业成，寄同社五首》其三。《山斋十便》原题《伊园十便》，只是小序和《汲便》略有修改，《吟便》、《眺便》二首并未散失。小说写顾呆叟隐居山中之后，一些朋友请他回城居住，呆叟坚决不回，这些朋友就在近郊城外建造一所住宅，设计将其迁

① 李渔《十二楼》，人民文学出版社 1986 年，第 234 页。
② 李渔《十二楼》，人民文学出版社 1986 年，第 231—232 页。

到城外居住。此事可能出于虚构。这篇小说也是用虚实参半的手法写自己早年的生活与志趣。

（二）

李渔话本受到冯梦龙的影响，有些篇目甚至模仿冯梦龙的作品，这是事实。但是如果夸大这一事实，认为李渔亦步亦趋地效法冯梦龙，这既不符合李渔的创作追求，也不符合李渔话本的实际状况。李渔话本与冯梦龙话本的差别是非常明显的，二者之异大于二者之同。

在话本体制方面，冯梦龙是话本体制规范的建立者，而李渔则是体制规范的突破者。在冯梦龙之前，已有文人或书坊记录整理话本，但整理工作做得比较粗糙。流传至今的早期刻本《清平山堂话本》和《熊龙峰刊行小说四种》，只有少数几篇记录得比较详尽，多数比较简略。冯梦龙根据说话艺人在勾栏讲述的情景，恢复话本的入话。入话包括诗词、议论和头回。艺人说话都是有入话的，因为入话是艺人在等待听众时讲唱给先到的听众欣赏的。但早期的话本刻本却大多只有诗词，没有议论和头回，以《清平山堂话本》为例，该书流传话本二十九篇，残七篇，全篇传世的共二十二篇，这二十二篇话本只有《简帖和尚》、《刎颈鸳鸯会》有头回。另有残篇《李元吴江救朱蛇》有头回。《刎颈鸳鸯会》、《李元吴江救朱蛇》有议论。《花灯轿莲女成佛记》有很短的两句议论。《汉李广世号飞将军》、《雪川萧琛贬霸王》在诗词之后有一段夹叙夹议的文字。冯梦龙编纂“三言”，将《清平山堂话本》中十篇话本收入其中。《众名姬春风吊柳七》据《柳耆卿诗酒玩江楼记》改写，原本无头回，冯梦龙补了孟浩然错念一首诗终身不用的故事作头回。《五戒禅师私红莲记》原无头回，冯梦龙收入“三言”，更名为《明悟禅师赶五戒》，增补了李源与圆泽三生相会的故事作为头回。《闲云庵阮三偿冤债》系根据《戒指儿记》改订，原本无议论，冯梦龙在入话中便加上一段议论。“三言”中的明代文人话本，绝大多数有完整的入话。“三言”话本的入话，改变了它原有的等待听众、肃静场面的功能，使之成为话本的有机组成部分，用于强化小说的立意和劝善作用。但“三言”的入话文字比较简短，大多只有数百字，不到全篇的十分之一，全篇以正话为主，主要篇幅用于讲述主体故事，故事讲得委婉曲折，引人入胜。

冯梦龙建立起来的话本体制，得到了明末清初多数小说家的认可，也有一些小说家不愿受这种体制的束缚，在创作中多有突破，李渔就是其中最典型的代表，主要表现在以下三个方面：首先，李渔在话本中大发议论，谈古论今，品评人物，苦口婆心地劝诫世人隐恶扬善，不厌其烦地宣讲自己的人生哲学，达到了随心所欲、纵横驰骋的地步。“三言”话本也有议论，一般在开篇诗词之后，有百十来字的议论，说明创作动机，短小精悍，点到为止，马上进入正话。我们看《古今小说》第一卷《蒋兴哥重会珍珠衫》，开篇一首《西江月》词，之后是一段劝人不要好色贪淫的议论，总共一百六十多字，这在“三言”中还是比较长的，很快就进入蒋兴哥的故事。李渔话本的议论篇幅要长许多，一般在开篇之后，有一大篇议论。接着是头回，头回之后又是一大篇议论。然后再讲述正话，正话之后，还有一大篇议论。以《无声戏》第一回《丑郎君怕娇偏得艳》为例，开篇一首七律，紧接着便是一大段姻缘错配、红颜薄命的议论，然后讲了一个恶人死后被阎王罚做绝标致妇人的故事作头回。接着又讲红颜薄命的道理，才进入正话。正话之后，又是一通劝诫配了丑夫的女人不要求全责备，娶了美妻的男人要敬爱娇妻的议论。三段议论相加，一千三百多字。冯梦龙话本和李渔话本这种差别，不是个别现象，还可以举出很多例证。其次，李渔话本的头回灵活自由，不拘一格。《人宿妓穷鬼诉嫖冤》头回写某公子在南京坐监，费了几千金结交名妓金茎娘，一心要娶她做妾。改坐北监之后，还给了她六百两银子，约定明年来娶她，茎娘发誓不再留客。不到一年，公子到南京娶她，茎娘已死多日。公子为她办理后事，还准备将遗体运回将来合葬，临行厚赠老鸨。后来公子遇到一术士，是父亲的门生，会房中术，阅人甚多，告知公子，茎娘瞒过公子，每晚接客。这篇头回故事曲折，叙事详尽，结构完整，篇幅约占全篇的三分之一，与正话的关系，更像是两篇同类题材话本的连缀。在入话中，李渔告诫富家子弟不要看了《绣襦记》、《西楼记》，以为“妓妇之中一般有多情女子，只因嫖客不以志诚感动她，所以不肯把真情相报，故此尽心竭力，倾家荡产去结识青楼，也要想做《绣襦记》、《西楼梦》的故事”。“从古及今，做郑元和、于叔夜的不计其数，再不见有第二个穆素徽、第三个李亚仙”[①]。这段议论也是专为头回而发。正话开始前又有一段议论：“有个才士，做一回《卖油郎独占花魁》的小说，又有个才士，将来编做戏文。那些挑葱卖菜的看了，都想做起风流事来。每日要省一双草鞋钱，每夜要

① 李渔《无声戏》，人民文学出版社 1989 年，第 112 页。

做一个花魁梦，攒积几时，定要到妇人家走走，谁想卖油郎不曾做得，个个都做一出贾志诚了回来。当面不叫有情郎，背后还骂叫化子，那些血汗钱岂不费得可惜！”①这段议论才是为正话而发。接着写篦头待诏王四被妓女雪娘和老鸨骗去一百二十两银子的故事。从议论到故事，头回和正话都是独立的。这与“三言”话本葫芦式的结构大不一样。《失千金因祸得福》更为特别，开篇没有头回，一首诗和一大段议论之后，直接就写正话，说秦世良向财主杨百万借了五百两银子漂洋闯海，结果遇海盗打劫。又借了五百两银子，先用三百两往湖广贩米，被同行的老汉将银子拐去。再取二百两银子贩米，被结拜兄弟秦世芳误以为是自己的银子取走。天下竟有这等怪事，秦世良所遇到的海盗、拐子和结拜兄弟，都是仗义之人。海盗原本也是漂洋商人，因货船沉入海中，不得已打劫做本钱，后来做了朝鲜国王的驸马，将秦世良当年的货物，按货价十倍还给原主。拐子是一个义仆，用三百两银子救主，主人后来做了知县，秦世良受了知县五六千金之惠。结拜兄弟秦世芳用二百两银子做本钱，赚了三万两银子的利息，当秦世芳确认是自己错取了秦世良的银子时，要连本带利送还，秦世良只同意对半均分。写完正话之后，又写一个小故事：杭州有一个姓柴的乡绅，有六个妹妹，一个是同胞生的，三个是继母生的，两个是庶母生的。父母去世之后，柴乡绅将父亲的宦赀作七股平分。继母的奁赀，分给继母所生的三个妹妹。庶母所生的一个妹妹，未嫁之时，夫家卖给他的田产，全部作为陪嫁送给妹妹。这在只有儿子能够继承遗产的古代社会，可谓盛德之事，用以证明秦世芳赚了几万两银子载上门送给秦世良是可信的。按话本之体制，这个小故事应该放在正话之前，而李渔却将他搁在正话之后，作为正话之补充。李渔创作话本已经达到了随心所欲的境界。再次，李渔有的话本完全舍弃了用劝人为善的诗词、议论和头回开篇的程式，而是另辟蹊径，引述自己早年创作的诗歌，发一通与诗作相关的人生感慨。《夏宜楼》本来是写瞿吉人用千里镜选娇妻的故事，可李渔在第一回开篇没有劝诫的诗词和议论，也没有头回，而是引述自己儿时所作六首绝句，名为《采莲歌》，接着发了一通荷花为“花之美人”的高论，基本上与正话没有什么关系，如果一定要找入话与正话之间的联系，那也只有正话是由一群丫环赤身裸体下荷池采莲引起的。李渔这篇“引头”，多少带有以小说传诗的目的，放

---

① 李渔《无声戏》，人民文学出版社 1989 年，第 116 页。

在篇首，与正话有些脱节。《闻过楼》也没有头回，开篇是一首避乱居乡所作的五言律诗，然后发了一通议论：“古语云：‘小乱避城，大乱避乡。’予谓无论治乱，总是居乡的好；无论小乱大乱，总是避乡的好。”①还摘引居乡所作律诗四首、全引《山斋十便》绝句八首为证。这篇“引首”除传诗之外，还表达了作者身居闹市对居乡之乐的留恋。正话写一个“不到乱世先想居乡的达者”，是一篇自寓性小说，入话和正话的联系比较密切，但它和以“三言”为代表的话本体制还是有别，不再热衷于劝善惩恶，而是表现文人的志趣。

冯梦龙和李渔虽说只相差三十多岁，但创作话本时却生活在不同的朝代，两人的话本所体现的思想观念相去甚远，这在婚恋小说中表现得尤为突出。冯梦龙生活在晚明时期，受李卓吾、汤显祖等人主情思想影响较大，肯定和倡导真情，所辑《挂枝儿》、《山歌》，绝大多数是情歌，要“借男女之真情，发名教之伪药”②。所辑《情史》，系爱情小说专集，在序言中，提出了“立情教”的主张：“我欲立情教，教诲诸众生。”③劝世人像信奉宗教一样虔诚地信奉情教④。“三言”中的爱情小说，大多体现了冯梦龙的这种思想，赞美青年男女纯洁而真挚的爱情，谴责封建家长和世俗观念对自由恋爱、自主结婚的干扰与阻挠。《吴衙内邻舟赴约》写一对少男少女的爱情故事。吴度带着夫人与公子吴彦从长沙到扬州上任，在江州遇到风浪，泊船避风。贺章带着夫人和女儿秀娥从钱塘前往荆州赴任，亦为风阻，暂驻江州。吴度和贺章在京应试期间有过交往，两船绑在一起，往来叙旧。吴衙内与贺小姐一见钟情，互赠信物，以诗传情，吴彦于夜晚如约跳到贺家的船上幽会。不料半夜风浪平息，各自开船，吴彦留在了贺家船上。后来私情暴露，贺小姐以死抗争，贺章夫妇最终同意将女儿嫁给吴彦为妻。小说将贺小姐见到吴衙内之后如醉如痴、失魂落魄的爱恋心理写得真切而细腻，邻舟赴约的故事也新颖别致。尽管吴衙内与贺小姐的恋情不符合封建礼教与婚姻习俗，小说还是充分肯定他们的爱情选择。“才子佳人貌相当，八句新诗暗自将。百岁姻缘床下就，丽情千古播词场”⑤。从话本的结尾诗不难看出作者的倾向。《宋小官团圆破毡笠》中，父母双亡的宋金在父亲的朋友刘有才船上帮

---

① 李渔《十二楼》，人民文学出版社 1986 年，第 231 页。

② 冯梦龙《叙山歌》，《冯梦龙全集》第 18 卷《山歌》，江苏古籍出版社 1993 年，第 1 页。

③ 冯梦龙《情史序》，《冯梦龙全集》第 7 卷，江苏古籍出版社 1993 年，第 1 页。

④ 参见傅承洲《情教新解》，《明清小说研究》2003 年第 1 期。

⑤ 冯梦龙《醒世恒言》，人民文学出版社 1956 年，第 618 页。

忙干活，因刘有才只有独生女儿宜春，见宋金聪明勤快，于是招宋金为婿。宋金与宜春的婚姻虽说是父母之命，但夫妻恩爱，后育有一女，不料爱女夭折，宋金哀伤过度，得了痨病。刘有才夫妇原本是要招婿养老，现在女婿一身痨病，不能干活，便设计将宋金抛弃在江边的荒山上。宜春发现丈夫不在船上，坚决要求父母掉转船头回原处寻找，可早已不见宋金踪影，又在沿江市镇粘贴招子，寻找三月，绝无音耗。宜春以为丈夫死亡，披麻戴孝，设灵祭奠。而宋金发现自己被丈人抛弃后，在江边放声大哭，被一老僧所救，治愈痨病，又在山上捡到一大笔财富，运到南京买房置业，做起了财主，后来顾船到江上寻找妻子，夫妻团圆。这一对年轻商人的爱情，经历了病魔与时间的双重考验，终于破镜重圆。即便是写贵族公子与青楼女子的爱情故事，如《杜十娘怒沉百宝箱》，李甲虽有妻室，李妻并未出场，全篇主要写李甲与杜十娘的恋爱悲剧。

李渔所写的婚恋小说，很少有现代意义上的爱情小说，准确地说应该叫婚姻小说。李渔是一个享乐主义者，主张行乐第一，而人生的最大享乐，就是性爱，“行乐之地，首数房中”①。“人处得为之地，不买一二姬妾自娱，是素富贵而行乎贫贱矣”②。因而他一生广置姬妾，多达十几个女人。《无声戏》、《十二楼》中，所叙除了《谭楚玉戏里传情　刘藐姑曲中死节》外，几乎都是一夫多妻的婚姻模式。《丑郎君怕娇偏得艳》中的阙里侯，不仅“五官四肢都带些毛病”，而且一身秽气，却一连娶了三房娇妻。第一房邹氏绝世聪明，第二房何氏“年方二八，容貌赛得过西施”③，第三房吴氏更是才貌双全。《合影楼》本来是一个新颖的爱情故事，珍生和玉娟通过池水中的倒影看见对方，产生爱慕之情，开始受到家长的阻挠，最终成为夫妇。在李渔看来，这种结果对珍生来说还是太寂寞，于是又添一个媒人的养女锦云，硬是凑成了一夫二妻的结局。《夺锦楼》写钱小江与妻子边氏生有一对双胞胎女儿，由于夫妻不和，分别做主给两个女儿许下了赵、钱、孙、李四个婆家，已经是四男二女，李渔偏要改成一夫二妻。赵、钱、孙、李四家为娶亲争执不下，由官府公断。断案的刑尊看见了二女美貌如花，四男奇形怪状，愿替二女别寻佳婿，用考试的方式从未婚生童中选两位才貌双全的男子。真是无巧不成书，选中的两名童生，文章出自一人之手，刑尊做主，将两

---

① 李渔《李渔全集》第 11 卷，浙江古籍出版社 1992 年，第 338 页。
② 李渔《李渔全集》第 11 卷，浙江古籍出版社 1992 年，第 108 页。
③ 李渔《无声戏》，人民文学出版社 1989 年，第 8 页。

位佳人许配给一个才子。《夏宜楼》写风流才子瞿吉人用千里镜追求大家闺秀詹娴娴的故事，好不容易有一桩一夫一妻的恋爱婚姻，李渔似乎觉得美中不足，于是又写詹小姐有一群丫环，夏天脱衣下水采莲，被瞿吉人用千里镜窥见，婚后"吉人瞒着小姐与他背后调情，说着下身的事，一毫不错。那些女伴都替他上个徽号，叫做贼眼官人。既已出乖露丑，少不得把灵犀一点托付与他。吉人既占花王，又受尽了群芳众艳"①。这些一夫多妻的婚姻故事没有少男少女纯真恋情的描写和展示，只是停留在对男人渔色行为的欣赏和艳羡的层面，与"三言"中的爱情小说不可同日而语。

冯梦龙与李渔都是具有社会责任感的作家，从他们为话本集的命名就可以看出，在话本的入话中，劝善惩恶的说教更是俯拾即是，但教化方式并不相同。冯梦龙的话本是寓教于乐，从生活的逻辑出发，讲述一个合情合理的故事，在这个故事中隐含着某种教化思想，作者在入话中将它提炼出来，故事是主体，入话中的议论围绕正话的人物、事件而发。《三孝廉让产立高名》写许武十五岁时，父母双亡，两个弟弟年龄尚小，许武教二弟耕读，将二弟抚育成年，赢得孝弟美名，为州牧郡守荐举，得到朝廷重用，官至御史大夫。许武想到二弟力学多年，未得荐举，于是回家与二弟析产，将大宅良田、强奴巧婢据为己有，二弟谦让不争，亦得谦让之名而获荐举重用，然后再将家产重新均分。作者在入话中写道："随你不和顺的弟兄，听着在下讲这节故事，都要学起好来。"②这段简短的议论是从许武三兄弟的故事中自然引申出来。《金玉奴棒打薄情郎》写书生莫稽家贫未娶，入赘团头金老大家为婿，后来连科及第，选官无为军司户。莫稽嫌妻子门风不好，竟然在赴任途中，将妻子推坠江中。后为淮西转运使救起，并收为义女，才得以夫妻团圆。入话中有这样一段议论："如今再说一个夫弃妻的，一般是欺贫重富，背义忘恩，后来徒落得个薄幸之名，被人讲论。"③完全就是对莫稽行为的评点。

李渔话本则不一样，他是先有某种主旨，再根据这一主旨虚构一个故事，用这个故事来证明这一主旨的正确，以此来教化世人，人物和故事成了作家手中的牵线木偶。《丑郎君怕娇偏得艳》是要告诉世上的佳人，红颜自然薄命，美妻

① 李渔《十二楼》，人民文学出版社 1986 年，第 78 页。
② 冯梦龙《醒世恒言》，人民文学出版社 1956 年，第 23 页。
③ 冯梦龙《醒世恒言》，人民文学出版社 1956 年，第 343 页。

该配丑夫，即便嫁一个既愚蠢又丑陋的丈夫也要认命。根据这一主旨的需要，李渔构思了三个佳人，一个是聪明绝世的邹小姐，一个是貌赛西施的何小姐，一个是才貌双全的吴氏，三人都阴差阳错地嫁给了一个又蠢又丑、一身残疾的阙里侯为妻。虽然三人也曾作过抗争，到底未能脱身。李渔编完这个故事，还不忘对佳人们耳提面命："我愿世上的佳人把这回小说不时摆在案头，一到烦恼之时，就取来翻阅。说我的才虽绝高，不过像邹小姐罢了；貌虽极美，不过像何小姐罢了；就作两样俱全，也不过像吴氏罢了。她们一般也嫁着那样丈夫，一般也过了那些日子，不曾见飞得上天，钻得入地。"①那么才貌不及邹小姐、何小姐、吴氏的妇人就更应该听天由命了。《鬼输钱活人还赌债》奉劝世人不要赌博，于是就虚构了王竺生被人诱骗去赌博，不但输掉了家中的土地房产，还活活气死了父母双亲。由此得出结论："可见赌博一事，是极不好的。"②

李渔用故事证明主旨的创作方式，我们还可以从李渔对头回和正话的选择中得到证明。《丑郎君怕娇偏得艳》头回讲阎王罚恶人做极标致妇人的"鬼话"，正话讲阙里侯娶三个美妻的"实事"。《人宿妓穷鬼诉嫖冤》头回讲富家子弟包养名妓受骗的故事，正话讲穷人买妓被骗的故事。《移妻换妾鬼神奇》头回是"眼睛看见的"小妾吃醋纵火被杀的故事，正话是"耳朵听见的"陈氏吃醋陷害正妻杨氏，被神明惩罚的故事。《寡妇设计赘新郎　众美齐心夺才子》，头回讲两个有才有貌的古人，正话讲一个"古人以后，今人以前的标致男子"。以示证据全面，论证充分。

冯梦龙话本和李渔话本的这种差别在两篇相同题材的作品中表现得更加明显。《卖油郎独占花魁》是"三言"中的名篇，写杭州名妓王美娘从良的故事。王美娘在逃难之中与家人走失，被人卖到青楼。这美娘聪明伶俐，色艺双全，人称花魁娘子，交往的都是王孙公子，一晚要十两银子。美娘久有从良之志，所交豪华公子，只有买笑追欢之虚情，毫无怜香惜玉之真心。最终选择了挑担沿街卖油的小商贩秦重。这秦重只有三两银子的本钱，为了见王美娘，辛苦卖油一年多，终于攒够了十几两银子，等了一个多月，才得以见到美娘。美娘当天在外喝得大醉，回房后和衣上床，倒头大睡。秦重又是盖被，又是端茶，晚上美娘呕吐，秦重用自己的道袍接秽物，在房间伺候美娘一晚。这让美娘十分感动："难

---

① 李渔《无声戏》，人民文学出版社 1989 年，第 25 页。

② 李渔《无声戏》，人民文学出版社 1989 年，第 146 页。

得这好人，又忠厚，又老实，有且知情识趣，隐恶扬善，千百中难遇此一人。”[①]在被吴八公子欺辱之后，王美娘主动提出要嫁给秦重。这篇话本歌颂了市井细民之间真挚的爱情。作者在入话中指出：“但凡做小娘的，有一分所长，得人衬贴，就当十分。若有所短，曲意替他遮护，更兼低声下气，送暖偷寒，逢其所喜，避其所讳，以情度情，岂有不爱之理。这叫做帮衬。风月场中，只有会帮衬的最讨便宜，无貌而有貌，无钱而有钱。”[②]对于青楼女子，应该尊重她，关心她，才能获得她的芳心，金钱和容貌并不是最重要的。李渔担心《卖油郎独占花魁》以及据此改编的戏文，让“那些挑葱买菜的看了，都想做起风流事来。每日要省一双草鞋钱，每夜要做一个花魁梦，积攒几时，定要到妇人家走走”[③]。于是写了一篇《人宿妓穷鬼诉嫖冤》，人物的身份、地位及其相互关系，基本照搬《卖油郎独占花魁》，雪娘是扬州名妓，与王美娘身份相似。王四是给人篦头的待诏，地位与秦重相似。因为看了一本《占花魁》的新戏，王四忽然动起风流兴来：“敲油梆的人，尚且做得情种，何况温柔乡里脂粉丛中摩疼擦痒之待诏乎?”[④]王四篦头认识了雪娘，要娶雪娘为妻，雪娘满口答应，老鸨要一百二十两银子赎金，王四倾其所有先交三十两，余下的待挣钱后分期交付，等交完赎金之后，方许从良。王四忙乎了四五年，才交完余数，要娶雪娘过门，老鸨竟然说这点钱还不够嫖资，雪娘也翻脸不认人：“我若肯从良，怕没有王孙公子，要跟你做待诏夫人!”[⑤]要不是一位运官为其主持公道，追回银子，王四只有自认晦气。李渔显然是先有主旨，要“奉劝世间的嫖客，及早回头，不可被戏文小说引偏了心，把血汗钱被他骗去”[⑥]。再根据《卖油郎独占花魁》的人物与情节，构思一篇人物身份相同、性格却截然不同、结局完全相反的小说，以此来证明主旨，教化世人，小说不是从生活出发，而是从观念出发。

冯梦龙话本和李渔话本之异同，应该还有不少问题值得探讨，本文只是就其中几个主要方面略加论述，有待方家补正。

---

① 冯梦龙《醒世恒言》，人民文学出版社 1956 年，第 63 页。
② 冯梦龙《醒世恒言》，人民文学出版社 1956 年，第 35 页。
③ 李渔《无声戏》，人民文学出版社 1989 年，第 116 页。
④ 李渔《无声戏》，人民文学出版社 1989 年，第 116—117 页。
⑤ 李渔《无声戏》，人民文学出版社 1989 年，第 119 页。
⑥ 李渔《无声戏》，人民文学出版社 1989 年，第 125 页。

八 李渔话本的戏曲改编

（一）

李渔在《无声戏》目录第一回《丑郎君怕娇偏得艳》题下注明“此回有传奇即出”。第二回《美男子避惑反生疑》、第十二回《妻妾抱琵琶梅香守节》题下注明“此回有传奇嗣出”。这三篇话本第一篇改编为传奇《奈何天》，另外两篇并不见有传奇传世，很可能是没有改编。另有三篇话本改编为传奇，事先却没有说明。《连城璧》第一回《谭楚玉戏里传情　刘藐姑曲终死节》改编为《比目鱼》，第九回《寡妇设计赘新郎　众美齐心夺才子》改编为《凰求凤》，《十二楼》之《生我楼》改编为《巧团圆》。李渔为何放弃了原来的改编计划而重新选择篇目，这与李渔的戏曲创新主张有密切关系，他在《闲情偶寄》中提出：“‘人惟求旧，物惟求新。’新也者，天下事物之美称也。而文章一道，较之他物，尤加倍焉。戛戛乎陈言务去，求新之谓也。至于填词一道，较之诗赋古文，又加倍焉。非特前人所作，于今为旧，即出我一人之手，今之视昨亦有间焉。昨已见而今未见也，知未见之为新，即知已见之为旧矣。古人呼剧本为传奇者，因其事甚奇特，未经人见而传之，是以得名，可见非奇不传。新即奇之别名也，若此等情节业已见之戏场，则千人共见，万人共见，绝无奇矣，焉用传之？是以填词之家，务解‘传奇’二字，欲为此剧，先问古今院本中曾有此等情节与否，如其未有，则急急传之，否则枉费辛苦，徒作效颦之妇。”[①]据笔者研究，《无声戏》第二回《美男子避祸反生疑》与朱素臣的传奇《十五贯》情节多有相同之处。《无声戏》第十二回《妻妾抱琵琶梅香守节》与《警世通言》第二卷《庄子休鼓盆成大道》就有明显的因袭关系[②]。而且该话本还被明人谢宏仪改编为传奇《蝴蝶梦》。这两篇话本均为李渔所说的“此等情节业已见之戏场”的题材，如果改编为传奇，只能“枉费辛苦，徒作效颦之妇”。而话本《谭楚玉戏里传情　刘藐姑曲终死节》，睡乡祭酒认为：“这回稗史之中，有七件怪事，皆与寻常情理相背：以极淫之妇而生极贞之女，一怪也；以

① 李渔《李渔全集》第11卷，浙江古籍出版社1992年，第9—10页。

② 傅承洲《李渔话本的创新与因袭》，《明清小说研究》2007年第6期。

极下贱之人而为极高贵之事，二怪也；从来作传奇者，皆从实事之中演出戏文，此独于戏文中演出实事，三怪也……”①睡乡祭酒所说的怪事，实际上就是指这篇话本不同于前人的创新之处。睡乡祭酒评《生我楼》：“觉世稗官所作，事事情理之中，独有买人为父一节，颇觉怪诞。观者至此，都谓‘捉出破绽来’，将施责备之论矣。及至看到‘原属父子，天性使然’一语，又觉得甚是平常，并不曾跳出情理之外。可见人作好文章与做好人、行好事一般，常有初使人惊、次招人怪，及至到群疑毕集、怨讟将兴之际，忽然见出他好处来。”②睡乡祭酒说《生我楼》的主体情节“怪诞”，实际上是称赞这篇话本不同寻常，让人拍案称奇。在《巧团圆序》中，睡乡祭酒说得更加明确：“笠翁之著述愈出而愈奇，笠翁之心思愈变而愈巧。读至《巧团圆》一剧，而事之奇观止矣，文章之巧亦观止矣！笔笔性灵，言言精髓。吐人不能吐之句，用人不敢用之字；摹人欲摹而摹不出之情，绘人争绘而绘不工之态。”③《巧团圆总评》亦云：“卖身为父，购妇为母，奇莫奇于此矣！题帕委身，捐躯赎美，淫莫淫于此矣！究之敦孝、敦慈，率由天性；矢节、矢义，迥别闲情，一轨于至正、至悫。人诧笠翁之能作怪，吾服笠翁诸剧似怪而绝不怪也。”④从话本之怪诞到传奇之奇巧，说的都是这一题材新颖别致。西泠梅客评《凰求凤》云：“今观笠翁所著传奇，未尝立意翻新，有一字经人道过，笠翁唾之矣。”⑤说《凰求凤》无一字经人道过，未免有些夸张，但其情节不见于前人剧本，却是事实。能达到这种效果，与其蓝本《寡妇设计赘新郎　众美齐心夺才子》有直接关系。李渔后来选定的三篇话本及其改编的传奇，时人无不称其情节新奇，由此可见李渔选择篇目的标准与角度。

（二）

在古代戏曲史上，根据小说改编的剧本不计其数，绝大多数是剧作家改编他人的小说，将自己的小说改编成戏曲，不敢说是绝无仅有，至少可以说极为罕见。李渔就是这样一位罕见的剧作家。同一位作家，写同一题材，两部作品没有创作主体与时代的差异，其作品的不同主要源于文体。

---

① 李渔《李渔全集》第4卷，浙江古籍出版社1992年，第279页。
② 李渔《十二楼》，人民文学出版社1986年，第230页。
③ 李渔《李渔全集》第2卷，浙江古籍出版社1992年，第317页。
④ 李渔《李渔全集》第2卷，浙江古籍出版社1992年，第415页。
⑤ 李渔《李渔全集》第2卷，浙江古籍出版社1992年，第522页。

作为两种文体形态，话本和传奇各有其独特性，如话本有入话头回，传奇为代言体，曲词为其主要成分，且带有浓厚的抒情色彩，这些特征没有可比性。但作为叙事文体，在人物、情节、结构等叙述要素方面，又有相似性，这是话本改编传奇的重要条件，也是我们比较研究的主要层面。

话本改编传奇，首先遇到的问题就是确立主要人物。在李渔的戏曲观念中，主要人物在剧中占有举足轻重的地位，是一部传奇能否成功的关键。他说："一本戏中有无数人名，究竟俱属陪宾，原其初心，止为一人而设。即此一人之身，自始至终，离合悲欢，中具无限情由、无穷关目，究竟俱属衍文，原其初心，又止为一事而设。此一人一事，即作传奇之主脑也。"①传奇是舞台艺术，由演员扮演剧中人物。演员有生旦净丑等行当，剧中的主要人物一般由生旦扮演。"生旦合为夫妇，外与老旦非充父母即作翁姑"②。将话本改编为传奇，剧作家得慎重选择男女主人公。话本篇幅不长，主要人物一般只有一到两人，或男或女，根据情节的需要而定，比较灵活。有的话本改编传奇比较容易，男女主人公非常明确，如《谭楚玉戏里传情　刘藐姑曲终死节》主要人物为谭楚玉与刘藐姑，两人本来就是戏班里的生旦。改为传奇《比目鱼》，谭楚玉与刘藐姑仍旧是剧中主人公，由生旦扮演。有的话本改编传奇会比较复杂，或者是只有一个主要人物，或者两个主要人物为同一性别，改编传奇就需要调整和改写。话本《生我楼》的主要人物与中心情节写尹小楼在独子丢失之后，云游他乡以卖身为父的方式挑选养子立嗣，恰巧卖给了失踪近二十年、已改姓更名的亲生儿子姚继，父子团圆。这篇话本主要人物是两个男人，尹小楼为开篇出场的第一主人公，与传奇生旦排场的常格不符。李渔据此改编的传奇《巧团圆》，对小说中的主要人物作了大幅度的调整，生扮演姚继，成为该剧的主角。旦扮演姚继的妻子曹小姐。剧本增加了姚继与曹小姐自主订婚，战乱之中小姐被贼兵掠去，机警地用巴豆防身全节，最后被姚继买回团圆。话本中虽然已有姚继从人行买回未婚妻曹小姐的情节，但曹小姐只是一个道具型的人物，没有任何言行的描述，在传奇中成了女一号。这种改写显然是传奇生旦排场的要求。

《丑郎君怕娇偏得艳》写阙里侯连娶三房娇妻的故事，主要人物为阙里侯没有问题。但改写传奇还是与常格不符。传奇中，正生一般扮演英俊、潇洒的正

---

① 李渔《李渔全集》第 11 卷，浙江古籍出版社 1992 年，第 8 页。

② 李渔《李渔全集》第 11 卷，浙江古籍出版社 1992 年，第 59 页。

面人物，而阙里侯却奇丑无比："眼不叫做全瞎，微有白花；面不叫做全疤，但多紫印；手不叫做全秃，指甲寥寥；足不叫做全跷，脚跟点点；鼻不全赤，依稀略见酒糟痕；发不全黄，朦胧稍有沉香色；口不全吃，急中言常带双声；背不全驼，颈后肉但高一寸；还有一张歪不全之口，忽动忽静，暗中似有人提；更余两道出不全之眉，或断或连，眼上如经樵采。"[①]其外形与正生反差太大，于是，李渔便用丑扮演阙里侯，仍旧是剧中主人公，生扮演袁进士，做配角。对此李渔颇为自得："此番破尽传奇格，丑旦联姻真叵测。"[②]李渔认为："传奇格局，有一定而不可移者，有可仍可改，听人自为政者。……生旦合为夫妇，外与老旦非充父母即作翁姑，此常格也。然遇情事变更，势难仍旧，不得不通融兑换而用之，诸如此类，皆其可仍可改，听人为政者也。"[③]《奈何天》乃"情事变更，势难仍旧，不得不通融兑换而用之"。该剧正旦的确立也是一个问题，话本中，阙里侯有邹小姐、何小姐、吴氏等三房妻妾，传奇中只有一个正旦，谁由正旦出演必须作出抉择。按理第一房邹小姐应为正妻，根据生旦合为夫妻的常格，传奇中应由正旦扮演，可在《奈何天》中，邹小姐由老旦扮演，何小姐由小旦扮演，吴氏由正旦扮演。李渔如此安排，也有其道理，从话本到传奇，吴氏无疑都是戏份最重的人物。

《寡妇设计赘新郎　众美齐心夺才子》写美男子吕哉生先后娶了六房妻妾，原配为显宦之女，结婚不到一年暴病而亡。三个名妓沈留云、朱艳雪、许仙俦都愿嫁给吕哉生做妾，由于担心吕生续弦娶回妒妇，不容吕生纳妾，三人便私自为吕生聘下乔小姐。又有一位年轻寡妇曹婉淑看上吕哉生，愿意赘他为夫。最后吕哉生一人娶了乔小姐等五位佳人。李渔将这篇话本改为传奇《凰求凤》，正生扮演吕哉生没有什么问题，正旦的确立比较棘手。李渔将曹婉淑和乔梦兰的位置作了调换，曹婉淑成了许仙俦为吕生聘下的正妻，由正旦扮演，其身份也改为未婚小姐，而不是年轻寡妇，乔梦兰则改为愿意招赘吕哉生的女子，做了吕生的二房。传奇中，曹婉淑是一位"才德兼长、姿容并茂"的小姐，许仙俦为吕哉生提亲，附加条件得容仙俦做妾，曹小姐满口答应："一妻一妾事理之长，况且又是文字知己，有甚么难容？"[④]而乔梦兰是一个有缺点的女人，首先是悍妒，不容吕哉

① 李渔《十二楼》，人民文学出版社 1989 年，第 4 页。
② 李渔《李渔全集》第 2 卷，浙江古籍出版社 1992 年，第 7 页。
③ 李渔《李渔全集》第 11 卷，浙江古籍出版社 1992 年，第 59 页。
④ 李渔《李渔全集》第 2 卷，浙江古籍出版社 1992 年，第 445 页。

生娶妾;其次是心机,为了自己的婚事,用反间计挑拨吕哉生和许仙俦的关系。为此而被捉弄。按传奇中正旦扮演正面人物的惯例与要求,曹小姐适合正旦扮演。只是李渔为何将话本中曹婉淑与乔小姐的姓名调换,不得而知。

(三)

一般来说,传奇的篇幅和容量比话本要大一些,《古今小说》天许斋本《识语》云:“小说如《三国》、《水浒》,称巨观矣。其有一人一事,足资谈笑者,犹杂剧之于传奇,不可偏废也。”[①]天许斋将话本和章回小说,比作戏曲中的杂剧和传奇,显然指篇幅的长短。尽管李渔已将传奇篇幅压缩至三十出左右,当他将话本改为传奇时,还是要增加一些情节乃至线索。

李渔话本篇幅不长,人物不多,多为单线结构。《丑郎君怕娇偏得艳》主要情节就是奇丑无比的财主阙里侯一连娶了三位绝色佳人,先娶邹小姐,邹小姐躲进静室念佛修行之后,再娶何小姐,何小姐也仿效邹小姐进了静室,三娶吴氏。最后三位佳人共同伺候阙里侯。据此改编的传奇《奈何天》在这条主线之外,增加了阙里侯的仆人阙忠替主人输财助边,又代主人焚券免债,阙里侯的义举被天界三官奏明玉皇,玉皇派变形使者为阙里侯改形换面,变作美男子。如果说主线劝诫错配婚姻的女子听天由命,立意庸俗,那么副线宣扬行善必有善报的思想,虽说也是老生常谈,但与主线相比,还是稍有意义。

《生我楼》写财主尹小楼独子丢失,年过半百,想继子立嗣,又担心熟人图财,便远走他乡,用卖身为父的方式挑选孝子,有后生姚继愿买小楼为父,父子回乡途中,遭遇战乱,尹小楼的妻子与姚继的未婚妻均陷土贼之手,姚继先后从人行买回,到尹家才真相大白,父子、夫妇团圆。这也是一个单线发展的情节。《巧团圆》增写了告老还乡的仕宦姚器汝更名曹玉宇,因年老无子,只有一养女,想招姚继为婿立嗣,便让他外出收债贩布,检验他是否老成练达。不料天下大乱,姚器汝父女分离,翁婿阻隔。朝廷命姚器汝为兵部侍郎,督师剿贼。姚继寻访未婚妻曹小姐不遇,后从人行赎出。曹小姐写下家报一封,姚器汝接书后,行师从楚省经过,合家团聚。

明清传奇从宋元南戏演变而来,在其发展过程中,形成了其独特的体制,因

① 冯梦龙《冯梦龙全集》第2卷,江苏古籍出版社1993年,第1页。

篇幅和容量较大，一般采用双线结构。高明的《琵琶记》利用剧中两个主要人物构成两条线索，一条是蔡伯喈进京赶考、求取功名的经历，一条是赵五娘留守家乡、荒年中赡养公婆的遭遇，两条线索交错发展，直到最后在京城团圆。施惠的《拜月亭记》也是双线结构，主线是蒋世隆和王瑞兰的恋爱婚姻故事，副线是陀满兴福的逃亡经历。梁辰鱼的《浣纱记》，两条线索联系非常紧密，一条是范蠡和西施的爱情线索，一条是吴越兴亡的政治线索。周朝俊的《红梅记》，一条线索写裴舜卿与卢昭容的婚恋生活，一条线索写李慧娘对裴舜卿的生死之恋。在漫长的历史演变过程中形成的体制特点，后人很难改变，尤其是舞台艺术，还需要观众的认可。李渔改编传奇采用双线结构，主要是受传奇文体传统的影响，并因此解决了话本情节过于简单的问题。

李渔将话本改编为传奇，肯定不只是为了拉长篇幅，从他的增补来看，特别重视戏剧冲突的设置。没有冲突就没有戏，精彩的冲突往往会产生很好的戏剧效果。《巧团圆》中男女主人公姚继与曹小姐的团圆显然是全剧的重要关目，李渔补写了《争购》、《得妻》两出戏，叙姚继第一次赎妻不成，从人行买回六旬老妇，认作养母。养母告知人行有一位佳人，其特点与姚继未婚妻相似。当姚继赶到人行时，只剩一个妇人，已有两个买主争购。卖方决定将妇人卖给先到的买主。姚继细摸麻袋，袋中就是曹小姐。情急之下，姚继宁愿撞死，也不放弃。卖方只得改变主意，由妇人自选买主，夫妻得以团聚。这一关目的补写，一方面凸显了姚继对未婚妻真挚与执着的爱情，另一方面，铺叙三位买主的争购，设置悬念，刺激观众的紧张情绪，为人物命运担忧，收到了很好的戏剧效果。

《比目鱼》的结尾，增写了《误擒》、《骇聚》两出戏，李渔精心设置了一次误会性冲突。谭楚玉捉到叛将慕容介，由于外貌酷似，谭楚玉根本不知道系假冒。慕容介是谭楚玉的救命恩人，其妻刘藐姑寄居慕容家，如何处置慕容介，甚是为难，“正了国法，又背了私恩；报了私恩，又挠了国法”①。经过激烈的思想斗争，谭楚玉最终还是公法战胜了私情，决定奉酒三杯，然后正法。将谭楚玉写成了一个有情有义而又不徇私情的清官。为了这场压轴戏，李渔作了不少铺垫。《谲计》、《伪隐》写山贼假冒慕容介出山平寇投降。明确告诉观众，慕容介没有出山，更没有降贼。《假神》、《贻册》写慕容介把治民剿贼之法，造做一本册子，

---

①　李渔《李渔全集》第2卷，浙江古籍出版社1992年，第205页。

塞在谭楚玉的行李中，假冒神灵之名，帮助谭楚玉建功立业。这些场次均为谭楚玉与慕容介误会的发生与最终解决作了充分的准备。

李渔根据话本改编的四本传奇都有战争场面的展示。而在其本事中，只有《生我楼》的故事发生在宋元之际的战乱时期，其他三篇话本的情节与战争无关。《丑郎君怕娇偏得艳》写“五官四肢都带些毛病”的阙里侯一连娶了三房漂亮的妻子，以此劝诫妇人，红颜薄命、美妻配丑夫乃世间常理，婚姻错配也只能认命。故事发生在明朝嘉靖年间，没有战乱情节。李渔据此改编的《奈何天》，将话本中的袁进士改为守边平叛的将领，一举平息了塞北黑天王、白天王兄妹的叛乱，为此增写了《纷扰》、《攒羊》、《师捷》等武戏。《谭楚玉戏里传情　刘藐姑曲终死节》写书生谭楚玉看上戏班女旦刘藐姑后，不惜到戏班演戏接近并追求刘藐姑，两人的恋情遭到刘母的阻挠，双双跳河殉情，最后被莫渔翁救起，终成眷属。据此改编的《比目鱼》将莫渔翁改为漳南兵宪慕容介退隐后的化名，增加了慕容介退隐之前平寇，退隐之后朝廷起他复任，山大王找人假冒慕容介之名出山剿贼，阵上投降叛贼，谭楚玉选官汀州，剿贼时误擒慕容介。剧中增写了《办贼》、《寇发》、《窃发》、《奏捷》、《误擒》等武场戏。《寡妇设计赘新郎　众美齐心夺才子》写五个绝色女子争抢风流才子吕哉生的故事，李渔改为传奇《凰求凤》，也增加了瓦剌也先攻破边关、杀进内地的战事。

其实，传奇中增加的这些战争场面，几乎与剧本的主要人物与情节没有什么关系，袁进士平乱的故事并不影响阙里侯娶妻，瓦剌也先的侵扰与吕哉生的婚事无关，慕容介、谭楚玉先后剿贼在谭楚玉、刘藐姑的爱情故事中纯属画蛇添足。李渔为何一定要增写这些战事？显然与舞台演出有关，李渔是一位案头场上兼擅的戏剧家，他编传奇是供戏班演出的，“填词之设，专为登场”①。因此他在编剧时必须考虑舞台效果与观众需求。中国戏曲有文戏与武戏之分，文戏以唱功见长，武戏以武打著称。舞台演出讲究文武相济，即在文戏中穿插武戏，在武戏中穿插文戏。一方面可以全面展现演员的唱念做打的表演才华，另一方面也可以满足观众不同的欣赏需求。李渔四部传奇都写的是恋爱、婚姻、家庭题材，属于以唱为主的文戏，增加战争场面，可以达到文武相济的效果。从案头阅读的角度看似乎无关紧要的场次，在舞台演出中却十分重要。

---

① 李渔《李渔全集》第11卷，浙江古籍出版社1992年，第66页。

（四）

我国古代戏曲虽然没有西方古典主义戏剧的“三一律”法则，但作为舞台艺术，一样有集中性的特性。熟悉舞台的戏剧家李渔，对此有清醒的认识，他在《闲情偶寄》中就提出了“立主脑”、“减头绪”的主张，认为：“头绪繁多，传奇之大病也。《荆》、《刘》、《拜》、《杀》（《荆钗记》、《刘知远》、《拜月亭》、《杀狗记》）之得传于后，止为一线到底，并无旁见侧出之情。三尺童子观演此剧，皆能了了于心，便便于口，以其始终无二事，贯串只一人也。后来作者不讲根源，单筹枝节，谓多一人可增一人之事。事多则关目亦多，令观场者如入山阴道中，人人应接不暇。殊不知戏场脚色止此数人，便换千百个姓名，也只此数人装扮，止在上场之勤不勤，不在姓名之换不换。与其忽张忽李，令人莫识从来，何如只扮数人，使之频上频下，易其事而不易其人，使观者各畅怀来，如逢故物之为愈乎？”①话本小说不需要演员扮演，出场人物没有什么限制，《寡妇设计赘新郎　众美齐心夺才子》写美男子吕哉生先后娶了六房妻妾，原配显宦之女，名妓沈留云、朱艳雪、许仙俦，名妓为吕生聘下的乔小姐，还有一位年轻寡妇曹婉淑。要将这篇话本改编为传奇，显然人物太多，头绪繁杂，李渔将娶显宦之女直接删除，又将三个妓女减去两个，只保留许仙俦。原作中六房妻妾减少了一半。

出于传奇惯例和舞台表演的需要，李渔在改编传奇时增加了线索和情节，考虑到人物的集中，李渔将剧中人物进行合并，减少出场人物。《比目鱼》增写了慕容介平寇、退隐、助谭生剿贼、被当作叛贼误擒等情节，乃剧中重要人物之一。原作中的莫渔翁是谭楚玉和刘藐姑的救命恩人。这两个人物缺一不可，于是李渔将莫渔翁改为隐姓埋名的慕容介，两个人物合二为一。话本《生我楼》中曾提及姚继有一未婚妻，乃旧主人曹玉宇之女，没有过多的展开。《巧团圆》中大量增加了旦角曹小姐的戏份，另外又增写了姚器汝弃官卖药、复出剿贼的情节。李渔将曹玉宇改为姚器汝弃官后之化名，既减少了出场人物，又充实了曹小姐的家庭背景，还增加了父女、翁婿之间的情节波澜，可谓一箭三雕。李渔合并人物的做法，明显是受冯梦龙影响，冯梦龙晚年曾改订明人传奇数十种，对些出场人物过多的剧本，冯梦龙便采用了合并的办法。汤显祖的名剧《牡丹

① 李渔《李渔全集》第 11 卷，浙江古籍出版社 1992 年，第 13 页。

亭》，冯梦龙改订为《风流梦》。《牡丹亭》叙杜丽娘死后葬后园梅树下，杜宝筑梅花庵安置小姐神位，命石道姑看守，又有小道姑游方到此，与石道姑一同设道场为杜丽娘超生。冯梦龙认为这种写法人物过多，改为丫环春香在杜丽娘死后出家为小道姑，侍奉小姐香火，两个人物合并。对此处理，冯梦龙甚为得意："凡传奇最忌支离，一贴旦而又翻小姑姑，不赘甚乎？今改春香出家，即以代小姑姑，且为认真容张本，省却葛藤几许。"[①]（《风流梦总评》）李渔合并人物，与冯梦龙一样，也是为了"省却葛藤"。

小说是时间艺术，它可以不受时空限制叙述人物一生的大事，即便是短篇小说，时间的跨度也比较大，空间的转换也比较快。《寡妇设计赘新郎　众美齐心夺才子》从吕哉生儿时写起，从小就生得聪明漂亮，人见人爱，尽管不时有不良男子、无耻妇人引诱，由于父亲和先生管教严厉，成年之前不曾失足，还读书做了贡士。然后才写吕哉生娶妻纳妾的风流韵事。《生我楼》写了楼生（即姚继）从三四岁失踪，直到二十二岁买回亲生父亲等长达近二十年的故事，还跨童年和青年两个时期。这两篇话本要搬上舞台，显然时间跨度太大。尽管中国戏曲虚拟性的民族特色，可以比较方便地处理时空的流转。但戏曲毕竟是舞台艺术，它需要演员扮演剧中人物，如果要一个演员从童年演到成年，几乎是不可能完成的任务。李渔在改编传奇时，对时间进行压缩。《凰求凤》中，吕哉生上场就是一个才貌双全的书生。话本中有关吕哉生小时候被妇人骚扰、幸有蒙师管教的情节一概删除。《巧团圆》中，姚继由正生扮演，出场即为青年，所叙故事就集中在买父当年。楼生童年丢失的故事是尹小楼卖身为父、父子团圆的前提，不能一删了事。李渔通过人物的台词、梦境来展示，不需要众多的演员来扮演。

李渔将自己的小说改编为戏曲，并不是简单地将同一个故事从案头搬上舞台，而是根据舞台艺术的特点对原作进行了大量改写，使之成为比原作影响更大的新作。小说、戏曲兼擅的李渔做起来得心应手。在中国文学史上，既写小说又编戏的作家并不少见，如罗贯中、冯梦龙、凌濛初、吕天成、袁于令、丁耀亢等，但在两种文体的创作上都取得令人瞩目成就的作家却不多见，李渔便是其中之翘楚。

---

① 冯梦龙《冯梦龙全集》第13卷，江苏古籍出版社1993年，第1049页。

中编　《无声戏》解读

一 新奇的故事 庸俗的思想

——《丑郎君怕娇偏得艳》解读

李渔将小说《丑郎君怕娇偏得艳》编在《无声戏》的第一回，并且目录题下注明“此回有传奇即出”，后来确实将这篇小说改编为传奇《奈何天》，可见这篇小说在李渔心目中的位置。小说写了一个新奇的故事，奇丑无比的财主阙里侯一连娶了三位绝色佳人：先娶邹小姐，邹小姐不堪忍受阙里侯的丑陋容貌和一身臭气，躲进静室念佛修行；再娶何小姐，何小姐也仿效邹小姐进了静室；三娶吴氏，吴氏是袁进士的爱宠，阙里侯主动将她送进静室。最后三位佳人共同伺候阙里侯，阙里侯连得三子，享年八十。

李渔确实是一位讲故事的高手，善于将故事讲得新颖别致。他所生活的时代，正是才子佳人小说盛行的时期，这类小说大多叙述书生与大家闺秀的爱情故事，并形成了一种情节模式，正如稍后的小说家曹雪芹所说：“至若佳人才子等书，则又千部共出一套，且其中终不能不涉于淫滥，以致满纸潘安子建、西子文君，不过作者要写出自己的那两首情诗艳赋来，故假拟出男女二人名姓，又必旁出一小人其间拨乱，亦如剧中之小丑然。且鬟婢开口即者也之乎，非文即理。故逐一看去，悉皆自相矛盾，大不近情理之话。”[①]极具创新意识的李渔是不愿意落入前人窠臼的。他笔下的阙里侯，既无潘安之貌，又无子建之才。相反，不仅丑陋不堪：“眼不叫做全瞎，微有白花；面不叫做全疤，但多紫印；手不叫做全秃，指甲寥寥；足不叫做全跷，脚跟点点；鼻不全赤，依稀略见酒糟痕；发不全黄，朦胧稍有沉香色；口不全吃，急中言常带双声；背不全驼，颈后肉但高一寸；还有一张歪不全之口，忽动忽静，暗中似有人提；更余两道出不全之眉，或断或连，眼

---

① 曹雪芹《红楼梦》第一回，人民文学出版社 1982 年，第 5 页。

上如经樵采。”[①]而且愚蠢至极：“里侯自六岁上学，读到十七八岁，刚刚只会记账，连拜帖也要央人替写。”[②]就是这样一个土财主，凭借其丰厚的家产，一连娶了三位佳人。三次婚姻，李渔写来，绝不重样。三位佳人的特点不同。邹小姐是绝世聪明，“垂髫的时节，与兄弟同学读书，别人读一行，她读得四五行；先生讲一句，她悟到十来句。等到将次及笄，不便从师的时节，她已青出于蓝，也用先生不着了。写得一笔好字，画得一手好画，只因长史平日以书画擅长，她立在旁边看看，就学会了，写画出来竟与父亲无异，就做了父亲的捉刀人，时常替他代笔”[③]。何小姐美貌无双，“年方二八，容貌赛得过西施”[④]。吴氏则是才貌双全，“阙家娶过的那两位小姐，有其才者无其貌，有其貌者无其才，只除非两个并做一个，方才敌得她来”[⑤]。身份与嫁入阙家的原因各异。邹小姐系长史婢妾所生，其父贪图阙家富裕，便草率地允了这门亲事。何小姐是何运判的小姐，因父亲坏了官职，要凑银子完赃，结果被阙里侯和媒婆合伙骗婚。吴氏是袁进士的爱妾，因正妻吃醋将其转卖，原本看中的是一位年轻的举人，却被正妻用来顶替自杀身亡的周氏，嫁给了阙里侯。新婚之夜，夫妻见面的场景与阙里侯的表现也不一样。娶邹小姐，阙里侯“自己晓得容貌不济，妻子看见，定要做作起来”[⑥]。一口气先把灯吹灭了，再替妻子宽衣解带。娶何小姐，因为有了上次的教训，要正夫纲，三杯合卺酒将妻子灌醉，慢橹摇船捉醉鱼。娶吴氏，当吴氏发现上当受骗之后，声称自己要为袁老爷殉节，来阙家讨一口值钱的棺木。吓得阙里侯战战兢兢，手脚发抖，跪在地上磕头求饶，主动将吴氏送入静室。一篇小说，四个人物，三个故事，李渔写来，各有特色，绝不重复，而又编得合情合理，真实可信。正如《奈何天序》所云：“惟传阙里侯事，一去陈言，尽翻场面，惟才色者是厄焉！”[⑦]

李渔讲故事，喜欢把故事讲得跌宕起伏，大起大落，先让他笔下的人物陷入绝境，然后起死回生。阙里侯先后娶回三房妻妾，由于自己丑陋而愚蠢，妻妾通

---

① 李渔《无声戏》，人民文学出版社 1989 年，第 4 页。
② 李渔《无声戏》，人民文学出版社 1989 年，第 3 页。
③ 李渔《无声戏》，人民文学出版社 1989 年，第 4 页。
④ 李渔《无声戏》，人民文学出版社 1989 年，第 8 页。
⑤ 李渔《无声戏》，人民文学出版社 1989 年，第 14 页。
⑥ 李渔《无声戏》，人民文学出版社 1989 年，第 5 页。
⑦ 《李渔全集》第 2 卷，浙江古籍出版社 1992 年，第 3 页。

过各种方式进入静室，不愿与他同房。故事发展到这里，阙里侯似乎已经无路可走。当阙里侯将吴氏送还袁进士时，被袁进士断然拒绝。从此阙里侯的婚事峰回路转，柳暗花明。才貌双全的吴氏自知没有了脱身之计，又不愿意一个人受罪，想出一个三人"分些臭气"的计策："卧房只要三个，床铺却要六张。""大家做定规矩，一个房里一夜。但许同房，不许共铺。"①征得阙里侯同意，吴氏走进静室，连哄带骗将邹、何二人带出室外。阙里侯的困境，被吴氏轻松化解。如此安排，不仅情节的转折出人意料，而且完全符合人物的性格，阙里侯愚蠢，吴氏聪明，阙里侯的婚事问题，自己解决不了，吴氏却能一锤定音。

李渔讲故事，爱讲引人发笑的喜剧故事。他写小说，直接动机是"砚田糊口"，出于经济目的。李渔特别了解读者的心理，读者花钱买小说阅读就图一个乐呵。"传奇原为消愁设，费尽杖头歌一阕。何事将钱买哭声，反令变喜成呜咽。惟我填词不卖愁，一夫不笑是吾忧。举世尽成弥勒佛，度人秃笔始堪投。"②此诗虽然说的是戏曲，李渔认为，小说为"无声戏"，其娱乐功能与戏曲是相通的。写小说，李渔一样爱写喜剧。《丑郎君怕娇偏得艳》的人物从外形到内才，就形成了强烈的反差，一出场就让人忍俊不禁。阙里侯前两次婚姻，一定要娶漂亮的妻子，完全可以理解，爱美之心，人皆有之，即便是丑陋的男人也不例外。娶过两房美妻，进门就惹他怄气，不愿意和他好好过日子。因此改变主意，"只去寻那一字不识、粗粗笨笨的，只要会做人家，会生儿子就罢了，何须弄那上书上画的来磨灭自己"③？袁进士的两房爱妾同时出卖，周氏的容貌，不十分艳丽，吴氏则才貌双全，阙里侯专门挑选了外貌一般的周氏，阴差阳错，还是娶回了有才有貌的吴氏，"丑郎君怕娇偏得艳"，小说题目就从这一情节而来。人物的心理和行为有违生活常理，让读者产生惊奇的反应。阙里侯不愿娶聪明、漂亮的妻子，专找愚笨、貌丑的老婆，已是反常，而这种奇特的愿望却无法满足，偏偏娶回既聪明又漂亮的吴氏，更是反常，双重反常制造出奇妙的喜剧效果，李渔不愧是一位喜剧天才。

李渔的小说，不仅故事可笑，语言又与故事相得益彰，诙谐幽默。写男女之事容易引人发笑，从古到今，荤笑话盛行不衰，原因就在这里。作为一篇专门写

① 李渔《无声戏》，人民文学出版社 1989 年，第 23 页。

② 李渔《风筝误》，《李渔全集》第 2 卷，浙江古籍出版社 1992 年，第 203 页。

③ 李渔《无声戏》，人民文学出版社 1989 年，第 14 页。

婚姻题材的小说,《丑郎君怕娇偏得艳》不可避免地要写“欲事”。写“欲事”,拿捏得好,会有意想不到的喜剧效果;拿捏不好,很容易流于淫亵。李渔明白其中的奥秘,他在《闲情偶寄》中提出“戒淫亵”的主张,善写“欲事”有二法:“如说口头俗语,人尽知之者,则说半句,留半句,或说一句,留一句,令人自思。则欲事不挂齿颊,而与说出相同,此一法也。如讲最亵之话虑人触耳者,则借他事喻之,言虽在此,意实在彼,人尽了解,则欲事未入耳中,实与听见无异,此又一法也。”①李渔在《丑郎君怕娇偏得艳》中写阙里侯与邹小姐的新婚之夜,就用了第二法,“用他事喻之”,“邹小姐是赋过摽梅的女子,也肯脱套,不消得新郎死拖硬扯,顺手带带,也就上床。虽然是将开之蕊,不怕蜂钻;究竟是未放之花,难禁蝶采。摧残之际,定有一番狼藉。女人家这种磨难,与小孩子出痘一般,少不得有一次的,这也不消细说”②。杜濬批道:“极戏谑的话,说来又不伤雅,所以为妙。”③写何小姐的新婚之夜,则二法兼用,“何小姐一来怕呕气,二来因嫁了匪人,愤恨不过,索性把酒来做对头,接到手,两三口就干了。里侯以为得计,喜之不胜,一杯一杯,只管送去。何小姐量原不高,三杯之后,不觉酩酊。里侯慢橹摇船,来捉醉鱼,这晚成亲,比前番吹灭了灯,暗中摸索的光景,大不相同。何小姐一来酒醉,二来打点一个死字放在胸中,竟把身子当了尸骸,连那三种异香闻来也不十分觉察”④。杜濬在篇末总评中说:“这回小说,救得人活,又笑得人死。”⑤就是针对这篇小说的喜剧风格而发。

和其他话本小说作家一样,李渔创作也有劝惩目的,在《丑郎君怕娇偏得艳》篇末有这样一段文字:“我愿世上的佳人把这回小说不时摆在案头,一到烦恼之时,就取来翻阅。说我的才虽绝高,不过像邹小姐罢了;貌虽极美,不过像何小姐罢了;就作两样俱全,也不过像吴氏罢了。她们一般也嫁着那样丈夫,一般也过了那些日子,不曾见飞得上天,钻得入地。”⑥李渔写三个女人,一个有才,一个有貌,一个才貌双全,都嫁给一个丑而蠢的男人,就是要告诫女人,无论你是有才还是有貌,在婚姻问题上只能听天由命,随遇而安,嫁鸡随鸡,嫁狗随

① 李渔《闲情偶寄》,《李渔全集》第11卷,浙江古籍出版社1992年,第56页。
② 李渔《无声戏》,人民文学出版社1989年,第4页。
③ 李渔《无声戏》,人民文学出版社1989年,第5页。
④ 李渔《无声戏》,人民文学出版社1989年,第10页。
⑤ 李渔《无声戏》,人民文学出版社1989年,第26页。
⑥ 李渔《无声戏》,人民文学出版社1989年,第25页。

狗，不要有个人的意志和抗争。故事和动机完全统一。杜浚在篇末总评中说："从来传奇小说，定以佳人配才子。一有嫁错者，即代生怨谤之声，必使改正而后已。使妖冶妇人见之，各怀二心以事其主，搅得世间夫妇不和，教得人家闺门不谨。作传奇小说者，尽该入阿鼻地狱。此书一出，可使天下无反目之夫妻，四海绝窥墙之女子，教化之功不在《周南》、《召南》之下。岂可作小说观？"①杜浚一眼就看出了作者的创作动机，说明李渔达到了目的。李渔完全是站在男人的立场来说话的，基本不顾女人的权利。李渔这种思想也是在封建婚姻制度的基础上形成的，这种制度最大的弊端就是父母之命和一夫多妻，这对婚姻当事人尤其是女性是极不公平的，婚姻悲剧是这种制度的必然产物。李渔对这种社会现象看得十分清楚："单说世上姻缘一事，错配者多，使人不能无恨。这种恨与别的心事不同，别的心事可以说得出，医得好，惟有这桩心事，叫做哑子愁、终身病，是说不出、医不好的。若是美男子娶了丑妇人，还好到朋友面前去诉诉苦，姊妹人家去遣遣兴，纵然改正不得，也还有个娶妾讨婢的后门。只有美妻嫁了丑夫，才女配了俗子，止有两扇死门，并无半条生路，这才叫做真苦。"②找到了病症却开错了药方。李渔对女人似乎也有一丝的怜悯和同情，小说中也描写三个女人见到丈夫后的眼泪。邹氏嫁给阙里侯，主要是父亲邹长史贪图阙家的财富。邹氏对这门亲事肯定是不满的，且看她第一次见到阙里侯真容的反应："邹小姐把他脸上一看，吓得大汗直流，还疑心不曾醒来，在梦中见鬼，睁开眼睛把各处一相，才晓得是真，就放声大哭起来。"③阙里侯娶何小姐，完全是骗婚。何夫人要相女婿，阙里侯自知其貌不扬，便"央一个绝标致的朋友做了自己，自己反做了帮闲，跟去偷相"④。与媒婆一起将何小姐骗进了家门。"进房之后，何小姐斜着星眸，把新郎觑了几觑，可怜两滴珍珠，不知不觉从秋波里泻下来"⑤。吴氏的命运更加悲惨，吴氏原是袁进士的两个爱妾之一，正妻趁丈夫进京谒选的机会，要将两个小妾打发出门，阙里侯因被两个"有才有貌的弄得七死八活"，本来挑选了容貌不是十分艳丽的周氏，哪知周氏性格刚烈，自缢身亡，正妻和媒婆将吴氏作为周氏的替代品嫁给了阙里侯。当她一出轿子，就知道自己中了

① 李渔《无声戏》，人民文学出版社 1989 年，第 26 页。
② 李渔《无声戏》，人民文学出版社 1989 年，第 1 页。
③ 李渔《无声戏》，人民文学出版社 1989 年，第 6 页。
④ 李渔《无声戏》，人民文学出版社 1989 年，第 8 页。
⑤ 李渔《无声戏》，人民文学出版社 1989 年，第 9 页。

“媒婆和夫人的诡计”，虽然凭借她的机智，新婚之夜暂时避免了落入虎口的厄运。当袁进士不让她再入家门的时候，心中的苦楚无人能知。李渔的这些描写应该是真实的，他也明白女人错配姻缘的痛苦，但他并不鼓励甚至反对女人抗争，事实上女人的反抗除了死并无其他选择。于是李渔用红颜薄命来劝慰女人接受命运的安排。“这红颜薄命的一句话岂不是四字金丹？做这回小说的人，就是妇人科的国手了。奉劝世间不曾出阁的闺秀，服药于未病之先；已归金屋的阿娇，收功于瞑眩之后，莫待病入膏肓，才悔逢医不早”①。李渔这种思想是非常庸俗的，他就是这样一个俗人。读李渔小说，你会被它新奇的故事所吸引，兴趣盎然，捧腹大笑，拍案叫绝。但是如果想要从中发掘出多么进步的思想，恐怕很难如愿。

（傅承洲）

二　“清”官之惑

——由《美男子避祸反生疑》引发的思考

《美男子避祸反生疑》是一个由巧合和误会勾连起来的故事。故事巧、误参半，巧合中有误会，误会中又有巧合。故事的前半段，由巧合引出误会。穷书生蒋瑜与缎铺商人赵玉吾的儿媳何氏间壁而居，是巧合；双方为避嫌，换房后再次比邻，则造成误会。在赵玉吾送两个扇坠给儿媳的同时，蒋瑜凭空拾得一个扇坠是巧合；蒋、何二人一个标致，一个娇艳，赵玉吾之子偏偏奇丑无比也是巧合；但两个巧合在痛恨伤风败俗的清官那里便造成第二重误会。其结果便是蒋瑜屈打成招，其元配陆氏悔亲。而在故事的后半段，误会由巧合解开。知府偶宿书房与其儿媳绣鞋的出现是巧合，知府受到夫人惩罚苦思原因，发现老鼠衔物的秘密，是第二层巧合，两则巧合相联系，使其认识到蒋、何奸情也是老鼠惹祸，改正了原先的误会。

① 李渔《无声戏》，人民文学出版社 1989 年，第 3 页。

（一）

“私了”和“公了”是古代社会普通百姓解决纠纷的两种选择，而两种方式都与“官本位”相关。“私了”是出于对“官”的敬畏而回避，将问题限制在双方当事人之间，可以协商；而“公了”是出于对“官”的敬畏而不得不面对，选择“公了”必须慎而又慎，因为其结果将不再受当事人控制，不可抗拒亦不可逆转。

《美男子避祸反生疑》这个故事中，赵玉吾在发现自己送给儿媳的扇坠落到蒋瑜手中后，其实最初完全不想将之诉诸官府，对可能与儿媳私通的蒋瑜，他并未恶言相向，对他认定做出不贞之事的儿媳何氏，虽斥骂指责，却也想“掩过一时，朦胧一世”①，因而对重要的证物扇坠的去向，要在众人面前巧言遮掩。可以说，如果没有众人一而再再而三的怂恿挑拨，这场纠纷多半会悄无声息地“私了”。当然，对于赵玉吾来说，做这样的选择可能更多的是出于对“面子”和名声的看重，因其深知，这件事情若闹上官府，在“私了”中可能被掩盖的细节会昭告天下，在“私了”中可以控制的知情范围会被放大，在“私了”中可以协商的结果会不可逆转。

而发展到后来，赵玉吾最终一纸讼书将蒋瑜告上公堂，“众人”的作用不可谓不大，认出蒋瑜的扇坠原属赵玉吾所有并将猜测的方向引向“奸情”的是他们，将赵玉吾一再遮掩的举动揭破并承诺出庭作证迫使其不得不告官的还是他们。“众人”成为推动赵玉吾“公了”举动的重要推手。

在纠纷发生时求助官府解决不单纯是一种心理需求，同时也是一种现实需求。因为只有依靠“官”才可能获得令人信服的真相。这种信任，不单纯是百姓对官府的信任，也是无文化的人对有文化的人的信任。

《美男子避祸反生疑》中的知府，定罪之前有自己的一番推理。其推理，以当事双方的生活状态为基础，被告蒋瑜年轻英俊但家境贫寒，虽订有一门亲事，却因家贫被岳家嫌弃，十八岁上仍不曾娶妻过门。另一位当事人何氏，年轻美丽，“远山如画，秋波欲流”②，父母双亡后，十八岁时住进婆家，但丈夫丑到“面似退光黑漆，发如鬈累金丝。鼻中有涕眼多脂，满脸密麻兼痣”③，而且性子痴

① 李渔《无声戏 连城璧》，《李渔全集》第八卷，浙江古籍出版社1991年，第44页。
② 李渔《无声戏 连城璧》，《李渔全集》第八卷，浙江古籍出版社1991年，第47页。
③ 李渔《无声戏 连城璧》，《李渔全集》第八卷，浙江古籍出版社1991年，第49页。

痴呆呆，年纪也刚十五六岁，未曾完婚。如知府所想，"一个标致后生，与这样一个娇艳女子，隔着一层单壁，干柴烈火，岂不做出事来"[①]？在此基础上，定案最直接的物证就是，赵玉吾送给儿媳却莫名其妙跑到蒋瑜手上的那个扇坠，两个人两次比邻而居、声气相通，提供了传递信物的事实可能，而何氏在听到蒋瑜读书声时"看他读书这等用心，将来必定有些好处"[②]的赞赏和赵氏夫妇不放心而与媳妇换了居处后，蒋瑜也迁走书房，再次制造"一墙之隔"的举动，似乎"郎有情妾有意"，构成了传递信物的心理可能；最后还有，蒋瑜的认罪——"何氏与小的通奸是实，这玉坠是她送的表记。小的家贫留不住，拿出去卖，被人认出来的。所招是实"[③]。几相印证，人证物证皆在，情理法理皆通。

如果抛开李渔为追求出人意料给出的"老鼠作案"的新奇解释，知府的这番推理在多数情况下是经得起推敲的：他的推理符合法理逻辑，判定蒋瑜有罪，有作案动机、有物证、有人证、有口供。他的推理在道德立场上同样坚定，在古代社会严格的"贞节"观念下，去揭发并惩处"奸夫淫妇"的做法被认为是正当的。必须承认，在同样情况下，如果没有李渔生硬地加上那只老鼠，认定双方有染是可以让人信服的，尤其是会让底层百姓信服，知府并没有辜负百姓对"官"的那份信任。

故事的真相是老鼠作祟，那个在鼠洞中发现的"咬去一小半，还剩一大半"的迦楠香的扇坠可以证明，蒋瑜之所以拿到何氏手中的汉玉扇坠，并不是因为什么私情，只是老鼠做了二者的中间人。而"冤案"却得到认罪口供，是知府在自己看似完美的推理中认定凶手而当事人矢口否认不愿招供的情况下用严刑拷打的方式获得。

（二）

古代社会，刑讯是被允许的。刑讯的方式可以保有"官"对百姓的震慑力：严刑厉法，会使百姓在犯法之前产生畏怯之心，不会轻易触动律法，而一旦犯法，就成为处罚的对象。可以说，刑罚是古代社会在宣扬道德之外减少犯罪的重要手段。同时，刑讯的方式也能够维系"官"在百姓面前的尊严：在缺乏现代

---

① 李渔《无声戏 连城璧》，《李渔全集》第八卷，浙江古籍出版社1991年，第48页。
② 李渔《无声戏 连城璧》，《李渔全集》第八卷，浙江古籍出版社1991年，第39页。
③ 李渔《无声戏 连城璧》，《李渔全集》第八卷，浙江古籍出版社1991年，第49—50页。

化取证手段的前提下，刑讯可以迅速有效地完成案件的审理。同样，刑讯可以帮助古代官员获得“犯人”签字画押的口供，其主动地承认自己犯罪的事实，并落纸为证，可以降低翻案的可能，保护官员权威。

《美男子避祸反生疑》中知府审案的过程并未辜负其“清官”之名，其刑讯基本上是遵循了律法对刑讯的种种规定的。《清史稿·刑法志》中规定：“热审得用掌嘴、跪练等刑，强盗人命酌用夹棍，妇人拶指，通不得过二次。”①知府对何氏的刑讯，拶指一次，并未超过数量；而对蒋瑜，其罪虽非“强盗人命”，但因知府本人对“伤风败俗”之事的痛恨，在其心目中，蒋瑜之罪可能比“强盗人命”更甚，夹棍之刑施于其身并非完全无据。更重要的是，在蒋瑜认罪后，其所受惩罚仅“杖二十”，可以设想，知府是将其在审讯过程中所受的、看起来过分严厉、超过刑讯规定的夹棍之刑当作了惩罚的一部分。

当然，在获知案件本身是冤案而去探究其成因时，知府在审理过程中使用刑讯一定是要受到诟病的。但要看到，即使在明知是冤案的情况下，李渔也只是在质疑“夹棍”之刑本身的严厉：夹棍之刑是“在生一日，胜死千年”②，“从古来这两块无情之木不知屈死了多少良民，做官的人少用它一次，积一次阴功，多用它一番，损一番阴德”③。但他并未否定刑讯，严厉如“夹棍”，也只要求“不可轻动”，对“官本位”事实上是持下意识的维护态度的。

冤案之所以被认为是“冤”案，不单纯是真相本身，而是真相要被发现。

在《美男子避祸反生疑》中，知府理直气壮地定了蒋瑜之罪，但自己也随之陷入一场“冤案”之中。他的夫人在其书房的床头壁缝中发现了他寡居儿媳的一只绣鞋，他本人被妻子指责为“老扒灰、老无耻”，更被挦去一半胡须，其儿媳更是为证清白上吊自尽。若是此案发生在他人身上，人证、物证之下，恐怕又是一个奸夫淫妇各得惩处的下场，但案件发生在自己身上，心知己冤，更要证明自己的清白，最终他找到了真正的案犯——老鼠，并由此联想，蒋瑜一案的真相也大白于天下。

做一个简单的对比，在中国古代另一桩著名的冤案悲剧《窦娥冤》中，张驴儿在父亲被一碗羊肚汤毒死而逼迫窦娥嫁给自己不成后，同样向官府递上诉

---

① 赵尔巽等《清史稿》，中华书局1976年，第4213—4214页。

② 李渔《无声戏　连城璧》，《李渔全集》第八卷，浙江古籍出版社1991年，第49页。

③ 李渔《无声戏　连城璧》，《李渔全集》第八卷，浙江古籍出版社1991年，第49页。

状。太守梼机接到诉状后，认定窦娥有罪，同样人证物证俱在，情理法理俱合：窦娥的作案动机是张驴儿父子欲与窦娥婆媳“两好合一好”，结果蔡婆有意，窦娥无情，让窦娥受尽张驴儿的纠缠，而让蔡婆动心的张驴儿之父似乎就是窦娥烦心的根源。作案事实是张驴儿的父亲喝了窦娥亲手烹制的羊肚汤后中毒身亡，认定凶手为窦娥的推理符合一般人的心理认定，就像张驴儿所说：“我家的老子，倒说是我做儿子的药死了，人也不信。”①亦有窦娥的招供：“是我药死公公来。”②获得窦娥口供的过程一样有严刑拷打，虽不是拶指，但“与我选大棍子打着”③，打得窦娥“一道血，一层皮”，“肉都飞，血淋漓”④，看起来更残酷些。而真相则是，张驴儿视蔡婆为自己无法娶到窦娥的“绊脚石”，替窦娥端那碗羊肚汤时下了毒，却漏算蔡婆对父亲的那点情意和父亲得到这份情意后的得意，急匆匆喝下这碗毒汤，让他成了误杀父亲的凶手。

从这几个角度来讲，窦娥之冤与蒋瑜之冤有很多共同之处，但在两部作品的作者及其众多的读者观众的心目中，两则冤案有着本质的不同！

《美男子避祸反生疑》中，让蒋瑜受尽冤屈的知府是清官的模范，“做官极其清正，有‘一钱太守’之名”⑤，“不任耳目，不受嘱托”⑥。《窦娥冤》中那个让窦娥冤死法场的太守梼机却是贪官的典型：“我做官人胜别人，告状来的要金银；若是上司当刷卷，在家推病不出门。”⑦

两个故事还提供了不同冤案昭雪的方式，《美男子避祸反生疑》中的知府为清官，蒋瑜之冤虽值得同情但让人充满期待，因为他的冤屈只是清官一时失察，清官可以在发现错误后主动纠正。而《窦娥冤》里的梼机是贪官，窦娥之冤让人愤怒而无奈，她的委屈只能诉与老天，用托梦的方式让父亲为自己赢得清白。

在官本位的社会里，冤案的出现不可避免，而且作为绝对弱势的百姓一方，其实很难获得昭雪，并且很少有机会去宣泄自己的不满。封建统治者十分清楚，一边倒的强制力若缺乏正义力量将很难持久，因而其在大肆强化“官本位”

---

① 王季思《中国十大古典悲剧集》，上海文艺出版社 1982 年，第 16 页。
② 王季思《中国十大古典悲剧集》，上海文艺出版社 1982 年，第 18 页。
③ 王季思《中国十大古典悲剧集》，上海文艺出版社 1982 年，第 18 页。
④ 王季思《中国十大古典悲剧集》，上海文艺出版社 1982 年，第 18 页。
⑤ 李渔《无声戏　连城璧》，《李渔全集》第八卷，浙江古籍出版社 1991 年，第 45 页。
⑥ 李渔《无声戏　连城璧》，《李渔全集》第八卷，浙江古籍出版社 1991 年，第 45 页。
⑦ 王季思《中国十大古典悲剧集》，上海文艺出版社 1982 年，第 17 页。

的同时，不断进行着自我完善，它提供了“官”纠错的可能：被百姓信任的清官可以自我改正，而被百姓痛恨的贪官可以通过其上级进行改正。亦提供对“官”之错误惩罚的可能：对清官知府的惩罚是自我要求的，“反躬罪己，申文上司，自求罚俸”①，而对贪官梼杌的惩罚则只能是上级给予的：“刑名违错，杖一百，永不叙用。”②在这样的修正与惩罚中，“官本位”在获得了文化保障和制度保障后，有了很好的延续基础。

对这种官本位的状态，李渔看似在反抗，在经历早年科举失利和明清易代的打击下，他放弃了晋升官场的科举选择，背离了“官本位”对古代文人的诱惑；但在其“卖赋以糊口”③的现实生活中，却从普通百姓的立场上，回归了对“官本位”的依赖。证据之一就是，在自己的作品遭遇盗版时，他将盗版者告上了公堂，借助“官”的力量维护自己的利益，打击盗版者。这种选择，事实上就是对官本位的认同，与其在《美男子避祸反生疑》中体现出的观念是一致的。

（姜洪涛）

三　命中注定

——《失千金福因祸至》解读

在人类的发展进程中，“文明”是不可逆转的趋势，而“文明”的最重要特征就是，人们可以越来越多地用科学的方式解释许多之前无法解释的人和事。可是，历史上总有诸多“巧合”让科学的信奉者要面对“天上怎么可能没有一个主宰”的质疑。总有一些人物和事件，没有办法单纯地用“巧合”这样一个普通的字眼来说服所有人，科学无法给出令人信服的解释。所以，即使在科技如此发达的今天，有些时候，高明的人类仍然不得不无奈地接受无法预知的“注定”的“命运”。

---

① 李渔《无声戏　连城璧》，《李渔全集》第八卷，浙江古籍出版社 1991 年，第 54 页。
② 王季思《中国十大古典悲剧集》，上海文艺出版社 1982 年，第 29 页。
③ 李渔《笠翁传奇十种》，《李渔全集》第四卷，浙江古籍出版社 1991 年，第 215 页。

“命中注定”这样的状况远古即有之。人们也一直试图以各种各样的方法希望能够得到哪怕一瞬的命运的“预示”，以期在注定的命运面前展现人类的“力量”。“甲骨”的存在本身就是“占卜”的留存。诸圣为阐明天道，教人性命之旨而作的《周易》被当成占卜解卦的理论基础。在此基础上，如最初源于《黄帝内经》以出生时辰推演人体疾病而衍生出的以出生时的四柱八字推演五行命盘的八字命学、从天人合一的观念和阴阳五行的学说推演命宫星群的紫薇斗数、观察人的容貌和掌纹来测定其贵贱安危、吉凶祸福的相面和手相之法以及卜筮、堪舆、命理、相术、占梦、择吉等等。每一种学说都神秘而复杂，但其共同的指向都是可以预测凶吉，预测人的命运。令人恐惧的未来，不可避免的未知可以提前知晓甚至有所预防，这样的特质使诸多命相学说具有了不可抗拒的诱惑力，因而不断发展壮大。

命相学说如此发达，对普通百姓的影响自然深远，对要“卖赋以糊口”①，而将迎合市民阶层趣味以赢得商业利益最大化作为创作追求的李渔来讲，“命相”必然成为其无法放弃的创作主题。在《无声戏》中，《失千金福因祸至》对“命中注定”的问题进行了思考。

（一）“天注定”的命运

在这篇作品中，负责展现“命运”力量的是曾得海上异人传授相法，眼如“试金石”的杨百万，他展示了中国古代命相学说之一——“相面”之术的神奇。小说中的两位主人公秦世良和秦世芳，在他人看来是“相貌身材，竟像一副印版上印下来的”②人，但在开了“天眼”的杨百万这里却有了天差地别，经其相看，明明是两个一样相貌的人，原本有千金产业，欲图更大发展的秦世芳，是“这个尊相，莫说千金，百金也留不住”③，因而一厘钱也不能浪费在他身上；反倒是“四壁萧然，朝不谋夕”只求糊口的秦世良，却是“这个尊相，将来的家赀不在百万之下”④，可以一次又一次百两千两地资助。“这个尊相”居然可以改变现有的生活轨迹，“相面”之术不可谓不神奇，命运的力量亦不可谓不强大。

---

① 黄鹤山农《玉搔头序》，《李渔全集》第五卷，浙江古籍出版社 1991 年，第 215 页。
② 李渔《无声戏　连城璧》，《李渔全集》第八卷，浙江古籍出版社 1991 年，第 70 页。
③ 李渔《无声戏　连城璧》，《李渔全集》第八卷，浙江古籍出版社 1991 年，第 71 页。
④ 李渔《无声戏　连城璧》，《李渔全集》第八卷，浙江古籍出版社 1991 年，第 71 页。

在中国古代社会，虽然不断地有人放出“我自横刀向天笑”的豪言，但对多数人来讲，“天”始终是一个不可抗拒的可怕存在。在“天”或者说命运面前，没有“大人”，只有“小人”。渺小的人类一切抗争的举动对不可逆转的命运来讲，往往只能获得“人类一思考，上帝就发笑”的消遣效果。

《失千金福因祸至》是对这种天注定的命运最直接的印证。秦世芳与秦世良这两个相貌一样的人从杨百万那里得到了截然相反的命运预示。只是，他们的命运并没有从得到预知的那一天起就按照杨百万预言的走向发展。

被宣称“百金也留不住”①的秦世芳虽小遇挫折，一场人命官司折了家财的三分之二，但变卖田产所得之二百两白银却着实为其带来好运：未买得米只好买稻，却正赶上淮扬两府因饥馑吃尽稻种之后的巨大需求空间，稻子卖成了珍珠，一本十利；再粜岕茶至从来不吃岕茶只吃松萝的京师，看似必赔的一桩买卖，却巧遇京师大疫，岕茶做了药卖，再次一本十利。几次买卖，二百两的本金换做三万之数。而被认为“必有百万家赀”的秦世良，第一次从杨百万那里得到的五百两银子，刚买货漂洋，就因避风遇盗，被抢了个干净；再借五百两，先被偷，义仆为救家主偷去他三百金，再“偷”人，被误为贼，赔人家二百两，又一次血本无归。一文未赚不说，空留一身饥荒。看到这里，恐怕所有读者都与秦世芳的感受相同，“杨百万的说话，竟是狗屁”②！

但就在人们疑惑时，不可逆的命运开始展现其诡异的力量：得意洋洋的秦世芳回家后才知道，理直气壮地夺来的二百两银子原来就是秦世良的，他自己的二百两竟落在了家中，而这个正直的人不愿发这笔昧心财，拒绝了妻子只还本不付利的建议，竟要将辛苦所得全数归还秦世良，一路艰辛所得，若无秦世良的“谦让”，是真的要打了水漂的。而秦世良，在与秦世芳做了合产的兄弟之后，安然留守家中，但却依旧得了新知县莫名其妙的眷顾，金钱受惠不说，还做了“白衣乡绅”，而究其原因，知县竟是当初偷去他三百金的义仆去救的那位家主；而漂洋买卖的秦世芳，来到朝鲜，竟得驸马礼遇，而算起因果，驸马却是之前从海上劫去秦世良最初五百金的强盗。冒认银子的是个正直商人，拐了银子的是个孝顺拐子，抢劫银子的是个忠厚强盗，竟真像杨百万所说，秦世芳的辛苦多为他人作嫁，而秦世良则“貌不亏人”，是“天注定”的安逸财主命，真是“别人替他

① 李渔《无声戏 连城璧》，《李渔全集》第八卷，浙江古籍出版社 1991 年，第 71 页。
② 李渔《无声戏 连城璧》，《李渔全集》第八卷，浙江古籍出版社 1991 年，第 80 页。

走过千山万水，趁了银子，送上门来”①，正得“闭门家中坐，万两银子来”。在天注定的命运面前人类的抗争何其渺小而可笑。

（二）命运的“可逆转”

《失千金福因祸至》里，在杨百万相面之术的预言下，秦世良与秦世芳均选择认命。顺应命运的安排去接受，或许是一种相对轻松的生活方式。但是，要特别注意的是，秦世芳虽然认了命，可事实上，其命运是发生了“逆转”的，虽然最后的财产半数落入“不劳而获”的秦世良手中，却没有真的像杨百万预言的那样“百金也留不住”，在不知不觉和无所作为中，其最终还是保有大半家财，依旧是富甲一方的财主。“天注定”的命运似乎是可以改变甚至逆转。

当“天注定”的命运出现可以修正和改变的余地时，命运似乎也就没有了最初的威严和可怕。人们一方面可以长舒一口气，即使面对最糟糕的命运，人也可以做哪怕些微的抵抗；但另外一方面也会不可避免地疑惑和恐惧，如果连命运都可以改变，富有强势之人岂非再不会真正被制约，而穷苦之人的生存空间则会被彻底的挤压？贪得无厌的人类若失去最后一点对命运的尊敬与畏惧，恐怕真能够连天也捅破了。李渔是绝对不能容忍这样的情况发生的，所以他为天命的退却找到了合理的因果。李渔在玄而又玄的命运之“因”背后诠释出了更人性化也更有说服力的“果”。

人的面部就好像一个高深莫测的密码集成版，虽然是遗传了父母的因子，但对众多相面学说的信奉者而言，人的一张脸上清楚地注明了一个人一生的富贵荣辱。王充《论衡》关于“黄帝龙颜，颛顼戴午，帝喾骈齿，尧眉八采，舜目重瞳，禹耳三漏，汤臂再肘，文王四乳，武王望阳，周公背偻，皋陶马口，孔子反羽”②的记载以相面术为根基诠释着十二圣人对“天注定”的承载。但随着人类的进步，人的面相骨骼与人的命运的关系似乎可以得到相对科学的解释，比如中医学就在人体经络相通理论的基础上解释了人的身与心与命运的关联：人的外在形态昭示着人的身体状态，而身体的健康与否必然影响人的心情，人的心情愉快与否必然影响其为人处世的心态，而人的心态会在时间的累加影响下，最终改变人的外在形态。简单来讲就是——相由“心”生。

---

① 李渔《无声戏 连城璧》，《李渔全集》第八卷，浙江古籍出版社1991年，第85页。

② 王充《论衡》，岳麓书社2006年，第31页。

《失千金福因祸至》中的秦世芳的命运就是对“相由心生”的印证。在杨百万的裁决中，虽与秦世良相貌相同，但命运相反，被判定“百金也留不住”，将受“风霜劳碌”①之苦的他，命运的转折源自其内心的善念。

同样相貌的秦世良可以家赀百万，所以善相面之术者可以区分的细微差别不算，在多数人眼中，秦世芳想必也是一副仁善福贵的相貌。

而与之相联系，秦世芳的性格，在家有千金时，可以低下头去求借扩大家业的本钱，该是进取心十足的；在归家之后的命运似乎真的像“神相”杨百万预测的一样不断破财的时候，仍然敢带着最后的家产出门赚钱，想必是性格坚毅；在短暂交谈后，可以与事实上尚属陌生，且在杨百万那里被当作自己悲剧命运的反衬的秦世良结下“金石之盟”，可见其是嫉妒心不强，心性豁达；而在对自己来讲是“一家人的性命”的银子丢失时，仍愿意分给被众人认作“贼”的秦世良一半银子，其心地定是良善的。

这样的性格决定了其为人处世时心境的正直公正：在获利归家发现自己所用资本居然属秦世良所有，不顾自家未解的金钱危机，不顾最亲密的妻子的劝阻，不顾自己一年劳碌奔波之苦，不顾秦世良的苦苦拒绝，竟要将一年所得的全部还与秦世良。这一份善念在其面相上也被体现出来，再见杨百万时，秦世芳被看出“气色与去年大不相同”，“滞气没有了，又生出许多阴骘纹来”，“将来正要发财”②，成了可以慷慨借贷的对象。不是秦世芳“天注定”的命运被逆转，而是心生的善念修正了他面相中的“滞气”，替他取得了命运的宽容和顾念。

李渔本人是否相信命运的存在，其实是需要质疑的。因为其在“生死有命，富贵在天”的天命观里加入了更多“人”的因素。

《失千金福因祸至》中秦世芳是本来富有而面相趋穷，最后却富，秦世良则是本来贫穷而面相趋富，最终亦富。在强调相面术神奇的同时，其实却是：“相貌生得好的，只要不做歹事，后来毕竟发积，粪土也会变做黄金；照秦世芳看起来，就是相貌生得不好的，只要肯做好事，一般也会发积，饿莩可以做得财主。”③

秦世良在面对厄运时选择毫不抱怨，后来对他的命运产生影响的，比如前

---

① 李渔《无声戏 连城壁》，《李渔全集》第八卷，浙江古籍出版社 1991 年，第 71 页。
② 李渔《无声戏 连城壁》，《李渔全集》第八卷，浙江古籍出版社 1991 年，第 84 页。
③ 李渔《无声戏 连城壁》，《李渔全集》第八卷，浙江古籍出版社 1991 年，第 89 页。

为落魄公子而后作了知县的，前为强盗而后做了异国驸马的，以及拱手奉上家财的秦世芳，都是其有意无意施过善念的。因其内心一直秉持善心善念，他命运的“注定”可以理解为善行之回报。

秦世芳在厄运面前同样选择的不是抱怨，即使在自己付出最辛苦的努力之后，也可以在发现本银的真正由来时，发自内心而不是故作姿态的愿意拱手送出辛苦所得，其命相发生变化的根本原因，是其一直奉行的善念，其面相不是“天改”，而是“人改”。

可以这样说，在李渔的作品中，让人深切感受到的，不是命相学说的神秘和天命观的庄严，而是人对自己命运的掌控。归根结底就是一个“善”字，有向善之心并将之付诸不懈的善行，不论多么严厉的“上天”、“命运之神”以及“菩萨”，都会有所考量、加以补偿、给予奖赏，种善因，可得善果，也必得善果。

《圣经》中宣扬“信我者得永生”，强调的是信仰的力量，但信仰的真正力量来源不是天上有一尊不能触犯的上帝，而是人内心中坚定的信任。很多时候，看相算命者的神奇不是其本身的预言多么准确，其预言成真在最初可能只是纯粹的巧合，是倾听者对预言的绝对信任使一时的巧合放大成了“天意”。

在《失千金苦尽甘来》一篇中，秦世良可以在一次次挫折面前，一次次从杨百万那里借得银两而始终执拗前行，是因为其对杨百万预言的信；秦世芳尽管在两次机缘巧合获得大笔金银时，大肆嘲讽杨百万的预言是“狗屁”，但在发现真相时，把自己辛苦所得奉入世良之手，或许是因其内心执着的善念，但也未尝不因其事实上对杨百万预言下意识的坚信，才让他做出这样符合道德规范却不一定符合人们日常行为方式的举动。

从李渔的这种故事中，可以清晰地看到，在中国古代社会，命相学说之所以可以发展壮大，“天命”本身是否存在其实并不重要，真正重要的是，“天命”的存在在某种意义上满足了不同阶层的人现实和心理的需求。

对李渔这样的文人来讲，自认识文断字、高众多普通百姓一等，要承担起劝世教化的责任，形而上纯粹理论的说教，普通百姓难以理解，而在命相的导向下，以金钱、权力、子嗣等现实利益加以诱惑，似乎是导人向善更有力也更有效的手段；而对普通百姓而言，命相学说的存在可以让他们更容易接受现世艰难的生活处境，而命相学说中描绘的死后的美好天国或者现世之后的来生，可以使百姓在最苦难的生活中保有一丝希望；而对统治者来说，命相学说是其愚民政策的重要组成部分,"天命观"使天子的存在变得理所当然,而不可抗拒的命运又使百姓在大多数时候对于统治者无论好还是坏的统治都能够平静地承受。而归根结底,文人也好、百姓也好,事实上都只是天注定命运的承受者,无论命运是否天注定,是否可逆转,是否可以科学解读,从其开始建立到不断延续和壮大都取决于统治者的最终需要。

(姜洪涛)

四　李渔笔下的同性之爱

——《男孟母教合三迁》解读

《无声戏》第六回《男孟母教合三迁》(简称《男孟母》)讲述了一个同性恋的故事。其实,在中国,同性之间的感情故事古已有之,汉哀帝与董贤之"断袖"、卫灵公与弥子瑕之"分桃"、陈文帝陈蒨与韩子高之立后之争等等。虽然今天看来,这些故事中不乏美好的爱情成分,但不可否认的是,几个故事里处弱势一方的结局都非常凄凉——被抛弃或死亡,而他们的爱情在历史评价中往往是负面的,给读者的印象也多是恶的感受。李渔的话本《男孟母》为我们展示的却是一段相较于异性恋看起来更纯粹、也更唯美的爱情。

(一)

《男孟母》描写的是嘉靖末年福建兴化府酷好男风的许季芳,遇上绝色娈童尤瑞郎。许倾家荡产聘尤做契弟,两情甚洽。而尤瑞郎为了永远保持这种亲密的关系,竟自行阉割,改女装,自名"瑞娘",做了许的"妻子"。许深为众人所妒,被害身亡。尤坚守贞操,抚养许之遗孤至终老。在作品的结尾,李渔宣称"这许季芳是好南风的第一个情种,尤瑞郎是做龙阳的第一个节妇,论理就该流芳百世了"[①],完全不同于一般人对同性之爱的评价。

① 李渔《无声戏　连城璧》,《李渔全集》第八卷,浙江古籍出版社1991年,第130页。

在中国人的观念中，正统爱情的结局应该是婚姻，不能走进婚姻殿堂的爱情只能定位为不成功的爱情悲剧。婚姻之所以成为爱情是否成功的标准之一，很重要的原因就是中国的家庭观念。有了婚姻才能传宗接代，生儿育女才是爱情的真正升华。同性之爱被诟病的理由也是如此，断子绝孙是中国人最惧怕的诅咒。而《男孟母》中的一对同性爱人却没有这样的顾虑。

许季芳是自觉地完成了娶妻生子的任务并且等待发妻死亡后才去追逐所爱的，没有家庭的责任，也无道德上的缺失，是无可指责的；而尤瑞郎，其贪婪的父亲自从得到这个美丽的儿子开始，就没有把传宗接代的希望寄托在他的身上，更多的是期望金钱上的回报，很显然，许季芳很好地满足了他的这份期待。并且，尤瑞郎是孝子，他父亲从小就栽培他做娈童，谁出得起五百两银子就卖给谁，对此，尤瑞郎没有半句怨言。而因尤瑞郎父亲的贪婪，许季芳在追求尤瑞郎的过程中倾家荡产，致使二人"婚后"生活拮据，尤瑞郎也并未因此对父亲有半句怨言，而是用对许季芳的百依百顺来报偿其对自己的情谊。最后二人一同为其父养老送终，完成了这个中国式的孝子故事。当这段同性之爱的双方在家庭责任和道义上都无可指责的时候，似乎也就无法让我们对他们的爱情追求产生恶感。

爱情之所以在人们的生活中占据重要的地位，是因为人们愿意在爱情中寄寓很多美好的东西。许季芳与尤瑞郎这对同性之间的爱情，可以满足人们对爱情美好的一切幻想。

郎才女貌是美好爱情建立的基础，许、尤二人在这一点上无可挑剔，许季芳有才，"一考就入学，入学就补廪"①，是莆田县的名士；尤瑞郎有貌，"眉如新月，眼似秋波，口若樱桃，腰同细柳"②，连绝色夫人都比不上。

相爱容易相守难，相守终生是很多爱情的沉迷者最惧怕的事情。相守之所以变得困难，大概因为人多是自私的，人最爱的往往是自己。而许、尤在他们的爱情中心甘情愿地为坚守付出所有，甚至是超出其承受范围的巨大代价。从许季芳一方来说，为了满足尤氏父亲的贪财，他散尽家财，而为了所爱之人免受皮肉之苦，他付出了生命，虽然他的本意，或许除了心疼之外更多的是炫耀，但结局如此，怕也是得偿所愿。而从尤瑞郎一方来说，为了爱情能够稍稍持久，他从

---

① 李渔《无声戏　连城璧》，《李渔全集》第八卷，浙江古籍出版社 1991 年，第 109 页。

② 李渔《无声戏　连城璧》，《李渔全集》第八卷，浙江古籍出版社 1991 年，第 111 页。

身体和心理上同时放弃了作为男人的自尊与骄傲,可能他在做这些事情的时候只是出于一时冲动,但从行为上却不得不让人感动。

这段爱情的结局,以许季芳的丧命而结束。这应该是最好的安排。因为,曾经见过世面的许季芳在尤瑞郎未来“色衰”时是更有可能“心驰”的,他在爱情还浓烈的时候死亡也就断绝了很可能出现的因“变心”而毁弃爱情的糟糕局面出现的可能。由身体和心理上都不可能出轨的尤瑞郎来守护爱情,怕是再恰当不过的选择了。

在追求爱情的过程中,一事一时的违背道德或许会让人在短时间内产生越界的私密快乐,但从长久来讲,中国人对违背道义的人和事会产生天然的排斥感。许、尤的爱情,因其同性的身份可能让人在最初接受时有所排斥,但尤瑞郎却用自己的行为打破了人们对同性爱的恶感,他将封建时代很多女子也很不情愿或者很难做好的事情做到了最好——守贞教子。

许季芳临终前嘱托的两件大事:迁家守节终身与教子读书成人,尤瑞郎都做到了。其实,两件事情都很难。

于守贞,在封建时代,因伦常秩序奉行“君为臣纲,父为子纲,夫为妻纲”,为正“夫纲”,若丈夫亡故,要求女子“守贞”。这样的要求在宋代中期开始严格,至明、清愈见严酷,据《古今图书集成》记载,“烈女”、“节妇”唐代只有 51 人,宋代增至 267 人,明代达 36000 人,而到了清代,仅安徽省休宁一县,就有 2200 多人。守节难吗?鲁迅在《我之节烈观》中说:“节烈难么?答道,很难。男子都知道极难,所以要表彰他。”[①]越来越多的女子成为“节妇”的原因,首先是不得已,因为封建时代未给女子留下独立的空间,她们必须“在家从父,出嫁从夫”,一生均依靠男人维系生计;其次是严酷的制度,因为封建时代对“失贞”女子的惩罚严厉,轻则赶出族门,重则施以沉河、火烧甚至凌迟处死等酷刑,少有女子敢触犯;最后是利益,《旌表门·大明令》规定为节妇立贞节牌坊、烈女祠,甚至以“诰命”褒奖“相夫教子”或“立节完孤”的女子,明洪武元年(1368)明太祖朱元璋更曾下诏令,旌表节妇,同时规定“凡民间寡妇,三十以前,夫亡守志,五十以后,不改节者,旌表门闾,除免本家差役”[②],既有名节上的收益也有现实的收益。威胁与利诱并行是封建时代女子守贞的根本原因。

---

① 鲁迅《鲁迅杂文全编》,人民文学出版社 2006 年,第 121 页。

② 张廷玉等《明史·烈女传序》,中华书局 2008 年,第 5149 页。

但是，尤瑞郎是“男人”！在许季芳死后，他能独立支撑起育子之责，尽管有舅父的帮助，但仍然证明他事实上并不需要将一生寄托于许季芳身上，无不得已之说；因其男子之身，娶妻或“再嫁”，并不触犯任何律条家法，不会受到道德及事实上的谴责和惩罚；同样，因其男子之身，无论为许季芳“守节”多久，都不会从官府和社会上得到任何荣誉和经济上的利益。但尤瑞郎，就是以男子之身，在许季芳死后的十六七岁的大好青春时节，独面寂寞，一个人苦守三十年孤独岁月；拒绝诱惑，众人爱情的诱惑、关心的诱惑，完成了艰难的“守贞”。

于教子，孟母辛苦，养育的是亲子，尤瑞郎一样辛苦，教育的却是无任何血缘关系的养子；孟母教育的对象，是本性纯良、求学向善的后世大儒孟子，而尤瑞郎教的却是“花星照命”的“可士可农之器”[①]；孟母三迁所面对的对象是无力阻拦的“墓”与“屠”，尤瑞郎三迁，避的却是道德上应尊崇的“师”与法理上应遵从的“官”；孟母三迁，可得千年名声，位列《烈女传》，为后世传颂敬仰，而尤瑞郎，以男子之身得“诰命之名”，怕只会得到讽刺与嘲笑吧。

许季芳临终前嘱托的两件大事，尤瑞郎都做到了，而且做得很好，儒家的道德规范在同性之爱中亦为完美地被坚守着，无可指责。

睡乡祭酒曾评曰：“若使世上的龙阳个个都像尤瑞郎守节，这南风也该好；若使世上的朋友个个都像许秀芳多情，这小官也该做。”[②]就是这个原因吧。

（二）

《男孟母》中为我们展示了一段唯美的、纯粹的同性爱的故事。但不难发现，其实，除了从一开始给尤瑞郎的男性定位，故事本身跟异性爱情没有本质的区别，除了爱情本身的相通让人感慨之外，也不由得让人产生疑惑，李渔为什么一定要将自己的写作定位在同性恋故事上？

李渔出身于一个医药商人家庭。或许就是商人家庭的熏陶，让他在父亲去世，全家陷入经济困境时会主动选择了“卖赋以糊口”[③]的生活。李渔在杭州生活了十年。这时的他，有两房妻妾，并且生下几个儿女。要在一个米珠薪桂的大都市维持一个不小的家庭的生活开支是十分艰难的。虽然他同许多缙绅有

① 李渔《无声戏　连城璧》，《李渔全集》第八卷，浙江古籍出版社 1991 年，第 111 页。
② 李渔《无声戏　连城璧》，《李渔全集》第八卷，浙江古籍出版社 1991 年，第 130 页。
③ 黄鹤山农《玉搔头序》，《李渔全集》第五卷，浙江古籍出版社 1991 年，第 215 页。

交往，并在经济上得到他们的资助，但总的来说，主要还是靠创作戏曲小说来维持生计。宣称“吾于诗文，非不究心，而得心应手，终不敢以稗史为末技”①，为了获得市民的关注，新奇的故事成为其必然的追求。他在《闲情偶寄》就称：“古人呼剧本为传奇者，因其事甚奇特，未经人见而传，是以得名。可见非奇不传。”“有奇事方有奇文，未有命题不佳而能出其锦心扬为绣口也。”②

从另一个方面讲，李渔是个极有天分的人，他“髫岁即著神颖之称”，十八岁时“于诗赋古文辞”便能“倏忽千言”③，“于诗书六艺虽未精通其义，然皆浅涉一过”④。时人赞其绝对“拔俗”。当他将这些文字诉诸笔端的时候，其心境应是俾睨天下、骄傲而自负的。或许李渔自己也这样觉得，这样的天才没能得意科举，畅游仕途，只是“时也，命也”，可以去考科举的时候，没有中第的“命”，而当他打点旗鼓要再战科场时，却因明清易代无“时”了。虽然没能在科场展露才华是李渔的遗憾，当他的内心却是一直以天才自居的，而这份骄傲就决定了他即使在进行稗官小说的写作时仍然不愿意将自己与“世俗”合一。

《无声戏》中真正描写爱情故事的作品仅两篇，另一篇《谭楚玉戏里传情 刘藐姑曲终死节》中主人公是在戏剧舞台上当着天下人的面公开谈情说爱，宣誓自己的忠贞，其爱情发生的地点和方式是普通人在现实生活中极难遇到的，当然可以满足李渔“不合流俗”的追求。但《男孟母》，如果首先忽略主人公的性别，会发现这个故事实在“流俗”得很，因面貌姣好而一见钟情，为追求爱情的圆满而各自倾其所有，在一方死亡后辛苦守节等等，都是典型现实中人对爱情的向往，而这也就决定了《男孟母》这个故事中两个主人公的性别必然都是“男”性，才能够满足李渔对“免俗”的追求。

随着资本主义萌芽在经济领域的发展，西方思想开始在中国传播，中国文人的思想发生了悄然的变化。从李贽的“童心”论到罗汝芳的“赤子之心”，从袁宏道“性灵”说到汤显祖的“至情”说、黄宗羲的“自私自利”论、顾炎武的“怀私常情”论等，均要求充分展现个人欲望，追求个性解放。至王夫之，这种个性的解放被具体到“欲”上，更将之前被对立起来的“人欲”与“天理”合一，称“欲即天之

---

① 转引自钟离睿水《十二楼序》，《李渔全集》第九卷，浙江古籍出版社 1991 年，第 7 页。
② 李渔《闲情偶寄》，《李渔全集》第三卷，浙江古籍出版社 1991 年，第 9 页。
③ 黄鹤山农《玉搔头序》，《李渔全集》第五卷，浙江古籍出版社 1991 年，第 215 页。
④ 李渔《闲情偶寄》，《李渔全集》第三卷，浙江古籍出版社 1991 年，第 26 页。

理”[①]，进而阐述了“饮食男女之欲，人之大共也”[②]的观念。其实，在王夫之最初的观念中，“欲”的内涵是十分丰富的，物欲、情欲等等，但人们因为对倏然脱离束缚的不适应走向了极端，很大程度上“欲”被单纯地解释为“肉欲”，并堂而皇之地变成文人的时尚。“男风”就是这种时尚中最耐人寻味的一种。在提倡“真性情”的旗帜之下，风流文人沉湎声色乐此不疲，甚至以好色为荣。袁宏道《别石匮》诗云：“我好色，公多病。”(《别石篑诗》)公开宣扬感官癖好，甚至将好色与学禅相提并论，以揶揄儒教的禁欲主义，并认为好色是爱恋生命的一种表现。张岱在《陶庵梦忆》中公开标榜自己“好美婢，好娈童”[③]，将对同性的倾慕变成与异性恋一样正常的爱情。而李渔接受了王学左派李贽等人的一些主张，反对程朱理学对人性的压抑，提出了一切都应顺乎“物性”即事物本性的主张。认为“天道本乎人情”，又说：“食色性也。不知子都之娇者，无目者也，古之大贤择言而发，其所以不拂人情，而数为是论者，以性所原有，不能强之使无耳。”[④]认为人的本性、情欲是合理的，不容压制，压制就违背了“道”。

从《男孟母》中我们可以发现，李渔一方面宣称同性之爱，“论形则无有余不足之分，论情则无交欢共乐之趣，论事又无生男育女之功，不知何所取义”[⑤]，但同时也认为，在那些南风盛行的地区，有很多因经济、家庭等因素而不得不选择同性之爱是迫于无奈的现实状况，“或者年长鳏夫，家贫不能婚娶，借此以泄欲火；或者年幼姣童，家贫不能糊口，借此以觅衣食，也还情有可原”[⑥]。同时，李渔也并没有去质疑、批判许季芳与尤瑞郎两人之间的感情，“一个秀士与一个美童，因恋此道而不舍，后来竟成了夫妻，还做出许多义夫节妇的事来”[⑦]，足见其至少并没有以同性之爱为耻、为恶，在“本乎人情”、顺应欲望的思想基础上至少是可以容忍和接受的。

中国的封建时代是典型的农业社会，而农业社会中对土地的严重依赖，一方面使人稳重踏实，产生强烈的归属感和责任感；另一方面，也必然限制人追求

---

① 王夫之《读四书大全说》，中华书局 1975 年，第 248 页。

② 王夫之《船山全书》卷三，岳麓书社 1996 年，第 375 页。

③ 张岱《张岱诗文集》，上海古籍出版社 1991 年，第 294 页。

④ 李渔《闲情偶寄》，《李渔全集》第三卷，浙江古籍出版社 1991 年，第 108 页。

⑤ 李渔《无声戏　连城璧》，《李渔全集》第八卷，浙江古籍出版社 1991 年，第 107—108 页。

⑥ 李渔《无声戏　连城璧》，《李渔全集》第八卷，浙江古籍出版社 1991 年，第 108 页。

⑦ 李渔《无声戏　连城璧》，《李渔全集》第八卷，浙江古籍出版社 1991 年，第 109 页。

自由的欲望和可能。所以，儒家思想里对人“责任”的要求占据人们生活的重心。颂扬奉献而鄙视享受，是长久以来中国人的思维定势。但随着明清时期资本主义经济的萌芽和商品经济的兴起，当人们有机会将自己从土地的束缚中解脱出来的时候，“自由”似乎就成了最时髦也最得人心的字眼。而明清易代这一政治巨变，又使许多胜国遗老非常沮丧，其中的很多人将戏班中的“优伶”当做寄情的对象。一些人为了表达亡国的哀思，将去国怀旧之情撰为歌曲，交给优伶清唱，既闻其声，泪如雨下，然后又再拥伶而痛吸之，摩掌之。伴着亡国之恨，清朝的狎优之风便愈演愈烈，同性恋成了清朝上行下许的社会风尚，也成了许多人躲避政治冲突、种族冲突的温柔乡①。

李渔是一个享乐主义者。他说：“伤哉，造物生人一场，为时不满百岁。彼夭折之辈无论矣，姑就永年者道之，即使三万六千日，尽是追欢取乐时，亦非无限光阴，终有报罢之日。况此百年之内，有无数忧愁困苦、疾病颠连……使徒有百岁之虚名，并无一岁二岁享生人应有之福之实际乎！”②这样当然也就更应该及时行乐了。李渔一生都过着极讲究的生活，为此他不惜“游荡江湖”，“干谒求人”。“风流”加“道学”被视作最理想的人生境界：“据我看来，名教之内，不无乐地；闲情之内，也尽有天机。毕竟要使道学、风流合而为一，方才算得个学士、文人。”③现实与精神的共同作用，让李渔成为同性恋文化的特殊鼓吹者，他在《闲情偶寄·颐养部》中提出：“或是娇妻美妾，或为狎客娈童，或系至亲密友，思之弗得，与得而弗亲，皆可以致疾。”④娈童亦被视作一味药来治心病，是可以接受甚至不可或缺的。

《男孟母》的写作背景就是在这样一个时代，文人并不以国家及百姓为自己的“责任”，科举不再是实现自身价值的必然追求。对许季芳来讲，科举是“讨得几时闲空，就去奋制萤窗，埋头雪案”的消遣，而“一考就入学，入学就补廪”⑤的轻松也让人完全无法体会科举于封建时代文人的神圣与艰辛；即使为官，造福百姓似乎也无需辛苦治理，拜那个不知何时“创造”出来的“天妃”即可，因其“力

① 刘达临、鲁龙光《中国同性恋研究》，中国社会出版社2005年，第20页。
② 李渔《闲情偶寄》，《李渔全集》第三卷，浙江古籍出版社1991年，第308页。
③ 李渔《笠翁传奇十种》，《李渔全集》第五卷，浙江古籍出版社1991年，第424页。
④ 李渔《闲情偶寄》，《李渔全集》第三卷，浙江古籍出版社1991年，第350页。
⑤ 李渔《无声戏 连城璧》，《李渔全集》第八卷，浙江古籍出版社1991年，第109页。

恳上帝”，即可“独许此郡七成收成”①，故丰收不必谢君王，同贺“天妃诞日”即可。在这样的时代背景下，一场庆丰收的胜会可以被文人附会成男色的赛会，要做“男风册”，要“评其高下，定其等第”，要“像殿试的皇榜一样，分为三甲”②，并在天妃殿张榜公布，将科举的张榜程序用于男色，大概是改朝换代中文人对科举、对朝廷统治的讽刺，也是其将这样的谑玩作为消遣的证明。

当然，文中这一“盛况”，与其地理背景也有一定的关联。福建沿海一带是晚明至清同性恋风行的区域之一。李渔言“此风各处俱尚，尤莫盛于闽中”③。追其源头，一方面是因福建海运发达，而航海之人为安全计常排斥女色，只能以同性作为倾注情感和满足性欲的对象；另一方面，是因当时当地人口结构男女比例严重失调。历史上，福州人口大多男多女少。在经济困难时，多数家庭会优先保存男孩，因而此地之人有溺死女婴的习惯，导致男女比例达到 1.5—2.5:1。大量男子无法娶妻，只好以契兄弟形式满足欲望，甚至有契兄弟共妻的现象。而且，有趣的是，尽管男男之情似违背伦常，但在当时的福建，同性恋的关系会被社会承认。同性的婚姻是一种称“契”的仪式，建立“契父”和“契儿”、“契兄”和“契弟”等关系。《敝帚斋余谈》就记载：“闽人酷重男色，无论贵贱，各以其类相结，长者为‘契兄’，少者为‘契弟’。其兄入弟家，弟之父母抚爱如婿，弟日后生计及娶妻诸费，俱取办于‘契兄’，其相爱者，年过而立者，尚寝处如伉俪。”④当同性之间的关系亦能从家庭伦理角度找到立足点的时候，就可以被当时当地的道德、法律、风俗、习惯所认可，其社会地位自然不同于现今的状况。

《男孟母》就做了这样的记录，“福建的男风，与女子一般，也要分个初婚再醮。若是处子原身，就有人肯出重聘，三茶不缺，六礼兼行，一样的明婚正娶”⑤。至后来，通学的相公告许季芳私置腐刑，擅立内监，许、尤二人遭到拘审，也并不是人们认为这种同性的性关系亵渎了传统的道德观念，只是嫉妒许季芳独享奇福，试图“割断他那种痴情，享不成这段奇福”⑥，为自己创造“再享奇福”的机会而已。

① 李渔《无声戏　连城璧》，《李渔全集》第八卷，浙江古籍出版社 1991 年，第 111 页。
② 李渔《无声戏　连城璧》，《李渔全集》第八卷，浙江古籍出版社 1991 年，第 112 页。
③ 李渔《无声戏　连城璧》，《李渔全集》第八卷，浙江古籍出版社 1991 年，第 108 页。
④ 刘达临、鲁龙光《中国同性恋研究》，中国社会出版社 2005 年，第 19 页。
⑤ 李渔《无声戏　连城璧》，《李渔全集》第八卷，浙江古籍出版社 1991 年，第 115 页。
⑥ 李渔《无声戏　连城璧》，《李渔全集》第八卷，浙江古籍出版社 1991 年，第 123 页。

或许“人人心中都有一座断背山”，虽然因为道德束缚多数人会选择异性之爱，但很多人从心理层面充满对同性感情的好奇和向往，而对李渔来讲，他不重人言而重自身享受，不重传世而重现世收益，不重道德而重新奇拔俗，抛开一切思想和现实的外衣，有机会、有理由去描摹一段同性之爱，去发一些别人不会发的感慨和议论，那种难以言喻的暗中得意方是李渔选择这一题材的真正理由。

（姜洪涛）

五 天下之恶 莫过于赌

——《鬼输钱活人还赌债》解读

赌博作为一种以金钱为筹码、依靠运气决定输赢的博弈游戏在古代中国由来已久。明清时期，随着市民阶层的兴起，以及商业化经济的出现，各种赌法日益完善，可谓近代赌博的滥觞。明末清初的诗人尤侗曾作著名《戒赌文》，开篇即言：“天下之恶，莫过于赌。”①而赌博之恶，岂只为尤氏所见，早在孔孟时，便有对于赌博行为的斥责。千百年来，赌博虽不为主流社会价值与道德伦理所容，且明清律法量刑严苛，却始终未能绝尽。作为一个具有社会责任感的小说家，李渔就是在这样的背景下构思创作了小说《鬼输钱活人还赌债》。

这篇小说总体而言，是一个劝善惩恶的故事，说教意味比较浓重。李渔在开篇即以大段议论指出赌博之非：

> 不知这件东西(骰子)虽是无知之物，却像个妖孽一般，你若不去惹它，它不过是几块枯骨，六面钻眼，极多不过三十六枚点数而已；你若被它一缠上了，这几块枯骨就是几条冤魂，六面钻眼就是六条铁索，三十六枚点数就是三十六个大豈，把人捆缚住了，要你死就死，要你活就活，任有拔山举鼎

① 尤侗《戒赌文》，《昭代丛书·别集》第一六二册，吴江沈氏世楷堂，清道光间刻本。

之力，不到乌江，它决不肯放你。①

作者运用比喻手法，将赌场上常见的骰子描述得如索命阎王一般，警醒世人莫要沾染赌习。赌场上输家毁家毁业、害人害己，赢家也只是赚得蝇头小利，一旦贪心不足，终会变为输家。真是当事者迷，旁观者清，李渔对此看得十分明白，真正得利者只是头家。所以李渔在小说正式开始前，又引入"赌钱不输方"的小故事。何为"赌钱不输"，谓"只是拈头"。所谓"拈头"，是指赌场中的看客之流在头家得利后，分得的些许薄利。看客不下场，虽不能亲身参赌，却能既全家财，又挣外快。如此一来，何止不输，反倒是一条生财之道。李渔借他人之口，说："那道人不是卖的仙方，是卖的道理。"可见这个道理便是，若要生财，须取之有道，依靠运气和侥幸即便赚得一时，也赢不了一世。因而赌场之上，执迷不悟以致散尽家财的十分常见，可谁见过头家也在赌桌上一掷千金？所以说开设赌坊虽也是桩营生，却害人利己，所赚实属不义之财。在这里，李渔不仅刻画了嗜赌之人的悲惨下场，更有对于"头家"与"拈头"的谴责，指出他们害人终害己，以警醒世人。

这篇小说在情节上比较简单。王小山靠拈头起家，并在自家园子里开设赌局。这本已是一桩稳赚不赔的买卖，但他仍不满足，"见了富家子弟，不论好赌不好赌，情愿不情愿，千方百计，定要扛他下场；下了场，又要串通惯家弄他一个，不输个干净不放出门"②。王小山不但诱赌，对身边的财主大户也极为留意，一旦找准机会便拉世家子弟下水。王竺生就是在这样精心布置的圈套里中了计、受了骗，一来二去，家中田产房屋无一不成为王小山的囊中之物。竺生最后虽然幡然醒悟，金盆洗手，却落得父母双亡，只好作个上门女婿。王小山害得他人家破人亡，仍不收手，于是有竺生父亲王继轩的亡魂前来报仇。王小山最后不仅失掉所有家产，且同众位骗赌的惯家一并归赴黄泉。

从结构上看，小说存在两条主线。一条是对嗜赌者王竺生前因后果的描写，一条是对诱赌者王小山前情后状的刻画。

王竺生本是乡绅王继轩的独子，王继轩家产虽不及万贯，但有田产、房产、店面，生活不需外求。且王氏夫妇安分守己，"上不欠官粮，下不放私债，不想昧

① 李渔《无声戏》，中华书局 2004 年，第 97 页。
② 李渔《无声戏》，中华书局 2004 年，第 98 页。

心钱，不做欺公事"[①]，反而比大财主更从容。王氏夫妇这样相对独立与封闭的生活方式既为竺生的不谙世事设定了家庭背景，也为小山骗赌埋下了伏笔。竺生为继轩老来得子，又是家中独苗，自然备受宠爱。继轩害怕竺生交往不肖子弟，就请蒙师于家中授业，且直至十六七岁，不曾放出门。可以想见，由于父母的过分宠爱，一个花季少年如同金丝雀一般被豢养在家，所见所闻只是家中诸人诸事，在避免了接触危险或不良之人的同时，也剥夺了他增长见识、结交益友的机会。这样的生活环境使得王竺生社会阅历与人生经验几同于一张白纸，缺乏判断、辨别善恶的能力，一朝出门被骗也就不足为奇了。

继轩外出做生意，留孤儿寡母在家，若竺生安心守家，也不会出纰漏。偏偏这时生出一场病，正是因为这场拘出来的病，王氏才让竺生堂兄朱庆生带他出门散心，正是因为出门游玩，才误入小山家的后花园，并结识了王小山。兄弟俩没见过世面，王小山却是只经验丰富的老狐狸，设计好圈套，只等竺生来钻。竺生原本就不知呼卢为何物，自然不设防，于是被小山引着看众人掷色子。此时的竺生初识赌博，更多是一种好奇，这从他一面观看，一面不住猜疑就可见出。当小山从众人手中夺出几根小签交给竺生的时候，竺生虽仍然不明就里，稀里糊涂地拈了头，随着头家白白落得了银两，却如同咬住诱饵的鱼儿，开始尝到甜头而不愿松口。应该说，假使竺生或庆生具备一些必要的人生经验，即便不知道赌为何物，至少能够对此产生警惕，天下哪能有免费的午餐？可正是因为父母过分的保护，两个少年如同大门不出二门不迈的闺秀一般，单纯而无知。同时，又不能不说二人都有些贪图小便宜的心理，如果没有这种心理作祟，王小山的诱骗也是很难起效的。

接下来却并不如小山所想，竺生能够顺利上钩。这中间生出了竺生被王氏禁足的曲折。试想，如果王氏能够多加盘问，对此有所警觉，王小山也不可能得逞。李渔在这里引入了自己的一段议论，王氏之所以不曾往赌博上面想，是认为竺生压根不会这项技艺，且身上没有银两：

> 不知世上别的生意，都要现买，独有这桩生意肯赊，空拳白手，也都做得来的，他妇人家那里晓得。[②]

---

① 李渔《无声戏》，中华书局2004年，第99页。

② 李渔《无声戏》，中华书局2004年，第103页。

这便是赌博的可怕之处，没有现钱并不能成为障碍，只要一张白条。何况赌场之上能够悬崖勒马者少之又少，为几个色子痴迷赌红眼者数不胜数，这样一来，别说金银，多少家产也只是白纸黑字而已。所以当竺生解除禁足令，主动找上王小山的时候，已经预示了他的悲惨结局。

竺生初下赌场，连赢几日，由是开始上瘾。但是“好运气”没有延续，打第四日起，竺生连着输掉了前日赢得的钱。没有了现钱，竺生开始在小山的诱导下抵押自家田地房产。应该说，这时的竺生还没有意识到已经逐渐成为了小山的瓮中之鳖。庆生让竺生多赊，以便多赢。从他与竺生的对话来看，二人并不认为赌博是依靠运气侥幸赢钱，而是一门练就的技艺。前文已经交代，竺生较庆生更聪明，于此也更容易上手。竺生输掉庆生银子时，庆生所怨的也只是表弟不用心。可见表兄弟俩压根没有发觉输赢皆操纵于头家，反而认定只要技术高明、用心去赌，必然能够翻本，故而从小山处赊钱时正是抱着这种自信的心态。

赌博但凡有了开头，便很难收住，所以嗜赌之人很少有不倾家荡产的。竺生此时俨然一个赌徒，从输掉现银，到抵押房产，在欠票写了一二十张后，终于到了山穷水尽的地步。小山见他已一穷二白，再没油水可榨，这才收手。而竺生“还舍不得丢手”，可见赌瘾之大。父母的过分管教，竺生没有理家事的机会，对家产多寡完全没有概念，所以还只念着输掉的只是家产的一部分，不知道自己已经断了后路。接下来便是东窗事发，王继轩虽不知儿子赌博，却是被竺生轻佻粗俗的举止气病，不久一命呜呼。王氏在得知家产全无后，也急火攻心，与丈夫共赴黄泉。曾经的乡绅公子顷刻间被扫地出门，竺生这才有所悔悟，最后只好做个上门女婿，才免于饥寒。

从王竺生这条主线来看，李渔刻画了一个无知的嗜赌者。之所以这样说，是因为王竺生并不像大多数赌徒一样，明知山有虎，偏向虎山行。家庭过于严格的管教，使得竺生对外界一无所知，对赌博毫无概念，也就很难设防。这时又受到经验老到的王小山的诱赌，竺生被骗也在情理之中，这可以说是一个既可恨又可怜的形象。所以李渔在处理王竺生结局的时候，也有所保留，得到丈人收留与扶持，自己也有心改过，为其重整家业留有余地。但是在另一条主线上，李渔对王小山的态度，表达的是对诱赌者的谴责与痛恨。

王小山原本靠拈小头起家，在赌场上见多了世面，是个明眼人。所以当他成为头家后，即便常有人劝他自己下场，“他的主意拿得定定的，百风吹他不动，只是醒眼看醉人”[1]。若王小山只是这样,赚些“醉人”自愿奉上的利钱,虽然算不上正经营生,也至少是一个愿打,一个愿挨,倒不算十分的伤天害理。可王小山对这桩稳赚不赔的买卖仍旧不满意,因他的银子既“大来”也“大去”,因此攒不出千金的家产。王小山显然不满于现状,贪婪的天性使他动起了歪脑筋,千方百计引诱富家子弟下场不说,还要串通惯家输得他们分文不剩,这便是赤裸裸的诈骗了。作者本意并没有对开设赌局的头家过多批评,但王小山的这种行径,已经超过了道德底线,不仅是“不义”,甚至可以说是“不法”了。因此在刻画这个人物时,李渔一方面在情节上为他设计了一个财尽人亡的结局,另一方面,在细节描写上突出了这一人物的狡猾与贪婪。

王小山在花园中与竺生、庆生的第一次相见,作者就将小山的个性表现得淋漓尽致。竺生、庆生二人误闯小山花园,小山在不知道二人身份的情况下没有将他们当作贼人,反而十分客气,以礼相待。原因何在?除竺生、庆生二人相貌、举止并不鬼祟外,一个重要原因是,小山很可能已从衣着风度上判断出二人绝不是普通的平头百姓。这一点很容易理解,王小山出入赌场多年,三教九流各色人等都见过不少,自然熟习“以貌取人”的本事。更何况他向来对富家子弟、乡绅大户十分留意,见到竺生、庆生时,大概也在揣度二人身份,如此一来,怎可轻易得罪。小山的确没有赶走一个财主,在得知竺生乃是王继轩之子时,“就如他乡遇了故知,病中见了亲戚,颜色又和蔼了几分,眼睛更鲜明了一半”[2]。作者对王小山的这段描写是很精彩的,那一瞬间的反应好比“踏破铁鞋无觅处,得来全不费工夫”。事实上,小山觊觎王继轩家财可非一日两日:

> 原来小山有一本皮里账簿,凡苏州城里城外,有碗饭吃的主儿都记在上面。这王继轩名字上,还圈着三个大圈的。[3]

可因王继轩为人老实忠厚,持家勤俭,在钱财上与人较少往来,王小山总也寻不着机会。所以他说对王继轩的久慕大名,可绝非客套,是真的盘算了不少时日。王小山接下来的几个动作足见其喜之不胜和急不可耐:先是“连忙唤茶来,三人

① 李渔《无声戏》,中华书局 2004 年,第 98 页。
② 李渔《无声戏》,中华书局 2004 年,第 101 页。
③ 李渔《无声戏》,中华书局 2004 年,第 101 页。

吃了一杯”；吃过茶，又要请二人用饭，“小山一把扯住竺生道：‘这样好客人，请也请不至，小子决不轻放的，不要客气。’”庆生见小山只拉着竺生，便要走，即便这样，小山仍不放手，“小山要放了竺生去扯他，只怕留了陪宾，反走了正客，自己拉了竺生往内竟走”①。最难算计的财主今日自己送上门来，小山可谓喜出望外，自然拉扯着不放走，还要想尽法子诱他下场。所以吃过饭后，见二人正要告辞，赶忙请去看众人呼卢。

小山此时大概并不晓得竺生、庆生压根不知呼卢为何物，只是觉得年轻的公子哥难以抵挡赌博的诱惑。退一步讲，即使兄弟二人不懂得赌博技法，小山连同事先串通好的诸位惯家也有办法一步一步诱导他上路，这个诱惑就是拈头所得的银钱。果然，竺生二人先前还为平白无故得利而感到不安，在小山解释过后，还觉得捡了大便宜。小山的解释是有些技巧的，先说银两是白白送与二人的，再叫他们常来走动，“再没有白过的”，接着道酒饭也出自众人身上，不需二人掏钱。这段话可以作这样理解：一来，想要白得拈头的银钱，就要在赌场做观众，一来二去，还有不手痒的？二来，倘使不去拈头，常来常往，耳闻目染，除非定力深厚，否则迟早也要下场。对于小山来说，这至少给他提供了继续诱赌的机会。三来，哪怕竺生只来吃酒饭，也不要紧，同席之人皆为赌场老手，何况不少还是小山招来的“赌托”，不怕竺生不参赌。再说世家子弟哪有总来白吃白喝的道理，竺生不是无赖，所以受小山等人的摆布只是时间问题。竺生、庆生的贪图便宜，正是小山所乐见的。用这样的小恩小惠，小山没费多大力气就成功实施了诱赌的第一步。

有了这一步棋垫底，竺生一旦获得赦令，头一站就要到小山家报到。小山由是开始有计划地一步一步引诱竺生。从教他赌法，到撺掇下场试手，在众惯家的配合下，小山为竺生制造了自己“技高一筹”的假象。而单单依靠掷色子就能赢钱的方式，很难说不带给竺生一种“发财如此容易”的幻觉。毕竟同王氏夫妇平日里的勤俭持家相比，赌钱能让银子来的这样快，对竺生无疑也是一种刺激。而小山正需要竺生的这种自信满满和跃跃欲试，在放过长线以后，小山开始钓大鱼了。

竺生先是赔尽了赢来的银子，然后便开始在小山和众人的教唆下抵押田地

---

① 李渔《无声戏》，中华书局 2004 年，第 101 页。

房产。这里有一处细节写得十分出彩,在竺生不知道自家田产数目与位置,甚至连众人都“呆了半晌”的时候,小山居然能拿出一部册子:

> 那晓得王小山又有一部皮里册籍,凡是他家的田地山塘,房产屋业,都在上面。不但亩数多寡,地方坐落,记得不差,连那原主的遵命,田邻的大号,都登记得明明白白。到此时随口念来,入流似水。①

读者读到此处恐怕也要感叹王小山的精明狡猾与老谋深算,如果不是长久以来对王氏家产的过分关注,此时如何能够有备而来?竺生但凡有些社会经验,这时也该警觉了,可偏偏却是个不谙世事的孩子,还是没有发觉其中的蹊跷。小山这时真该与众人击掌相庆了,他的如意算盘打得一步不差,只等坐收渔翁之利。

竺生的欠票越发写得顺手,家产很快挥霍一空。值得玩味的是,竺生至此对自家田地房产都没有王小山更为熟悉。倒是欠票累计一二十张后,小山估算出王家家产已经差不多到手,可以收网了。王竺生对他来讲已经失去了利用的价值,没必要再陪他玩下去。王小山的虚伪狡猾还表现在此时没有马上翻脸不认人,而是假惺惺地骂众人不顾王继轩辛苦一世挣家,拘着竺生不放,让竺生反而在心里还要感激他一番,真是得了便宜还要卖乖,做得滴水不漏。

王小山骗得继轩家财,赚了一笔大买卖。赌博虽赌的是钱财,可钱财背后还有一份家产、几条人命。王小山狠就狠在笑里藏刀,不给别人留活路。不成想因为自己做得太绝,客人走了一大半,也就断了自己的后路。原本门庭若市的赌场一年间却变得门可罗雀,小山不思悔改,反而内心焦急,想要重操旧业。在这样的情况下,异乡客人的到来无疑等同于“雪中送炭”,而多行不义必自毙,王小山最后也没有逃过善恶报应。

值得一提的是,在赚得王氏家产后,小山一人即分得一千五百两,着实是笔不小的财富。并且作者也交代了,“王小山以前趁的银子,来来去去,不曾做得人家,亏得王竺生这注横财,方才置些实产”②。如果说在诱骗竺生以前,小山手头仍不算宽裕的话,那么在得了这笔不义之财后,他的经济状况已经有了明

① 李渔《无声戏》,中华书局 2004 年,第 105 页。

② 李渔《无声戏》,中华书局 2004 年,第 108 页。

显改善。而此时仍然不罢手，既表现出其贪财成性，也可见诱赌已经成为他的日常习惯和生存手段。

关于王继轩亡魂复仇的情节，作者没有设计让其直接找王小山索命，而是以其人之道还治其人之身，诱骗王小山参赌。小山求财心切，自然上钩。小说中这样描写小山当日心情：

"当晚一家欢喜，小山梦里也笑醒来，真是天上掉下来的生意。"[①]故事进展到这里，恐怕连读者也要担心他乐极生悲，最后落得竹篮打水一场空。众人依照旧例，在让客人连赢几百两后，变换手法，再让客人加倍输回去。众人只道这是自己串通好设的一个计，却不知反倒中了客人的圈套。客人不仅输掉带来的四千两，还欠下五百两赌债，如此便同小山约定三月内奉还，还打下了欠票。小山碍着客人面不好当场分赃，也为众人打了欠票。小山此时不知，这前一张欠票哪里是还钱的凭证，分明是道催命符。五百两还没着落，四千两也是纸锭，小山又拿什么去还众惯家的账？小山自知遇上了鬼，而众家都做了亏心事，以为大家都该害怕鬼敲门。可没想到平日里做惯了欺诈之事，这偶尔一次的诚实反倒没人相信。众人反道他是私藏了银两，弄个鬼来唬人。有欠票为证，要他还钱，否则就要拉扯上公堂。小山这时真是哑巴吃黄连——有苦说不出，里外做不得人，只好变卖家产，连祖上留下的田地也留不住，刚刚置办的产业顷刻间又都送与别人，加上继轩亡魂打下的索命欠条，王小山最后才是真正的人财两空。

读者也许要问，若是王继轩变作厉鬼直接来索命，劝善惩恶的效果或许能够更强烈。诚然，这样的结局也许会读起来更解气，但艺术效果并不见得好。正如一位惯家所说："世上那有鬼会赌钱的，他要报仇，怕扯你不到阎王面前去，要这等斯斯文文来和你玩耍。"[②]作者正是设计了一个让普通人难以相信的报仇方式，以此报复王小山先前的欺诈与诱赌。如此一来，王小山失去了众人信任，失去了万贯家财，又失掉了性命，可谓一石三鸟。这样的报仇显然比直接索命更讲究策略，更需要计谋。从社会意义的角度来看，这样的结局也更有教育作用。

显然，李渔在对王小山这条主线的处理上，比之对王竺生的设定更多了谴责、批判的意味。相较于竺生的无知而受骗，小山的故意诱赌，以致害人家破人

---

① 李渔《无声戏》，中华书局 2004 年，第 110 页。

② 李渔《无声戏》，中华书局 2004 年，第 111—112 页。

亡实在是罪不可赦。世人都晓得赌博为害，为之疯狂的执迷不悟者却仍有不少，所以李渔在小说结尾处的议论中说："奉劝世人，三十六行的生意，桩桩做得，只除了这项钱财，不趁也好。"[①]无论参赌的赢家输家，还是设赌的头家，但凡沾了"赌"字，所获皆为不义之财。而李渔也在这篇小说中，通过交织的两条人物主线，为我们呈现出这两类人的最终下场。李渔所处时代，赌风屡禁不止，李渔以明眼看得清楚，并以稗史警示世人。这篇小说也许在艺术表现上并不特别精彩，于现实却十分有益，这也正是这篇小说的价值所在。

（张　璐）

六　逃不掉的社会责任

——《儿孙弃骸骨僮仆奔丧》解读

李渔在进行话本小说的创作时，将"道学与风流合一"[②]作为自己的创作追求。其对"道学"的坚持，使其同中国古代所有文人一样，自觉承担着"有裨世道人心"[③]的社会责任；但对"风流"表象的执着，却使他进行道德教化展现出非主流的描述方式，从而难以得到研究者的认同。《儿孙弃骸骨僮仆奔丧》一篇，虽然以封建社会的主流价值观"孝"与"忠"为主题，但在李渔的笔下，"孝"与金钱利益相连，"忠"与因果报应有个，其"劝惩"目的的展现显得别具风格。

（一）

中国古代为农业社会，家庭是其基层的生产组织，是最基本的社会细胞。而为维系家庭稳定以保证正常的社会秩序，"孝"成为了最重要的社会道德规范，故有"百行孝为先"之说。而李渔《儿孙弃骸骨僮仆奔丧》所倡导的孝，却非

① 李渔《无声戏》，中华书局 2004 年，第 112 页。

② 李渔《笠翁传奇十种》，《李渔全集》第五卷，浙江古籍出版社 1991 年，第 424 页。

③ 李渔《笠翁一家言》，《李渔全集》第一卷，浙江古籍出版社 1991 年，第 3 页。

《孝经》中宣扬的“夫孝，天之经，地之义也，民之行也”①的正统孝道，而是同正统文人所不屑谈及的现实“利益”问题紧密相连。

小说开篇有这样一段议论：“若有了家业，无论亲生之子生前奉事殷勤，死后追思哀切，就是别人的骨血承继来的，也都看银子面上，生前一样温衾扇枕，死后一般戴孝披麻，却像人的儿子尽可以不必亲生；若还家业凋零，老景萧索，无论螟蛉之子孝意不诚，丧容欠戚，就是自己的骨髓流出来结成的血块，也都冷面承欢，愁容进食，及至送终之际，减其衣衾，薄其棺椁，道他原不曾有家业遗下来，不干我为子之事。”②将“家业”作为儿女尽孝的条件，这样的观点对主张从高尚的道德立场提倡“孝”，宣称“孝，为德之本也”③的人们来讲恐怕是难以接受的。

而在头回故事中，那个不信“家业”为“孝”之根本，早早将其散与儿孙却被虐待，“成年不动酒，论月不开荤”，“熬得骨瘦如柴”④的老人，从另一位“无嗣”老人那里享受了“大房之子”与“二房之子”孝敬的两顿佳酥美馔，无比羡慕之时，却看到他取出的左手一银包，右手一银包，“银子”方是“古今来第一个养志的孝子”⑤。这对于力图以父母子女之间的“骨肉至亲”的情感激励人们孝心的文人来讲，也是一种沉重的打击。

在正话中，做祖父和父亲的单龙溪，对于孙子遗生和儿子单玉百般疼爱，自己在外奔波辛苦，却让两个年轻人在家里无忧无虑地读书玩耍。还将家产三分之二收起，“要待单玉与遗生略知世务，就取出来分与他”⑥，同时还顾虑到“授之以鱼，不如授之以渔”，做好事业上的准备。两个娇生惯养的公子在外水土不服，一齐生起病来，“这个要汤，那个要药”⑦，六十多岁的老人家被磨得头光脚肿。对这一子一孙，无论从道德还是情感上讲，单龙溪都算是尽心尽力了吧？全身心的投入是不是应该得到全身心的“孝”的回报？一病着床，再医不起的单龙溪是有这种期盼的，虽是客死他乡但有儿孙送终，已足够宽慰，所以轻松地交

① 十三经注疏整理委员会《十三经注疏·孝经注疏》，北京大学出版社 1999 年，第 19 页。
② 李渔《无声戏　连城璧》，《李渔全集》第八卷，浙江古籍出版社 1991 年，第 208—209 页。
③ 十三经注疏整理委员会《十三经注疏·孝经注疏》，北京大学出版社 1999 年，第 3 页。
④ 李渔《无声戏　连城璧》，《李渔全集》第八卷，浙江古籍出版社 1991 年，第 209 页。
⑤ 李渔《无声戏　连城璧》，《李渔全集》第八卷，浙江古籍出版社 1991 年，第 210 页。
⑥ 李渔《无声戏　连城璧》，《李渔全集》第八卷，浙江古籍出版社 1991 年，第 212 页。
⑦ 李渔《无声戏　连城璧》，《李渔全集》第八卷，浙江古籍出版社 1991 年，第 213 页。

代后事，将那三分之二的家产交了底。李渔描绘了“家业”——“银子”易主后的情况：孝心没了——“心上如同火发，巴不得乃祖乃父早些断气”①，孝行也没了——先是孙子遗生“要银子心慌，等不得乃祖毕命，又怕阿叔一同回去，以大欺小，分不均匀，故此瞒了阿叔，背了乃祖，做个高才捷足之人，预先赶回去掘藏了”②，后是儿子单玉“以寻访遗生为名，雇了快船，兼程而进地去了”③。单龙溪的遭遇让人同情，遗生与单玉的行为让人愤慨，但最终，两个不孝之人受到了惩罚：为争家业，单玉被遗生殴伤以致呕血而亡，而遗生因杀人入狱，感染时疫，暴病而亡。李渔最终对“孝”的宣扬，以“惩恶”的方式完成。但让人因“畏罚”而不得不孝恐怕是对主流价值观形成的挑衅而难以被文官阶层认同。

但是，不可否认，李渔在此篇中对“孝”的描述方式，是更能够触动信奉“养儿防老”观念的底层百姓的心弦。其以金钱保障孝的观念，虽为古代社会的文人们讳言或不屑言，但在底层百姓，尤其是在对金钱的价值有更清晰和深刻认识的市民阶层中无疑是一种更现实、更有效的保证“孝”之结果的方式。

（二）

在《儿孙弃骸骨僮仆奔丧》一文中，单龙溪对儿孙孝的所有期待全部落空，其一子一孙是“孝”的负面典型。但在“忠”的层面上，出场的却是一位标准的正面形象，家仆百顺的行为诠释了“忠”在普通家庭的最完美形态。每一个事件中，百顺的行为都背离了普通人相对正常、却有些“恶”与“俗”的心理期待，体现出对主人无可挑剔的忠诚：

在百顺极得单龙溪信任，开始接手其生意“脱货讨账”④的财务工作时，众人都认为他可以借此机会为自己积累一些财富。这是符合普通人的心理期待的，并非一定要恶意地中饱私囊，只是利用现有的便利条件合理地提高自己的收入，以便在未来的某一天摆脱奴仆的身份拥有一份自己的家业，合情亦合理。但这种合情合理的期待被百顺以“他不曾以寇仇对待我，我怎忍以土芥视他”⑤

① 李渔《无声戏 连城璧》，《李渔全集》第八卷，浙江古籍出版社1991年，第214页。
② 李渔《无声戏 连城璧》，《李渔全集》第八卷，浙江古籍出版社1991年，第214页。
③ 李渔《无声戏 连城璧》，《李渔全集》第八卷，浙江古籍出版社1991年，第215页。
④ 李渔《无声戏 连城璧》，《李渔全集》第八卷，浙江古籍出版社1991年，第212页。
⑤ 李渔《无声戏 连城璧》，《李渔全集》第八卷，浙江古籍出版社1991年，第212页。

的理由果断放弃，这分明是“君以国士待我，我以国士报之”[1]的士大夫情结的翻版；

在单龙溪意识到自己老迈，为自己的一子一孙谋划未来的时候，行为上，收回三分之二的资本，思想上，开始思考“子孙毕竟是子孙，奴仆毕竟是奴仆”[2]，事实上已经首先在主仆的信任关系上背弃了百顺。而以百顺的精明，这一改变不难察觉。心理上出现裂缝后，自然行为上免不了怨恨，至少是抱怨，这是普通人可以理解的作为。但百顺在单龙溪将其置身于其一贯负责的生意之外时，却认为是理所当然，他担心的不是自己被间离的可怕后果，而是“只怕你老人家路上没人服事，起倒不便。两位小官人不曾出门得惯，船车上担干受系，反要费你的心”[3]，仆对主的忠诚可见一斑；

在单龙溪病入膏肓却被自己的一子一孙遗弃之后，面对争夺家产的遗生和单玉，百顺似乎完全没有意识到自己的地位和处境将发生变化，主人的死亡，将使自己失去获得生活来源的靠山。正常逻辑下，他应为自己之后的生活有所打算，另觅新主，或者至少依靠自己多年为单龙溪打理生意的积累在遗生与单玉争夺的混乱中从这两个毫无社会经验的贪婪的小主人身上得到之后谋生的保障。但他放弃一切，“收拾行囊竟走”[4]，终赶到垂危主人之面前，为主人换来了生命最后一段日子的安宁和身后的哀荣。其心之忠清晰可见。

将心比心，僮仆百顺忠诚的行为得到主人单龙溪的回报。在临死之前，单龙溪放弃了古代社会最难突破的家族传承观念，立下遗嘱将自己最后能够支配的遗产交给百顺。在对比遗生、单玉与百顺的行为后，所有人都认为这样的安排理所应当，惟一的反对者是百顺，其理由是此种做法将“开幼主惩仆之端，贻百顺叛主之罪”[5]。虽然为安单龙溪之心暂时接受了这个安排，但在单死后，他并没有像文中众人及几乎所有阅读者期待的一样，利用这笔资产去开始自己的生活，反而为避免因这份遗嘱造成单龙溪父子祖孙之间的隔阂，宁愿冒被推上公堂的危险，烧掉了这份证明其忠诚的凭证。

最后，百顺扶着主人单龙溪的灵柩回到其家乡，那对不孝子孙已经得到了

---

① 张清常、王延栋笺注《战国策笺注》，南开大学出版社 1993 年，第 427 页。
② 李渔《无声戏　连城璧》，《李渔全集》第八卷，浙江古籍出版社 1991 年，第 212 页。
③ 李渔《无声戏　连城璧》，《李渔全集》第八卷，浙江古籍出版社 1991 年，第 213 页。
④ 李渔《无声戏　连城璧》，《李渔全集》第八卷，浙江古籍出版社 1991 年，第 216 页。
⑤ 李渔《无声戏　连城璧》，《李渔全集》第八卷，浙江古籍出版社 1991 年，第 217 页。

报应，他们的死亡和“未曾殡葬”[1]，对于多数人来讲，可视作因果报应的产物，大快人心。而百顺却没有因此替枉死的主人感到快慰，没有因无需与之做金钱上的牵扯而庆幸，也没有为真正彻底恢复自由身而欢乐，而是“捶胸跌足，恸痛一场”[2]，一样是世代忠仆心理的显示。

可以说，在这篇作品中，百顺的一言一行完全符合最严格的古代社会对“忠”的一切要求，“是僮仆中的圣人……若受朝廷一命之荣，自然是个托孤寄命之臣”[3]。但很显然，塑造了这样一个典型的忠仆形象，李渔的“劝惩”目的，一样被当作一种故作姿态，当作一种非主流不被承认。理由很简单，本篇中对孝的宣扬，虽将之归结于利益的表象让人难以接受，但推崇孝的实质无法质疑。而对忠的展示，虽全部的行为均无可挑剔，但忠诚的根源却更加非主流，更加让人无法承受。李渔将百顺全部忠诚行为的基础归结为：“我前世欠人之债，所以今世为人之奴，拚得替他劳碌一生，偿还清了，来世才得出头；若还鬼头鬼脑偷他的财物，赎身出去自做人家，是债上加债了，哪一世还得清洁？”[4]将统治者最珍视的臣子的忠诚归结为惧怕因果报应，哪一个自命清高的文人士大夫都不会承认。

但可以看到，李渔笔下“忠”的形成原因更符合底层百姓的现实，他们的受教育程度和生活状态决定了他们的忠诚很难依靠文人仕子所信仰的微言大义获得，反倒是因果报应和利益更容易被他们信服和信奉。

（三）

在《儿孙弃骸骨僮仆奔丧》一篇中，从李渔对“孝”与“忠”双线情节的描绘中，可以看到，李渔认为，在普通百姓的生活中，社会价值观的建立、道德教化的力量要强于血缘亲情。

在单龙溪与其子单玉和其孙遗生对“孝”字的演绎中，单龙溪对血缘亲情的期待，最终败在了金钱利益之下。原因非常简单，虽然在中国人的传统观念中，血脉传承的牵系牢不可破，但甚少有人认识到，血缘虽不可破坏，但血缘不等于

---

① 李渔《无声戏　连城璧》，《李渔全集》第八卷，浙江古籍出版社 1991 年，第 219 页。
② 李渔《无声戏　连城璧》，《李渔全集》第八卷，浙江古籍出版社 1991 年，第 220 页。
③ 李渔《无声戏　连城璧》，《李渔全集》第八卷，浙江古籍出版社 1991 年，第 219 页。
④ 李渔《无声戏　连城璧》，《李渔全集》第八卷，浙江古籍出版社 1991 年，第 212 页。

亲情，亲情的建立需要长时间的培养和双方的共同维系。而在《儿孙》的故事中，单龙溪与单玉、遗生的血缘不可置疑，但单龙溪长年在外经商，与儿孙的相处时间自然会缩短，亲情缺失培育的时间基础。而在父子、爷孙的短暂相处中，因单龙溪妻子的亡逝，没有一个温柔和善的母亲和祖母作为缓冲，可以想见，其相处情形，亲昵的情感交流往往会被严父败儿的严肃对话所替代。长此以往，血缘尚存，但亲情何在？而且，单龙溪是抱着多多赚钱为儿孙提供更好生活的想法而选择长年在外的，虽然，他会认为这是他为儿孙最大的付出，但每次回家时，一定也难免无法陪伴儿孙的愧疚，唯一能够弥补的方式，应该是赚更多的钱，让他们在现在和将来都过上衣食无忧的生活，对单龙溪来讲，这就是他表达亲情的方式，但久而久之，对于难以体会其良苦用心的单玉、遗生来讲，"父亲"、"祖父"这样源自血缘亲情的温馨词汇，就只是"金钱"的代名词，当他们无法从单龙溪那里继续获得金钱时，将其弃之一边的选择也并非不可理解。

单龙溪与其仆百顺对"忠"字的诠释，体现的是道德教化的无上力量。忠孝仁义等道德准则传承千年，在潜移默化中已经成为绝大多数中国人的共识，遵守是对，违背是错，毋庸置疑，而百顺，本性良善，自然会接受这样的认识。而且，在其陪伴单龙溪在外经商的绝大多数时间里，也使其深切感受到对道德准则的严格遵守，即对诚信的看重，帮助其得到了所有主顾的信赖与另眼相看，这也强化了百顺遵守道德的信心。并且，在众人种种如发财致富等现实期待中，展现自己高人一等的道德观，树立自己的道德模范形象，也符合很多人的心理需求，这也是百顺数次作出与"众人"期待不同的选择的重要心理依据。在僮仆百顺身上，千年的道德灌输、现实的教化影响和向上的心理期待，共同展现了道德教化的至大力量。

至此，李渔对血缘亲情和道德教化的理解和演绎，在文人阶层中还是能够获得普遍认同的，但李渔的特殊就在于，他最终还是将亲情与道德置于更现实的利益——现世的金钱和来世的报应之下，从主流再次走到非主流。究其原因，一方面，李渔经历丰富，饱受世态炎凉之苦，他比绝大多数文人更能清晰的认识到现实的真实与残酷；另一方面，李渔的小说以最普通的市民百姓为阅读对象，在这些"市井小民"面前，李渔保持着自己作为文人的心理优势，在他看来，其说教是高尚者给鄙下者的一种现实警惕，只有站在下层的、无知识的普通百姓的立场上用对行为或思想低下者更有效、更能发挥作用的方式方能达到其教化目的。在文人看来离经叛道，但对普通百姓来说却通俗易感的理念和叙述方式，正是其承担文人逃不掉的社会责任的最好方式。

（姜洪涛）

七　女人的立身之本

——《妻妾抱琵琶梅香守节》解读

李渔的话本《妻妾抱琵琶梅香守节》叙述的是江南秀士马麟如在自觉重病必死时，从自己的一妻一妾那里得到了将为自己守节的承诺之后放心出游，但在误传其死信回家后，妻妾却相继抛家弃子改嫁，反倒是通房丫头碧莲为自己守节育儿的故事。在这篇作品中，表现出李渔矛盾的女性观，既固守封建礼教强加在女子身上的贞节观念，又承认女子具有跟男子一样的智慧与才能，就如他在《千古奇闻序》中所说："不知天之生人，男女虽殊，识力才酞，秉彝好德，实无殊也。"①

（一）

明清时期，妇女之节烈观念达到了登峰造极的地步。看似开明的李渔，其实也是这种已经趋向惨烈的贞节观的信奉者。在小说《妻妾抱琵琶梅香守节》中，女子一旦失贞，将受到最严厉的惩罚。违背贞节观念再嫁的正妻罗氏，欲回马家，却被前夫以"覆水难收"②为由驱逐，想安守后夫，又被猜忌侮辱，自缢身亡。同样失了贞节的小妾莫氏，嫁了破落户，"终日熬饥受冻"③，从自己的亲生儿子那里也得不到同情，及至后来连见自己亲子一面也不可能，最终怨恨而死。

李渔认为，男性若过分相信和期待女子之守节的誓言，而无对其贞节之行为的相应约束，会将自己置于凶险之处境。《妻妾抱琵琶梅香守节》中的马麟

---

① 李渔《古今史略　千古奇闻》，《李渔全集》第十五卷，浙江古籍出版社1991年，第429页。
② 李渔《无声戏　连城璧》，《李渔全集》第八卷，浙江古籍出版社1991年，第243页。
③ 李渔《无声戏　连城璧》，《李渔全集》第八卷，浙江古籍出版社1991年，第244页。

如,是有妻妾为自己守节的资本的,他姿容绝美又资颖超凡,对女子的吸引力毋庸置疑,于这样的资本他也有着充分的自信,病重垂危之际,妻、妾守节的誓言印证了他的自信。妻子罗氏的誓言,合理——结发夫妻是不同于婢妾的:“烈女不更二夫,就是没有儿子,尚且要立嗣守节,何况有了嫡亲骨血,还起别样的心肠?”[①]妾室莫氏的誓言,合情——有子嗣者是不同于无子嗣的:“你不生不育的,尚且肯守,难道我生育过的,反丢了自家骨血,去跟别人不成?”[②]

在从妻妾那里获得安慰之后,通房碧莲却让马麟如失望了,虽然碧莲的想法既合理亦合情——做婢妾的人比结发夫妻不同,孤儿有人照管与没人照管也是不同的:“若是相公百年以后没人替你守节,或者要我做个看家狗,逢时遇节烧一份纸钱与你,我也不该去。如今大娘也要守寡,二娘也要守寡,马家有什么大风水,一时就出得三个节妇?若是孤儿没人照管,要我抚养他成人,替相公延一条血脉,我自然不该去;如今大娘也要守他,二娘也要守他,他的母亲多不过,哪稀罕我这个养娘?”[③]只有守寡的妻妾,没有守寡的梅香,这番道理马麟如是懂得的。就如《红楼梦》中的宝玉与袭人,宝玉离家之前,袭人的忠贞无人可以质疑,宝玉离家时,她也不是不想为宝玉守贞,只是“没有守的资格”,不得已嫁与蒋玉菡,而背上千古骂名。但是就如每一位君主都会希望所有臣子无一例外地忠诚于自己一样,每一个男子大概也希望所有女子无一例外地忠贞于自己,一个有可能在未来离弃自己,至少是起了离弃之心的女子,自然让人冷了心,也冷了行:“终日在面前走来走去,眼睛也没得相她。莫说闲空时节不来耕治荒田。连那农忙之际,也不见来播种了。”[④]

虽然小有失望,但马麟如其实是放心的,毕竟一妻一妾给了自己充分的自信,即使家里没了自己这个一家之主,惟一的儿子也可以在妻妾的抚育之下传承自己的血脉。但这种盲目的对女子贞节宣言的信任,在家人误传其死讯后让他深刻体味到了花言巧语的可怕:先是自己的“尸骸”差点无人问津:妻子罗氏的说法合理:“千里装丧,须得数十金盘费……孤儿寡妇之家,哪里做得争气之事?”[⑤]妾室莫氏的说法合情:“依我的主意,也不要去装,也不要去化,且留他停

---

① 李渔《无声戏 连城璧》,《李渔全集》第八卷,浙江古籍出版社 1991 年,第 225 页。
② 李渔《无声戏 连城璧》,《李渔全集》第八卷,浙江古籍出版社 1991 年,第 225 页。
③ 李渔《无声戏 连城璧》,《李渔全集》第八卷,浙江古籍出版社 1991 年,第 226 页。
④ 李渔《无声戏 连城璧》,《李渔全集》第八卷,浙江古籍出版社 1991 年,第 227 页。
⑤ 李渔《无声戏 连城璧》,《李渔全集》第八卷,浙江古籍出版社 1991 年,第 231 页。

在那边，待孩子大了再做主意。”①再是自己的儿子差点被虐杀。妻子罗氏的做法合“理”：“多了身边一个儿子，若教她带去，怕人说有嫡母在家，为何教儿子去随继父？若把他留在家中，又怕自己被他缠住，后来出不得门。”②而妾室莫氏的做法合“情”：“生出来的孽障，大又不大，小又不小”，“若只三朝半月，或者带到财主人家，拼出得几两银子，雇个乳娘抚养”，“若还有几岁年纪，当得家僮使唤，娶的人家还肯承受。”③如此这般，掌上之珠，变作眼中之刺，马麟如牵牵念念的独子差点丧命于宣誓忠贞的妻妾之手。

面对这样的状况，其实马麟如本人是无力逆转的，替他抱不平的是李渔，因而故事的后半段，就是“贞，妇人吉”的写照：那个口中说“只有守寡的妻妾，没有守寡的梅香”④的碧莲在马麟如身亡的消息传来时，不但没有像她曾经宣称的那样，立刻离弃这个名不正言不顺的丈夫，而是先以“理”服人，拿出替人做针线，典当衣服的“上千”块碎银凑成的五两银子，逼得家中主母取来为改嫁私藏的银两替“马麟如”迁回尸骨下葬，总算未作抛尸野外的冤鬼。后以“情”服人，虽深知“孩子难领，好汉难做”，“只因看不过孩子受苦，忍不得家主绝嗣，所以情愿做个呆人，自己讨这苦吃”⑤。将被嫡母和亲娘视作累赘的马麟如之子带在自己身边抚养。

碧莲的忠贞之行换来了最“吉”的结局：名分有了，一个通房的梅香，被扶正为正妻；情分有了，曾视自己为无物的丈夫，而今说“你如今不是通房，竟是我的妻子了，不是妻子，竟是我的恩人了”⑥；儿子有了，被照顾的小主子要拜她做“亲娘”；荣华也有了，一生得享富贵尊荣。

可以这样说，对贞节观的坚持是李渔女性观的基础，而且他的坚持完全是站在男性立场，贞节是对女子的要求而不能对等地要求男子。

（二）

在对贞节观的坚持上，李渔似乎是一个严肃的“卫道士”，李渔的矛盾就在

---

① 李渔《无声戏 连城璧》，《李渔全集》第八卷，浙江古籍出版社1991年，第231页。
② 李渔《无声戏 连城璧》，《李渔全集》第八卷，浙江古籍出版社1991年，第233页。
③ 李渔《无声戏 连城璧》，《李渔全集》第八卷，浙江古籍出版社1991年，第233页。
④ 李渔《无声戏 连城璧》，《李渔全集》第八卷，浙江古籍出版社1991年，第225页。
⑤ 李渔《无声戏 连城璧》，《李渔全集》第八卷，浙江古籍出版社1991年，第236页。
⑥ 李渔《无声戏 连城璧》，《李渔全集》第八卷，浙江古籍出版社1991年，第242页。

于，强调束缚女性的同时，却对女子的智慧与才华赞赏有加，显然并不以“女子无才便是德”为然。就像他在《闲情偶寄·声容部》中所说：“才德二字，原不相妨，有才之女，未必人人败行，贪淫之妇，何尝历历知书？”①只是在宣扬“教化”的小说创作中，李渔为女子智慧的展现设置里一个大的前提——贞节。

首先，在忠贞的道德前提下，女子方可以有自己独立的思考。《妻妾抱琵琶梅香守节》中的碧莲，可以在主宰自己生活甚至性命的家主马麟如面前，强势地宣称：“只有守寡的妻妾，没有守寡的梅香。……如今大娘也要守寡，二娘也要守寡，马家有甚么大风水，一时就出得三个节妇？……总来做丫鬟的人，没有甚么关系，失节也无损于己，守节也无益于人，只好听其自然罢了。”②再严苛的贞节观，制约的对象也只是有名分的妻妾而不是无名分的通房丫头；一门三节妇，仕宦世家才能拥有的巨大荣誉，不是马家这样的普通人家可以享有的福分；听命于“天”，给了马麟如“一线希望”，也给自己足够退步的“余地”。碧莲的想法真实而质朴，也符合世俗的规矩，故而家主马麟如，虽有种种不满，却也拿梅香无可奈何。

其次，在忠贞的道德前提下，女子也会义正词严，把话说得滴水不漏。《妻妾抱琵琶梅香守节》中，丫鬟碧莲在决定为马麟如守节后，要求两位主母为马麟如处理后事时这样说道：“碧莲昨日与老苍头商议过了，扶榇之事，若要独雇船只，所费便多；倘若搭了便船，顺带回来，也不过费得十金之数。碧莲闲空时节替人做些针指，今日半分，明日三厘，如今凑集起来，只怕也有一半，不知大娘、二娘身边可凑得那一半出？万一凑不出来，我还有几件青衣，总则守孝的人，三年穿着不得，不如拿去卖了，凑做这桩大事。也不枉相公收我一场。说便是这等说，也还不敢自专，但凭大娘、二娘的主意。”③先将运回马麟如棺椁的费用降至区区“十金”，消除马麟如妻妾所费巨大会破坏自己未来打算的“顾虑”。之后“胁迫”，小小通房尚可拿出辛苦积攒的五两银子——所费之一半，而两位主母在撕下贤淑的面纱之前自然无法拒绝拿出另外那一半。最后又为两位主母提供“台阶”，留住其脸面而为自己留下转圜的余地。短短百十来字，不单是“口声简断”，而且思虑周全，其言说的能力可见一斑。

① 李渔《闲情偶寄》，《李渔全集》第三卷，浙江古籍出版社 1991 年，第 142 页。
② 李渔《无声戏　连城璧》，《李渔全集》第八卷，浙江古籍出版社 1991 年，第 226 页。
③ 李渔《无声戏　连城璧》，《李渔全集》第八卷，浙江古籍出版社 1991 年，第 232 页。

最后，在忠贞的道德前提下，女子也会有爽利的行为。在中国古代社会，聪慧的女子很多，她们可能有独到的、深刻的思想，可能有流畅的、思虑周全的语言，但因为现实环境的压抑或者自身的清高，女子往往缺乏行动力，其思想与语言多只停留在头脑里或口头上，碧莲却能够将自己的所思所想付诸行动，是聪慧女子中少数真正的行动派。当碧莲决定为马麟如抚养儿子时，她不是扮出一份正义贞节的面孔，用强硬的方式逼迫两位主母，而是将自己放在弱势的地位，以处处为两位主母着想的姿态出现，既保护了马麟如之子，也为自己留足退步的空间。她对马麟如之子的保护，只是在自己家中，未将两位主母对孩子"不是咒，就是打，寒不与衣，饥不与食"①的虐待行为公之于众，留下了与二人"谈判"的可能。在两位主母先后提出改嫁而将孩子视为累赘时，碧莲对小妾莫氏的安慰是体贴式的："为甚么马家的骨血，肯拿去送与别人？莫说我不送来还你，就是你来取讨，我也决不交付。"②消除了莫氏的后顾之忧。而对正妻罗氏的交代则非常现实：自己要博"女中义士"③之名声，因而绝不会半途而废。自己"每日只消半升米、二斤柴就过得去了"④，物质上的也没有顾虑。有"半截下土，料想不生物议"⑤的六七十岁的老苍头的陪伴和照料，心理上也有所依凭。方方面面均考虑到，自然可以取信于罗氏，抚养少主的行为变得顺理成章。

综上所述，不难看出，李渔认为，在"妇德"的前提下，"妇言"、"妇容"、"妇功"同样值得欣赏和追求。明清时期，出于对男性特权的维护，处于统治地位的规则制定者们想尽办法去限制女性价值的体现，但在人文思潮的冲击下，女性才华与价值的展现又无法完全被掩饰。在这种时代背景下，李渔的女性观也必然会像其在《妻妾抱琵琶梅香守节》中表现出来的那样，矛盾重重。

（姜洪涛）

---

① 李渔《无声戏　连城璧》，《李渔全集》第八卷，浙江古籍出版社 1991 年，第 234 页。
② 李渔《无声戏　连城璧》，《李渔全集》第八卷，浙江古籍出版社 1991 年，第 235 页。
③ 李渔《无声戏　连城璧》，《李渔全集》第八卷，浙江古籍出版社 1991 年，第 236 页。
④ 李渔《无声戏　连城璧》，《李渔全集》第八卷，浙江古籍出版社 1991 年，第 237 页。
⑤ 李渔《无声戏　连城璧》，《李渔全集》第八卷，浙江古籍出版社 1991 年，第 237 页。

八　真爱之美

——《谭楚玉戏里传情　刘藐姑曲终死节》解读

爱情是文学创作永恒的主题，以描写芸芸众生的生活以获得百姓好感为创作目的的李渔自然不会放过这一大好题材。但有趣的是，严格来讲，李渔的《无声戏》中以爱情为主题的仅有两篇，一为《男孟母教合三迁》，另一则为《谭楚玉戏里传情　刘藐姑曲终死节》（以下简称《谭楚玉》）。但是，前一篇描绘的是时至今日也无法为主流社会所认可的同性之间的感情，而且故事的主体也非两位主人公轰轰烈烈的求爱历程，而是一方死去后另一方的“守节”的行为，读过之后，人们感受到的多半是对坚守爱情的敬佩，而不是对爱情本身的感动。因而，可以这样说，《谭楚玉戏里传情》是李渔《无声戏》一书乃至李渔话本中惟一的真爱，从中可以感受到李渔对“爱情”认知的清醒与理智。

《诗经》是中国最早的诗歌总集，而爱情诗则是《诗经》中最精彩出色的文字。《诗经》中对远古人类爱情的描摹，因其“原始”，与后代对爱情的描写相比更加质朴而纯粹。李渔在《谭楚玉》一篇中体现出的对爱情的理解，可以与《诗经》很多诗篇中描绘的爱情不同阶段的情绪相印证，既唯美又现实。

（一）“窈窕淑女，君子好逑”

爱情是人与人之间强烈的依恋、亲近、向往，以及无私专一并且无所不尽其心的情感。爱情的甜蜜不言而喻，爱情的产生则难以言喻。面对“你为什么爱上我”这类的问题，常有一个标准答案即“感觉”。爱情中或许真的有“一见钟情”的情况，素不相识的两个人初次见面就情定今生，不可谓不玄妙。而从“科学”的角度去分析这种“玄妙”，此种“感觉”当为人之“第六感”——直觉。而直觉的产生，源于人由眼、耳、鼻、舌、肤产生的本能“五感”：眼观五彩，耳听五音，鼻闻五气，舌尝五味，体感互动。而对初次见面的陌生人而言，听、闻、味、触的实现都显得太过失礼，只有视觉可以最大限度地发挥，所以，其实，“第六感”的产生直接的源头就是视觉，也因此，爱情的产生一定首先是感受到对方的相貌，正如诗经中所说，“窈窕淑女”方有“君子好逑”。

在爱情领域，对相貌的追求，可以是纯粹感官的，如《诗经·硕人》中那位“齐侯之子，卫侯之妻”的“手如柔荑，肤如凝脂，领如蝤蛴，齿如瓠犀”[①]，是目之可及的美丽，“四大美女”之“沉鱼落雁、闭月羞花”是这种感官之美的极致；也可以是感觉式的，如《诗经》中写“硕人”之“巧笑倩兮，美目盼兮”[②]、屈原《山鬼》中精灵之“既含睇兮又宜笑”[③]、白居易《长恨歌》中杨妃之“回眸一笑百媚生”[④]，一眼一笑，美丽自现。而在《谭楚玉戏里传情　刘藐姑曲终死节》中，谭楚玉对刘藐姑相貌的认识是双重的，既有感官上的，藐姑“容貌生得如花似玉”，“施粉则太白，施朱则太红”[⑤]，也有感觉上的，“说不尽她一身的娇媚”，“加之一寸则太长，损之一寸则太短”[⑥]。但是，也要注意到，爱情对相貌的定位不是单一的美丽或者英俊，而是模糊的“顺眼”——“各花入各眼”或者“情人眼里出西施”：美丽如“一笑有百二十种媚”的褒姒(《琱玉集》)、“艳如桃花，妖媚动人”的妲己(《封神榜》)得帝王宠爱而倾国倾城；丑陋如“善誉者不能掩其丑”(汉王子渊《四子讲德论》)的嫫母，“凹头深目，长肚大节，昂鼻结喉，肥顶少发，皮肤烤漆”(《琱玉集》)的钟离春，一样得黄帝、齐宣王爱重，一样“倾国倾城”。

相貌之所以成为爱情的源起，首先因人的自私。人是典型的感官动物，最道貌岸然的道德尊者如孟子也要承认“食、色，性也”[⑦]，人无食必亡，故以“食”为天，而对“色”的追慕却与“食”并列，可见“色”对人的诱惑之强烈。“吾未见好德如好色者”[⑧]的感慨，是对人的好色本性最深刻的认知和无奈。当然，“好色”其实也是一种现实需要，毕竟，爱情的产生或许只在一瞬间，但爱情的开始不是为了获得某一个瞬间的愉悦，而是要延续十几年、几十年的，时时日日对着一张自己完全不喜欢、不接受的面孔，也实在不是一件容易的事情，无黄帝、齐宣王的国家天平，无梁鸿、诸葛亮之大智慧，是很难忍受一副嫫母、无盐的面孔相伴自己一生的。

---

① 程俊英《诗经译注》，上海古籍出版社 1985 年，第 104 页。
② 程俊英《诗经译注》，上海古籍出版社 1985 年，第 104 页。
③ 徐儒宗、黄云生《古代情诗类析》，广西人民出版社 1987 年，第 298 页。
④ 萧瑞峰、彭万隆《刘禹锡白居易诗选评》，上海古籍出版社 2002 年，第 104 页。
⑤ 李渔《无声戏　连城璧》，《李渔全集》第八卷，浙江古籍出版社 1991 年，第 255 页。
⑥ 李渔《无声戏　连城璧》，《李渔全集》第八卷，浙江古籍出版社 1991 年，第 255 页。
⑦ 《孟子》，中华书局 2007 年，第 241 页。
⑧ 张燕婴、陈秋平、饶尚宽《论语　金刚经　道德经》，中华书局 2009 年，第 101 页。

（二）“所谓伊人，在水一方”

《诗经》中的爱情诗创造了两种爱情悲剧的模式：于被追求者而言，其最大的悲剧是如《将仲子》中“岂敢爱之？畏人之多言。仲可怀也，人之多言，亦可畏也”①，一见钟情又怎样，人言可畏而无法相爱；于追求者而言，则如《蒹葭》中所言：“所谓伊人，在水一方。溯洄从之，道阻且长。溯游从之，宛在水中央。”②相爱之人隔水相望，站在幸福对面，可望仿佛可及。两个模式，看似不同，但其本质，却都是“求不得”。“求不得”是人类最大的痛苦之一，以至于在与我们比邻的印度兴起的佛教中将之列入人生“七大苦”——“生、老、病、死、怨憎会、爱别离、求不得”之一，在与我们相隔万里的希腊神话中有“坦塔罗斯之难”——坦塔罗斯杀子为羹，款待众神，事发后受到众神的惩罚是将他囚禁于水潭中，水及下唇，潭边有果树，果平于眉。他若渴了去喝水，水位会下降，恒及与唇；他若饿了去吃果子，果枝上扬，恒平于眉——一样是求而不得。东西方在没有沟通的情况下共同将“求不得”视作人生最大的苦难。

在《谭楚玉戏里传情　刘藐姑曲终死节》一文中，李渔同样表现出对“求不得”之苦的深刻认识：与《将仲子》中的女主人公一样，刘藐姑的爱情首先面对的是被追求者的最大悲剧，她“相中他的容貌”③，对谭楚玉有情，却“畏父母之言”，因“父母拘管得紧，除了学戏之外，不许他见一个闲人，说一句闲话”④，而无法回应。同《蒹葭》的男主人公一样，谭楚玉相中美如“绝世佳人”的藐姑，期望与她“相识他于未曾破体之先”⑤，但却只能停留于“看戏看得殷勤”⑥，美女永远“宛在水中央”，隔戏台相望，台上演员与台下观众的“眉眼传情”，大概比隔水相望更令人绝望。

但特别的是，追求“不效美妇一颦，不拾名流一唾”⑦而立志“常中求奇”的李渔为爱情领域的“求不得”找到了悲剧以外的另一重解读：若无“求不得”这重

---

① 程俊英《诗经译注》，上海古籍出版社 1985 年，第 139 页。
② 程俊英《诗经译注》，上海古籍出版社 1985 年，第 224 页。
③ 李渔《无声戏　连城璧》，《李渔全集》第八卷，浙江古籍出版社 1991 年，第 256 页。
④ 李渔《无声戏　连城璧》，《李渔全集》第八卷，浙江古籍出版社 1991 年，第 256 页。
⑤ 李渔《无声戏　连城璧》，《李渔全集》第八卷，浙江古籍出版社 1991 年，第 256 页。
⑥ 李渔《无声戏　连城璧》，《李渔全集》第八卷，浙江古籍出版社 1991 年，第 256 页。
⑦ 李渔《笠翁一家言文集》，《李渔全集》第一卷，浙江古籍出版社 1991 年，第 164 页。

障碍，于藐姑而言，谭楚玉不过是“相中他的相貌”，于楚玉而言，藐姑不过是个“尤物”，要挑逗她的“思春之情”，[①]二人之间产生的恐怕不是人们称颂的美好的爱情，而是一种恶俗的肉体关系，相见继而相厌。而反过来，有了难以突破的“求不得”，于藐姑，对于从追随于戏台到追随于戏班的谭楚玉有了新的认识，“知香艳之可亲，不觉娼优之为贱，欲借同堂以纳款，虽为花面而不辞”，将之认作“情种”[②]，藐姑之心从一开始相貌的诱惑，转化为“要把一点灵犀托付与他”[③]；而于楚玉，进入戏班本是“无聊之际”，试图“破题”的举动。但是，在戏班中一而再地求不得却真的成就了二人的“爱情”：首先的障碍是“教习”，只许学戏，却禁止戏外一切的语言交流和身体接触，使本来只是“露水鸳鸯”的缘分变成了要化作蝴蝶、同飞共宿的梁山伯与祝英台的深情；之后的障碍是“规矩”，谭楚玉求“正生”角色希望更接近做“小旦”的藐姑，但梨园的规矩，禁“同班相谑”[④]，“不但有父母提防，先生拘管，连那同班的朋友都要互相纠察”[⑤]，有情的二人只好将感情倾注于他人只觉疲累的戏台，“把戏文当了实事做，那做旦的精神注定在做生的身上，做生的命脉系定在做旦的手里”。所以说，在李渔的描述中，“求不得”是将谭楚玉和刘藐姑可能的浅薄关系截断而成就二人真正深情的最大助力。

求之不得是苦涩的，但就像张爱玲在《红玫瑰与白玫瑰》中所言，对一个男子来讲，“娶了红玫瑰，久而久之，红的变了墙上的一抹蚊子血，白的还是‘床前明月光’；娶了白玫瑰，白的便是衣服上沾的一粒饭黏子，红的却是心口上一颗朱砂痣”[⑥]。人们往往会无视自己得到的，对得不到的却给予最大限度的美化和牵念，“吃不到的葡萄”最有诱惑力。

（三）“青青子衿，悠悠我心”

不幸之人各有各的不幸，但幸福之人总是一样甜美。《诗经·子衿》一篇“青青子衿，悠悠我心。纵我不往，子宁不嗣音？青青子佩，悠悠我思。纵我不

---

① 李渔《无声戏　连城璧》，《李渔全集》第八卷，浙江古籍出版社 1991 年，第 256 页。

② 李渔《无声戏　连城璧》，《李渔全集》第八卷，浙江古籍出版社 1991 年，第 256 页。

③ 李渔《无声戏　连城璧》，《李渔全集》第八卷，浙江古籍出版社 1991 年，第 256 页。

④ 李渔《无声戏　连城璧》，《李渔全集》第八卷，浙江古籍出版社 1991 年，第 259 页。

⑤ 李渔《无声戏　连城璧》，《李渔全集》第八卷，浙江古籍出版社 1991 年，第 259 页。

⑥ 张爱玲《倾城之恋》，十月文艺出版社 2006 年，第 41 页。

往，子宁不来？挑兮达兮，在城阙兮。一日不见，如三月兮”[①]，体现的是女主人公在得到爱情之后不能与爱人时时相守的轻愁，“子宁不嗣音”、“子宁不来”的小埋怨背后是“一日不见，如三月兮”的深爱的甜蜜。而在《谭楚玉戏里传情　刘藐姑曲终死节》一篇中，谭楚玉和刘藐姑在得到了对方的爱情之后，相较于《子衿》女主人公的幸运是二人是可以时时刻刻相守在一起的，闲时在同一个戏房中学戏，忙时在同一个戏台上演戏，不幸却是只是“日日相见”，依旧“如隔三秋”：先是教习先生的阻碍，“念脚本的时节不许他交头接耳，串科分的时节唯恐他靠体沾身”[②]，后是戏班朋友的监视，“不能够匠心匠意，说几句知情识趣的话”[③]。但从人的心理层面而言，对于轻易能够得到的东西往往无法意识到它的珍贵而不够珍惜，而对于要突破重重阻碍才能够获得甚至无法得到的东西，往往会有更多的执念。谭楚玉和刘藐姑为守护在重重障碍之下获得的爱情付出了更多的心思，也更加的甜蜜，他们使用了自己独特的方式谈情说爱。

在戏外，“以齿颊传情”，用的是戏班中不通文理、只识常谈俗语的“众人”所不明白的“之乎者也”。确定对方的情意如是：“小姐小姐……岂不知小生之来意乎？”[④]“人非木石，夫岂不知”[⑤]；互诉不能相守的苦楚如是：“不知等到何时，才能够遂我三生之愿？”[⑥]“只好两心相许，俟诸异日而已”[⑦]；而约定谈情的方式亦如是：“暂缔场上之良缘，预作房中之佳兆。”[⑧]

在戏班中诸人的重重监视之下，当“之乎者也”的旧话也说不得一句时，戏里传情成为二人惟一的选择，他们借助戏台上别人的爱情故事谈起了自己的恋爱：“同是一般的旧戏，经他两个一做，就会新鲜起来。做到风流的去处，那些偷香窃玉之状，偎红倚翠之情，竟像从他骨髓里透露出来，都是戏中所未有的一般，使人看了无不动情。做到苦楚的去处，那些怨天恨地之词，伤心刻骨之语，竟像从他心窝里面发泄出来，都是刻本所未载的一般，使人听了无不堕泪。”[⑨]

---

① 程俊英《诗经译注》，上海古籍出版社1985年，第160页。
② 李渔《无声戏　连城璧》，《李渔全集》第八卷，浙江古籍出版社1991年，第256页。
③ 李渔《无声戏　连城璧》，《李渔全集》第八卷，浙江古籍出版社1991年，第259页。
④ 李渔《无声戏　连城璧》，《李渔全集》第八卷，浙江古籍出版社1991年，第257页。
⑤ 李渔《无声戏　连城璧》，《李渔全集》第八卷，浙江古籍出版社1991年，第257页。
⑥ 李渔《无声戏　连城璧》，《李渔全集》第八卷，浙江古籍出版社1991年，第257页。
⑦ 李渔《无声戏　连城璧》，《李渔全集》第八卷，浙江古籍出版社1991年，第257页。
⑧ 李渔《无声戏　连城璧》，《李渔全集》第八卷，浙江古籍出版社1991年，第257页。
⑨ 李渔《无声戏　连城璧》，《李渔全集》第八卷，浙江古籍出版社1991年，第260页。

而首先，可以在戏剧舞台上传承千年的爱情故事都是经过提炼的深情和经历磨炼的经典，谭刘二人在对经典爱情的演绎中谈着自己的恋爱，反倒避免了现实爱情中因生活琐事和个人私念掺杂而带来的会消磨感情的种种不如意，因而感情更加纯粹；其次，谭刘二人在戏剧舞台上演绎的三十几本作品，各自体现了普通人可能在现实生活中需要几年甚至十几年的时间方能够完整经历的生活方方面面的喜怒哀乐，"苦者真觉其苦，乐者真觉其乐"①，把"假戏"当做实事"真做"，以一种另类的方式使二人虽纯粹但单薄的爱情丰满了起来。

相对于"浪漫"的酸腐文人的情怀，李渔是更具备现实精神的，哪怕对于宣称是人类最美好的感情的爱情，他也无法做到完全的感性，而是要更多地进行理性的思考。在李渔看来，爱情从来不是无缘无故的，爱情的发生或许止于一瞬对"相貌"的钟情，或许缘于"求不得"的不甘，但爱情的延续，一定需要两个人共同的付出、不断的沟通和丰富的经历，只有长久的共处，求同存异方能够使本来没有任何关系的人，凭借对对方的感情而共同生活下去。

（四）"死生契阔，与子成悦"

《孟子·告子上》中称："鱼我所欲也，熊掌亦我所欲也。二者不可得兼，舍鱼而取熊掌者也。生我所欲也，义亦我所欲也，二者不可得兼，舍生而取义者也。"②儒家观念里，将"道"与"义"置于最可宝贵的生命之上，为了维护作为人的尊严，为了维护正统道德规范，为了维护国家社会人民的利益，为了维护对家庭和君主的忠诚，生命都是可以被放弃的。可以这样说，在封建时代的男子世界中，以生命"殉道"是捍卫至高无上的道德规范——"忠"的最终利器。而与之相应，在封建时代女子的世界中，至高无上的道德规范——"贞节"，同样需要以生命相殉，称之为"殉情"。对于人来讲，生命的惟一性和不可逆转性决定了生命的最可宝贵。人一生中全部的其他可能性都是在肉体生命的基础上得以开展，没有物质性的身体存在，任何事情都无所依托。而人们毫不犹豫地放弃最可宝贵的生命去维系的东西自然最为珍贵。

爱情的特别在于，首先，它不是一瞬间的事，爱情的产生或许可以源于"一见钟情"，但相爱相知之后的相守却需要漫长时间不断磨合。这一方面，《谭楚

① 李渔《无声戏 连城璧》，《李渔全集》第八卷，浙江古籍出版社1991年，第260页。

② 《孟子》，中华书局2007年，第252页。

玉戏里传情　刘藐姑曲终死节》的两位主人公找到了合适于二人的特别方法，在戏剧舞台上用他人的爱情故事来体味种种挫折的考验，随着时间的不断流逝和了解的逐渐深入，二人维系爱情之心变得无比坚定，“谭楚玉断不他婚，刘藐姑必不另嫁……决不作负义忘情、半途而废之事。有背盟者，神灵殛之”①。

其次，爱情既是两个人的事，一男一女谈情说爱，也不只是两个人的事，恋爱是两个人在谈，但恋爱之后的婚姻却必然有父母亲朋等太多人的参与。在此一篇小说中，谭楚玉、刘藐姑二人相爱相知之后，相守却受到了巨大的考验。这种考验不是源于二人的内心，而是来自父母亲人。谭楚玉父母早丧，没有这重顾虑。有一个既贪慕富贵又刻薄强势母亲的刘藐姑承受了全部的压力。而这种压力的源头是刘藐姑对“贞节”的坚持：既然已经发自内心认定谭楚玉，是不能够有与他人的轻浮之举的，陪酒陪笑或者接收首饰衣物的馈赠都被她认作是对谭楚玉的背叛，因而要极力破坏，“别人把他当做心头之肉，他把别人当做眼中之钉”②的态度显然与其母要“教导他些骗人之法，好趁大注的钱财”③的想法大相径庭，母女两个的矛盾是不可避免的。而在母亲认定女儿“良不像良，贱不像贱”④，根本不肯“替父母赚钱”，因而下定决心要将其嫁给虽年近五旬，家有十一房姬妾但出得起千金聘礼的财主做“金钗十二行”时，这种矛盾已经变得不可调和。为了守住“不事二夫”的贞节，殉情成了她必然的选择。

二人爱情的开始是舞台下的谭楚玉对舞台上的刘藐姑的倾慕，爱情的延续是舞台上生与旦的对面传情，作为爱情的高潮的殉情，同样在舞台上发生：在《荆钗记》一幕戏的掩护之下，刘藐姑将戏中钱玉莲假的“抱石投江”变成了现实，真的身抱巨石，投入戏台前的大溪之中，而临跳江前，对谭楚玉一句“你难道好独自一个活在世上不成”⑤，使谭楚玉也追随藐姑投水殉情。当一段爱情可以用两个人最宝贵的生命去维系时，悲壮的同时也更见其甜美。

生命在爱情中的位置非常特别。爱情中最大的遗憾因为生命，如《长恨歌》中描绘的唐明皇与杨贵妃的爱情，一方的死亡造成阴阳两隔的事实，使爱情成为“绵绵无绝期”的“恨”；而爱情最大的美好同样因为生命，就如本篇中谭楚玉、

---

① 李渔《无声戏　连城璧》，《李渔全集》第八卷，浙江古籍出版社 1991 年，第 261 页。
② 李渔《无声戏　连城璧》，《李渔全集》第八卷，浙江古籍出版社 1991 年，第 261 页。
③ 李渔《无声戏　连城璧》，《李渔全集》第八卷，浙江古籍出版社 1991 年，第 260 页。
④ 李渔《无声戏　连城璧》，《李渔全集》第八卷，浙江古籍出版社 1991 年，第 263 页。
⑤ 李渔《无声戏　连城璧》，《李渔全集》第八卷，浙江古籍出版社 1991 年，第 267 页。

刘藐姑的殉情，可以使人们对他们产生梁祝死后化蝶相守的最美好的期待，毕竟，在时间和社会种种现实的考验之下，爱情可能流逝甚至变质，在爱情最坚贞的时候留给人们最美丽的期待，恐怕是爱情最好的结局。可以说，“死生契阔，与子成悦”这种以命相殉、生死相随的美好尚在“执子之手，与子偕老”之前。

（五）“执子之手，与子偕老”

如烟花一般在最绚烂的时刻陨落的以“殉情”为收尾的爱情固然美好，但生命毕竟宝贵，所以，能够突破重重难关，相知相守一生的爱情才更符合大多数人的期待。“执子之手，与子偕老”，两个本来的陌生人可以从满头青丝携手守望到白发苍苍，令人感动，但两个人毕竟是“两”个人，有不同的出身、不同的性格、不同的习惯、不同的追求，要实现“一”起的守望，是需要具备很多条件的。

首先，双方要有感情基础。让两个人选择婚姻的原因有很多，比如政治、比如金钱、比如权利。但无论因为什么样的理由，走进婚姻之后，能够长久的生活在一起，一定需要坚实的感情基础。这种感情的最初是“一见钟情”式的爱情，但更重要的是日久生情式的在长久相处中艰难磨合而生的亲情。就像《谭楚玉犀利传情　刘藐姑曲终死节》中的谭刘二人，他们的感情最初只是对对方相貌的倾慕，之后在演绎他人的爱情过程中钟情，在以死殉情的选择中升华，却最终在刘藐姑洗手做羹汤，苦学女工，“替人家缉麻拈草，做鞋做袜……供给丈夫读书”①和谭楚玉“日里耕田，夜间诵读”②，要为二人谋一个未来的现实生活中，习惯对方的习惯，学会为对方着想，真正得到了可以绵延一生的情感基础。

其次，双方要有共同语言。两个人的相处磨合，需要不断的交流沟通。而沟通的内容，最终可能因为共处时间愈长、共同经历的事件愈多而无需费力地寻找话题，但交流的最初是需要有共同的爱好才有沟通的基础。同时，在琐屑的生活交流中，有了对共同爱好的交流才能够增加些许的乐趣。谭楚玉和刘藐姑二人，相识于戏台，最初的交流完全是戏曲，即为谈情，也为对戏曲本身的喜爱，在经历种种波折故地重游时还惦念要“顺便做本戏文”上寿谢恩，可以想见，在二人为生计艰难度日时，或许几句生旦对唱或者对一段戏的讨论，能够为他们增添很多生活下去的勇气；而对殉情之时的救命恩人莫渔翁的归隐生活，二

---

① 李渔《无声戏　连城璧》，《李渔全集》第八卷，浙江古籍出版社1991年，第271页。
② 李渔《无声戏　连城璧》，《李渔全集》第八卷，浙江古籍出版社1991年，第271页。

人表现出同样的羡慕之感，因而可以及时退步官场，而满足于谭楚玉课渔樵耕牧、刘藐姑学蚕桑织纴的隐士生活，成为他们享受生活的力量。

最后，双方要有妥协平衡。一个人的生活变成两个人的生活，如果能够长久的维系，是一定需要双方妥协的。双方相互妥协容忍，最后找到一个双方都可以接受的平衡点，这是二人的爱情和婚姻可以长久维持的关键。在谭楚玉和刘藐姑的婚姻中，最初，为维持生计，刘藐姑可以为谭楚玉学习女工针织，谭楚玉可以为刘藐姑锄治荒田，之后，刘藐姑为谭楚玉可以专心备考，“单靠自己十个指头”[①]养家，甚至为不让其分心分力，连“买柴籴米”都一力承担，而为官为宦之后，藐姑“容貌过于娇媚，不甚宜男”[②]，谭楚玉也没有碍于“无后为大”的重压，而笃于夫妇之情，不忍娶妾……双方的付出和妥协，成就了他们婚姻的长久，“都活到九十多岁”，就意味着他们的婚姻持续了七十年，真正“执子之手，与子偕老”。

从上文的描述中，可以清楚地看到，《谭楚玉戏里传情　刘藐姑曲终死节》这个《无声戏》惟一的爱情故事，表现出了与从古至今所有经典爱情故事完全一致的特征，惟一满足李渔新奇追求的地方恐怕只是李渔为两位主人公提供了“戏台”这样一个特别的地点。这种安排，体现出李渔对爱情的特殊认识。

首先，之所以一本作品集，只有一篇真正以爱情为主题的故事，是因为李渔对自己作品的清楚定位，其小说的主要受众，不是有钱、有闲、有对不切实际的风花雪月的幻想的文人，而是最普通的、处于社会最底层的、有更多柴米油盐的现实追求的市民阶层，其对爱情故事关注远远比不上对如因果报应、清官妒妇等现实“问题”的欣赏需要。

其次，只表现爱情的共通性，是因为李渔本人对爱情认识的理性与功利。在他的生活中，爱情并不具备与多数文人一样的令人目眩神迷的巨大魅力，其所承载的更多的是稳定的家庭需要——嫡妻徐氏，侧室纪氏、汪氏、王氏为他构建家庭，延续香火——和谋利的现实需求——家班中的曹姬、乔姬、王姬为他增添糊口的砝码。李渔是功利性决定了一个女人无法满足其对“爱情”的全部期待，因而需要从不同女子身上获得不同的感受，他要从妻、从妾、从“红颜知己”那里找到获得不同阶段爱情的满足。而一个人的爱情有独特性，十个二十个甚

---

① 李渔《无声戏　连城璧》，《李渔全集》第八卷，浙江古籍出版社1991年，第271页。
② 李渔《无声戏　连城璧》，《李渔全集》第八卷，浙江古籍出版社1991年，第279页。

至更多人的爱情叠加在一起，更被关注的一定是共同点而不是相异点。而且，李渔是一个非常自我的人，在深刻认识到女子的能力与魅力之后，为了维护男性的尊严，为了不迷失自我，而不断地提醒自己不能沉浸于某“一”个女人的魅力之中，也是他把“爱情”投注给一个又一个女子的可能原因，而这种追逐爱情的方式，同样也只能看到爱情的共同点，而无法感受到爱情的相异点。

（姜洪涛）

九 妒妇之惑

——《妒妻守有夫之寡 懦夫还不死之魂》解读

嫉妒是因害怕他人超过自己，进而采取的贬低他人的行为。韩愈在《原毁》一文中就对嫉妒者的心态进行了分析：“其于人也，曰彼虽能是，其人不足称也；彼虽善是，其用不足称也。举其一，不计其十；究其旧，不图其新，恐恐然惟惧其人之有闻也。”①嫉妒之心无男女之别，也不单纯局限于爱情。就像李渔所说：“‘妒’字从才貌起见，是男人、女人通用得的。”②但中国的封建社会毕竟是男人的世界，古人造字时，便将“嫉”、“妬”、“娼”、“妎”这些带有嫉妒意义的字形皆以“女”字为偏旁。明陆容《菽园杂记》云：“女子之性善妒，故嫉妒字从女。”③《聊斋志异·邵女》亦云：“女子狡妒，其天性然也。”④而清了缘子《醋说》中更明示：“凡此皆由阴性易伏机心，原为脂粉丛中、钗裙队裡，生而即具，毫无足奇者也。”⑤在这样的背景之下，李渔虽然清醒地认识到嫉妒之心男女皆有，但他关注的仍然只是女子于爱情及婚姻家庭中的“妒”，塑造的是单纯的“妒妇”形象。《妒妇守有夫之寡 懦夫还不死之魂》一篇的女主人公淳于氏便是其中的代表。

---

① 韩愈《原毁》，《韩愈集》，凤凰出版社 2006 年，第 33 页。
② 李渔《无声戏 连城璧》，《李渔全集》第八卷，浙江古籍出版社 1991 年，第 190 页。
③ 陆容《菽园杂记》卷四，中华书局 1985 年，第 49 页。
④ 蒲松龄《聊斋志异》，上海古籍出版社 1997 年，第 893 页。
⑤ 了缘子《醋说》，《中国香艳全书》，第六集，第三卷，团结出版社 2005 年，第 715 页。

（一）妒之源

嫉妒是一种复杂的情感。在夫妻关系中的“妒”，直接的感情牵系就是爱情。人类的诸多情感中，爱情似乎最美好，但爱情也最残酷。其残酷就在于，相对于亲情友情，爱情最自私，因而爱情常表现出最强烈的占有欲。这种占有欲正是《妒妇》中淳于氏“妒”的源头。

在这篇作品中，淳于氏与其夫穆子大似乎是有爱情的：从穆子大的角度来讲，他可以忍受这样嫉妒强悍的妻子二十余年的时间，恐怕不是单纯的一个“怕”字可以解释的；而其要突破妻子的控制娶妾，也不是厌倦了妻子的“压迫”，而是中国古代社会强烈的传宗接代观念。要知道，淳于氏对穆子大的严厉控制不可能时时刻刻存在，穆子大能在二十几年后找到机会向费隐公等人求助，在之前二十多年的时间里也一定会有同样的机会，之前对所有机会的放弃很有可能就是出于对淳于氏的感情所至，而二十几年后的抗争恐怕更多是因在人生苦短的现实面前对绝嗣的恐惧，才不得已而为之。在他艰难地完成娶妾的任务后，又对淳于氏心怀愧疚，这才有了夫妻相对时那双红了的眼睛，那行不自觉流出的眼泪；他甚至是期望补偿的，愿意在有了两个年轻美丽的妾之后，仍然给妻子绝对的权威和夫妻生活上的时间优势，可见他并未因淳于氏二十余年的“虐待”而背弃二人之间的感情，“一夜夫妻百日恩”在穆子大这里不是一句空话。

而从淳于氏的角度来看，二十几年的时间里顶着“三从四德”和“七出”之条的沉重压力，艰难地保有着对丈夫的独有权，不可能单纯地只是表现自己一个女子的强悍；坚定了二十余年的淳于氏之所以会妥协，也不是出于社会舆论甚至那群好事者强权的压力，只是因为那一纸休书，她不愿也不能放弃自己守护了二十几年的“家”；在穆子大带着两个妾回到这个家之后，淳于氏对二妾的整治是她最强烈的对爱情和家的占有欲在发挥作用，而她对穆子大的强悍很有一些“哀其不幸，怒其不争”的味道，在穆子大诈死之后她的试图改嫁，一方面是出于对自己未来的考量，另一方面也是因为娶妾这一事件对穆子大的强烈失望。

穆子大娶妾后，两人的第一次见面，“不觉四滴眼泪一齐流下腮来，背了新人暗暗的哭了一会。哭到后面，知道掩饰不来，索性搂做一团，号号咷咷哭个尽兴。这是甚么原故?只因他夫妻两口做亲二十余年,不曾相骂一场,不曾分宿一夜”①。如果不是为了求子而娶妾,穆子大与淳于氏堪称一对恩爱夫妻。在这对恩爱夫妻中,看似强悍却事实上在社会伦理中处于弱势地位的淳于氏对爱情和家庭的守护及强烈的占有欲是其“妒”的真正理由。

当然,与此同时,嫉妒也是一种复杂的社会心理。佛朗西斯·培根认为:“嫉妒从来都是伴随人与我之间的比较而同生的,如果没有了比较,就没有了嫉妒。”②或者简单来讲,嫉妒之源可以是“竞争”意识。在古代社会,男子的世界开阔,除了妻子与家庭之外,他可以拥有自己的社交圈和事业,因而其竞争心理可以在家庭以外获得充分的满足。但女子不同,在封建时代,女子的生活被严格地限定在家庭之中,丈夫是其惟一可以守护的对象,在有外来者出现时,嫉妒就不可避免地产生。

这种竞争意识,在《妒妻》中表现为一种“虚幻”状态:在穆子大“娶妾”还只是停留在“向往”和“想法”的想象阶段时,淳于氏就对可能出现的竞争者发起了最强烈的对抗攻势,希望将“竞争”泯灭于萌芽中;而当经历重重关卡,两位小妾终于进入淳于氏的战场时,又因双方实力悬殊,似乎使“竞争”呈现“一面倒”的趋势,人们看到的淳于氏的节节胜利和穆子大及二妾的节节败退,只是,沉迷于胜利喜悦中的淳于氏忘记了竞争的真正目的——对丈夫穆子大所有权的争夺,所以,她得到的是表面上的胜利,而二妾却摘走了实质上的胜利果实。

相对于《妒妻》的虚幻竞争,《无声戏》另外一篇与嫉妒有关的作品《移妻换妾鬼神奇》里小妾陈氏与正妻杨氏之间的现实竞争,可以让我们对因竞争心理产生的嫉妒有更清醒的认识。《移妻换妾鬼神奇》中“竞争”是一个步步深入的过程。

在故事的最初,竞争是隐形的,虽然竞争的对象、对手客观存在:丈夫只有一个,女主人却有两位,但因为双方实力的完全不对等,让竞争无法开始。作为正妻的杨氏,因其个性软弱,尤其是当时身患恶疾,满是恶疮的恶劣情势,使她主动“放弃”了竞争的念头;而小妾陈氏,因为作为这个家庭的后来者却顺利地获得了家庭和丈夫的主导权,而“不得不”将竞争转化为“友善”。

随着故事的发展,阴差阳错,杨氏恶疾痊愈,恢复年轻美貌,有了与陈氏一

---

① 李渔《无声戏 连城璧》,《李渔全集》第八卷,浙江古籍出版社 1991 年,第 333 页。
② 培根《培根论人生》,中国友谊出版公司 2001 年,第 63 页。

争的实力,竞争变成了显性,“嫉妒”开始出现。

杨氏的嫉妒是内化的,她极力避免着丈夫的两重禁忌,在陈氏用偷窃试图让悭吝的丈夫转移对她的注意时,她宁愿放弃父母亲情,会“寄信与父母,教以后少来往些,省得累我受气”①。而当陈氏借杨氏表兄的到来将通奸的罪名强加在她头上,即将被多疑的丈夫休弃时,她的反抗是哀求:“求你积个阴德,暂且留我在家,细细地查访,若没有歹事,你还替我做夫妻;若有一毫形迹,凭你处死就是了,何须休得。”②在成功激起丈夫的同情之心勉强留在家中之后,一面忍受“日间不共桌,夜里不同床”③的苦难,一面却在家堂香火前诅咒算计者,但所求却是“定要求菩萨神明昭雪我的冤枉,好待丈夫回心转意”④。忍辱留在家中是要在弱势中至少保有与陈氏竞争的战场,而诅咒是无奈时的无奈反抗。

陈氏的竞争是外化的,甚至是不择手段的:当她代替杨氏挑战丈夫的悭吝时,嘱咐父亲、买通道婆、看准时间——杨氏家人探望,然后将偷来的东西扔过围墙就可以了,是一个并不需要费太多心力的操作过程;而当她算计杨氏挑战丈夫的多疑时,却是步步为营:放弃一晌之欢将丈夫逐出己房推给杨氏是开端,制造了误会的场所;摆脱所有下人的视线打开二门是发展,制造了误会的机会;将杨氏表兄半夜弄醒并引入内堂是高潮,制造了误会的情境;而在杨氏要被丈夫休弃时求情是结局,留杨氏在家不是同情,而是认为其毫无竞争力,要在丈夫面前强化她善良的形象,也是消除丈夫对误会的“疑虑”和可能对自己的怀疑的神来之笔。

在这个家庭中,正妻与小妾之间,对丈夫的争夺就是二人嫉妒的源头。或许,《妒妻》中的淳于氏正是预见到《移妻》中小妾陈氏与正妻杨氏竞争之残酷与惨烈,才用尽各种手段,期望将穆子大娶妾进门的愿望消除于萌芽状态。不过,不必感叹淳于氏或者陈氏为获得竞争胜利而采用的种种手段,因为,在古代社会,女子之嫉妒绝不单纯源于情感和心理原因,其实质是一种社会行为,相较于对丈夫的占有,保有自身社会地位才是其根本考量。

淳于氏之所以婚后无子二十年仍不许丈夫娶妾,并不是她认为“无后”是对

---

① 李渔《无声戏 连城璧》,《李渔全集》第八卷,浙江古籍出版社 1991 年,第 196 页。
② 李渔《无声戏 连城璧》,《李渔全集》第八卷,浙江古籍出版社 1991 年,第 199 页。
③ 李渔《无声戏 连城璧》,《李渔全集》第八卷,浙江古籍出版社 1991 年,第 199 页。
④ 李渔《无声戏 连城璧》,《李渔全集》第八卷,浙江古籍出版社 1991 年,第 199 页。

的，而是因为她清楚地知道，若有一个年轻美丽的妾入门，又为丈夫生下儿子，她的家庭地位将无法保障。或许因为夫妻的感情，在穆子大活着的时候，她的生活水准不会有太大的降低，但穆子大死后的生活是她无法想象的，因而只能以强硬的姿态从源头避免这一可怕状况的出现。而惟一能够让这个强势女人屈服的，就是丈夫的一纸休书——彻底地剥除其家庭地位的有力武器。

作为正妻，强势的淳于氏尚要屈服于“家庭地位”，作为妾的陈氏对“家庭地位”的向往就更加强烈，因为在正常情况下，妾更难保有自己在家庭中的位置。淳于氏对丈夫身死后的可怕想象，陈氏一样拥有，甚至更凄凉。丈夫身死后，正妻可以留在其家族中，虽然守节很苦，但对那个时代无谋生手段的女子来讲，仍然是一个可以接受的归宿。而对妾的处置，得看正妻的态度，任其守节、改嫁可以，被卖入青楼妓馆一样可以，命运不能由自己决定。对现实的清楚认识，是小妾陈氏不择手段也要取得丈夫欢心，并进而获得当家主母位置的真正原因。

在女子几乎没有社会地位和生存手段，只能依赖丈夫获得生活来源的古代社会，无论为妻为妾，女子只能站在自己的立场上从最悲观的角度去设想，然后用尽自己一切能够想到的手段去获得自己的最大利益。

因情感上对丈夫的占有欲，因社会心理中强烈的竞争意识，因社会行为中对自身家庭地位的忧虑，构成了《妒妇守有夫之寡　懦夫还不死之魂》中的淳于氏的嫉妒之源。

（二）妒之行

每个思想都可以结出现实之果。这种观点在淳于氏身上体现得极为鲜明。妒之源更多的是体现在心理层面上，但其内心深处对丈夫和家庭的控制欲望却不可避免地外化为嫉妒的行为。

淳于氏，一因其入门为正妻，占据了世俗礼法赋予的“妒”的有利地位，二因其本身性格的足够强悍——是个“不受欺骗，不怕吓制之人”[①]，三因其夫穆子大“祖荫的惧内”——“父传与子，子传于孙，再不曾空了一代”[②]，三重原因决定了淳于氏的妒行是不加掩饰的真正的悍与恶。

挟制丈夫。在父权至上、夫权至上的古代社会，淳于氏做到了对家庭和丈

① 李渔《无声戏　连城璧》，《李渔全集》第八卷，浙江古籍出版社 1991 年，第 326 页。
② 李渔《无声戏　连城璧》，《李渔全集》第八卷，浙江古籍出版社 1991 年，第 323 页。

夫严厉并有效的控制。在娶妾的问题上，嫁入穆家二十余年无人敢提及，她的公公只能在临死之前偷偷地作为遗愿托付给费隐公，而她的丈夫也只能在被“关在家中，一步也不许走动”[1]地被迫服阙三年后，才“转托朋友”将费“约至别处”求“御妒之计”；而为了将娶妾以传宗接代的决定告知淳于氏，穆子大先要借“妒总管”之名才敢“耀武扬威”地诉诸语言，后要借上百秀才“起兵剿妒”方可付诸行动，最后需逃跑诈死才能修成正果，可见淳于氏之强悍；而在整个行动的过程中，受尽皮肉之苦的，不是“弱小”的女子淳于氏，而是“强大”的男子汉穆子大，娶妾之前如是：“这个初犯断饶不得，好好跪过来领打”[2]，“把丈夫擒倒在地，捏个家法打个不数”[3]，“拷打丈夫，定要逼他画了供状，千年万载不敢娶妾，方才住手”[4]；娶妾之时亦如是：那干替他疗妒的朋友，要“千不孝”，“万乌龟”地骂，“又扭住他的胸脯，你捶一空拳，我踢一虚脚”[5]，做尽姿态，穆子大才敢在淳于氏面前以被迫的、不得已的可怜相写出那一张作为最后武器的“休书”。娶妾之后还如是：被淳于氏关在门外没有栖身之所时，穆子大只能“走至灶前，到乱草窠中去投宿”，还“亏得一只义犬，把热烘的床铺搭了家主，与他抵足而眠”，“还不十分狼狈”[6]。而那根想用来敲打淳于氏的门闩，落到淳于氏手中，“要起就起，要落就落”，“在穆子大身上翻了几十个筋斗”[7]，穆子大却只能与二妾一处领竹板，吃皮鞭，“日间不许见面，夜里不准闻声”[8]，毫无反抗之力，只能假托考科举方得逃得一命。

惩治二妾。对穆子大在费隐公及众人帮助之下终于娶进门的两个年轻美丽的妾，淳于氏没有半点同为女子的同情，打与骂丝毫没有顾忌。初进门便被推出门外冻了一夜，“冻得头青面紫，抖做一团”[9]，连想向丈夫诉苦，却“被上面的牙齿与下面的牙齿相打不过，一句也说不出来”[10]；淳于氏对穆子大宣下的誓

---

① 李渔《无声戏　连城璧》，《李渔全集》第八卷，浙江古籍出版社 1991 年，第 324 页。
② 李渔《无声戏　连城璧》，《李渔全集》第八卷，浙江古籍出版社 1991 年，第 326 页。
③ 李渔《无声戏　连城璧》，《李渔全集》第八卷，浙江古籍出版社 1991 年，第 326 页。
④ 李渔《无声戏　连城璧》，《李渔全集》第八卷，浙江古籍出版社 1991 年，第 327 页。
⑤ 李渔《无声戏　连城璧》，《李渔全集》第八卷，浙江古籍出版社 1991 年，第 328 页。
⑥ 李渔《无声戏　连城璧》，《李渔全集》第八卷，浙江古籍出版社 1991 年，第 339 页。
⑦ 李渔《无声戏　连城璧》，《李渔全集》第八卷，浙江古籍出版社 1991 年，第 342 页。
⑧ 李渔《无声戏　连城璧》，《李渔全集》第八卷，浙江古籍出版社 1991 年，第 347 页。
⑨ 李渔《无声戏　连城璧》，《李渔全集》第八卷，浙江古籍出版社 1991 年，第 338 页。
⑩ 李渔《无声戏　连城璧》，《李渔全集》第八卷，浙江古籍出版社 1991 年，第 338 页。

言“我既要死，也不肯好好就死，定要把新来的人打上几十顿，骂上几百遭，等他那两条性命将要结果的时节，才到阴司去等他”[①]，在现实中不折不扣地贯彻实施，一顿毒打“皮破血流”不说，在穆子大离家时，两个女子便自认全无生还之理，“取出一把剃刀，都要自刎”[②]了；最后淳于氏未将二妾打死而是发卖远方，卖婆的“一断祸根，二积阴德，三省银子与棺材”的三条理由中，恐怕最后一个方是打动淳于氏的真正原因。待淳于氏背了“失节改嫁”之过，两个生子有功的妾，也只能认“大毕竟是大，小毕竟是小”，“只要大娘略宽厚些”，就得“依旧顶你在头上”[③]，可见淳于氏积威之重。

最后，之所以说淳于氏的妒行是“真恶”，除了体现于其行为的强悍，更重要的是，她在嫉妒时的理直气壮。淳于氏是发自内心地认为，嫉妒没有错、管制丈夫没有错、宁愿断后也不许丈夫娶妾没有错，“我家绝嗣与别人何干，他来逼你娶小？就是男子不敢娶，妇人不容娶，也是仕宦人家的常事，又不是谋反叛逆，为甚么就征剿起来”[④]；众人羡慕的“正夫人不倡酸风，众姬妾莫知酸味”[⑤]的“妒总管”，在淳于氏看来是“自己要做乌龟，讨了一伙粉头在家接客”[⑥]；“醋大王”被费隐公收服，做起“贤良女子”，不再吃醋，可淳于氏却觉得屈服于丈夫才是“倒了威风”，“败坏名节”；而淳于氏在为穆子大讨公道的众秀才面前对男子娶妾的那段议论：“你们这些鼠辈，以前都是好人，只因拜了个乌龟头目做了门生，都学他做起乌龟来，那一个不讨些粉头，在家里接客？只因我家男子不肯学样，你怪他独为君子，恐怕在背后讥诮你们，所以千方百计，也要逼他讨几个。如今粉头也讨了，乌龟也做了，为甚么还放他不过，要打上门来？难道要借我妒忌名，好弄这两个淫妇出去，放在你们家里，借别人的粉头替自己接客不成？”[⑦]话虽显粗糙，但其中将不娶妾之人认作“君子”和对一夫一妻坚贞情感的坚持却只能让那干人无言以对了。

相对于理直气壮的淳于氏，《移妻》中陈氏的妒行就要隐晦得多。一是其妾

---

① 李渔《无声戏 连城璧》，《李渔全集》第八卷，浙江古籍出版社 1991 年，第 335 页。
② 李渔《无声戏 连城璧》，《李渔全集》第八卷，浙江古籍出版社 1991 年，第 348 页。
③ 李渔《无声戏 连城璧》，《李渔全集》第八卷，浙江古籍出版社 1991 年，第 361 页。
④ 李渔《无声戏 连城璧》，《李渔全集》第八卷，浙江古籍出版社 1991 年，第 325—326 页。
⑤ 李渔《无声戏 连城璧》，《李渔全集》第八卷，浙江古籍出版社 1991 年，第 317 页。
⑥ 李渔《无声戏 连城璧》，《李渔全集》第八卷，浙江古籍出版社 1991 年，第 326 页。
⑦ 李渔《无声戏 连城璧》，《李渔全集》第八卷，浙江古籍出版社 1991 年，第 343 页。

的身份本身就不是很理直气壮，或许她自己不承认，但内心深处总会有怯懦，无论如何要为自己留下退步的余地；另外也因其夫韩一卿，公正而严厉，他在正妻杨氏病愈后并不因娶妾而有所偏颇，“妻子容貌复旧，自然相爱如初，做定了规矩，一房一夜”[1]，而他的悭吝与多疑可以让妻妾噤若寒蝉，妻妾犯错或打或休从不手软。二者的共同作用就使陈氏的妒行多不能够明目张胆地为“恶”，需要时常披上“善”的外衣。在正妻杨氏恶疾在身的时候，她是发自内心地希望杨氏速死好取而代之，但在表面上，嘴里要说得好听：杨氏若好，“她先来，我后到，凡事自然要让她。莫说一边一夜，就是她六我四，她七我三，也是该当的”[2]，行为上要催丈夫买药调治，推丈夫去与她同睡。在杨氏恶疾渐愈，自己的如意算盘似乎要落空时，做了最恶的事——要父亲弄来毒药，以期早日结果杨氏，却在接近得手时，扮出最悲伤的姿态——“叫天叫地，哭个不停”[3]，做出最体贴的埋怨——“丈夫不肯上心医治”[4]；待杨氏病愈，恢复如初美貌，与她共享丈夫之后，无论是嫁祸偷盗还是奸情，都是暗中手脚，一旦杨氏所谓“奸情”被撞破，却要先出于“信任”替其辩护：“大娘是个正气之人，决无此事。”[5]在韩一卿欲一纸休书休弃杨氏称其心愿时本该落井下石，却因为“同情”，要规劝韩一卿：“求你恕她个初犯，以后若再不正气，一总处她就是了。”[6]

相较而言，淳于氏的“恶”更能体现泼妇本色，也更严厉，可以对自己的丈夫非打即骂，从任何角度来讲，都不是值得原谅的行为，但因为其妒是出于本心，妒得理直气壮，反而更容易被人接受和同情。而陈氏的“善”，虽然对丈夫和正妻杨氏都没有造成严重的后果，但因其“善之行”与“妒之心”的强烈反差，反倒更让人厌恶。因为，相对于“真小人”，人们恐怕更加痛恨“伪君子”。只是，无论做法是善与恶，都无法改变其嫉妒的本质，其共同追求的结果，就是要获得对丈夫的占有权，进而保有自己在家庭中的地位。

---

① 李渔《无声戏　连城璧》，《李渔全集》第八卷，浙江古籍出版社 1991 年，第 196 页。
② 李渔《无声戏　连城璧》，《李渔全集》第八卷，浙江古籍出版社 1991 年，第 194 页。
③ 李渔《无声戏　连城璧》，《李渔全集》第八卷，浙江古籍出版社 1991 年，第 195 页。
④ 李渔《无声戏　连城璧》，《李渔全集》第八卷，浙江古籍出版社 1991 年，第 195 页。
⑤ 李渔《无声戏　连城璧》，《李渔全集》第八卷，浙江古籍出版社 1991 年，第 198 页。
⑥ 李渔《无声戏　连城璧》，《李渔全集》第八卷，浙江古籍出版社 1991 年，第 199 页。

（三）妒之果

嫉妒之源和嫉妒之行的叠加，必然结出嫉妒之果。《妒妇守有夫之寡 懦夫还不死之魂》中的淳于氏似乎幸运地守护住了自己的家庭：在她几经波折回到她的家之后，两个妾选择臣服的态度："大毕竟是大，小毕竟是小……依旧顶你在头上。"[①]丈夫最终回心转意，虽宣称是"蛮妻拗子，无法可治"的，"只好如此"，却也"依旧做了夫妻"[②]。之后家族"连生六子，眼见十孙"，成一县"第一个繁衍之族"[③]。"夫妻之内，大小之间，竟和好不过"[④]。而《移妻换妾鬼神奇》中的陈氏要悲惨得多，她最终失去了自己的阵地与尊严：在"鬼神"要她招认罪行的那一夜，与"癞猪"同睡，过了一身"癞疮"，让她失去了与杨氏争宠的可能："一卿靠着他，就要喊叫起来"，只能"便宜不会吃醋的杨夫人"[⑤]，也彻底失去了重新得到丈夫的宠爱的资本：将一身"雪白肌肤，变作牛皮蛇壳"[⑥]。

出现这样的反差，首先的原因是身份。淳于氏是正妻，更容易被谅解，而陈氏是小妾，必须对其冒犯的行为严加惩罚。

其次是因二人的行为本身。淳于氏的最终被宽恕，根本原因是其嫉妒的行为并未真正触及礼法底线。她对穆子大虽非打即骂，且想尽一切办法阻止其娶妾，但她最终还是让两个妾进了门，穆子大并没有因她的阻止而绝嗣，这都是她可以被原谅的理由。并且，她对那两个妾的处置，虽有"虐待"嫌疑，却只将其发卖，并未害其性命。而相反，小妾陈氏却几次三番欲置人于死地，面对满身癞疮的将死之人，非但没有同情，反而下了毒药，想早些结果了她的性命，其狠毒可见一斑。或许可以这样说，嫉妒本身是可以原谅的，但生命是底线。未起害命之心的淳于氏可以原谅，行了杀人之事的陈氏就必须受惩罚。

最后，也是最根本的原因，还在二人的丈夫身上。嫉妒不是一个人的过错，面对妒妻，做丈夫的态度可以分为惧与不惧两类。《妒妇》里淳于氏之夫穆子大是惧内的典型。其惧内的原因其一是由其性格决定的。从作品中可以很清楚

---

① 李渔《无声戏 连城璧》，《李渔全集》第八卷，浙江古籍出版社 1991 年，第 361 页。
② 李渔《无声戏 连城璧》，《李渔全集》第八卷，浙江古籍出版社 1991 年，第 362 页。
③ 李渔《无声戏 连城璧》，《李渔全集》第八卷，浙江古籍出版社 1991 年，第 362 页。
④ 李渔《无声戏 连城璧》，《李渔全集》第八卷，浙江古籍出版社 1991 年，第 362 页。
⑤ 李渔《无声戏 连城璧》，《李渔全集》第八卷，浙江古籍出版社 1991 年，第 205 页。
⑥ 李渔《无声戏 连城璧》，《李渔全集》第八卷，浙江古籍出版社 1991 年，第 205 页。

地看到穆子大的懦弱与犹豫，面对淳于氏的打骂，甘心承受；在外人帮助下决意娶妾，也要躲在众人之身后，在一再“威逼”下才敢结结巴巴地表达自己的愿望。在一个懦弱的人和一个强势的人的战争中，自然是弱者惧。

其二，谢肇淛在《五杂俎》称：“惧内者有三：贫贱相守，艰难备尝，一见天日，不复相制，一也；枕席恩深，山河盟重，转爱成畏，积溺成迷，二也；齐大非偶，阿堵生威，太阿倒持，令非己出，三也。”[①]从作品来看，之一与之三的情况都不存在，似乎穆子大惧内的原因只能归结为第二点，“枕席恩重”，这从作品中“夫妻两口做亲二十余年，不曾相骂一场，不曾分宿一夜”[②]的句子中得到印证。在一段爱情中爱的人与被爱的人，自然是爱的人先惧。

其三，淳于氏也确实做到了“妇人欲干男子之政，必先收其利权，利权一入其手，则威福自由，仆婢贴服，男子一动一静彼必知之，大势既成，即欲反之，不可得已”[③]。家中丫鬟奴仆在其威势之下，均倾向家中主母。在穆子大最初爱意的纵容下，淳于氏逐渐将家中下人收服，成为她的左膀右臂。无事时，这些人帮助淳于氏照料穆子大的生活；有事时，丫鬟奴仆成为淳于氏的耳目，让穆子大任何想要出轨的思想和行为无所遁形。一个懦弱的人与由一个强势的人所领导的群体对抗，穆子大如何不惧？

相反，陈氏之夫韩一卿是一个不惧的典型。韩一卿对杨氏和陈氏，他并不是没有感情，但这种感情在他的原则面前都必须让步，因而，他可以在妻妾犯错时非打即骂，可以在妻妾的错误触及自己的底线时毫不犹豫地休弃。无论是正妻杨氏还是小妾陈氏，都没有承担如淳于氏那样的当家主母的角色，这个家庭的真正管事者是韩一卿自己，所有的下人都是从韩一卿那里获得报酬，因而完全听命于韩一卿，所以陈氏的嫉妒行为除了要避开一卿外，还要躲避家中下人的耳目。韩一卿是一个“大富长者”，杨家和陈家都希望从韩家获得物质上的帮助，这样的诉求让韩一卿在两个女子面前有了先天的心理优势。

（姜洪涛）

---

① 谢肇淛《五杂俎》，上海书店出版社2001年，第148页。

② 李渔《无声戏 连城璧》，《李渔全集》第八卷，浙江古籍出版社1991年，第333页。

③ 谢肇淛《五杂俎》，上海书店出版社2001年，第148页。

十 人不风流枉少年

——《寡妇设计赘新郎 众美齐心夺才子》解读

“风流”一词有如下几种解释：风韵，好的仪态风度；才华出众业绩突出；自成一派，不拘泥于礼教；具有色情特点或色情上得到满足；风俗教化等。而李渔的《寡妇设计赘新郎，众美齐心嫁才子》完整展现了男性对“风流”的理解与追求，正所谓“人不风流枉少年”。

（一）

相貌是人们相互认识的开始。事实上，人们可以从一个人的相貌上获得很多的信息，比如出身，出身富贵的人和出身穷苦的人，因其生活状况的不同，相貌上会有差别；比如心境，愉快乐观的人和痛苦悲观的人，因其为人处世的心态不同，相貌上会有差别；比如生活状态，忙碌辛苦的人和清闲怠惰的人，因其付出劳作时间的不同，相貌上会有差别；比如文化程度，满腹经纶的人和目不识丁的人，因其思考深度的不同，相貌上会有差别；比如职业，脑力劳动的人和体力劳动的人，因工作性质的不同，相貌上更会有差别。“相由心生”，诚不我欺。

而李渔，虽出身药商家庭，但自己却是以文为生，其笔下的人物多是文人，李渔对“文人”的相貌有着相当偏执的要求。《寡妇设计赘新郎 众女齐心夺才子》中，对于那位成为诸多女子追逐焦点的吕哉生，李渔描写其相貌的方式不是正面的描述，而是侧面的烘托：首先，侧重写其父母的“优秀”的遗传基因：其父吕春阳“少年时节原是个绝标致的龙阳”[1]，其母“是个极美丽的扬州瘦马”[2]，“绝精的印子”自然“印出齐整的花样”[3]；其次，周围女子的“无耻”倾慕：“路上人家的妇人，无论老少，都要扯进去顽耍，心上爱他不过。”[4]李渔虽未正面描写吕哉生的眉眼身形，两个侧面因素叠加，其相貌可以想见。而且，应该注意到，

① 李渔《无声戏 连城璧》，《李渔全集》第八卷，浙江古籍出版社1991年，第369页。
② 李渔《无声戏 连城璧》，《李渔全集》第八卷，浙江古籍出版社1991年，第369页。
③ 李渔《无声戏 连城璧》，《李渔全集》第八卷，浙江古籍出版社1991年，第369页。
④ 李渔《无声戏 连城璧》，《李渔全集》第八卷，浙江古籍出版社1991年，第369页。

吕哉生的相貌应该不是现代的男子汉的“英俊”，而是更具有中性意味的“俊俏”，而这也正是李渔对“风流”中男子风度仪表的理解。在《无声戏》中，除了刻意塑造的“十不全”阙里侯，男主人公的相貌往往都具有这样“俊俏”的特征：如《美男子避祸反生疑》中蒋瑜的“标致”①，《男孟母教合三迁》中许季芳的“风姿甚美”②等等均如是。

之所以有对“俊俏”相貌的偏执要求，与李渔戏曲家的身份有关。虽然同样以底层的普通市民为接受对象，但《笠翁十种曲》中呈现出来的故事，却不像《无声戏》中那么多带有教化目的的内容。毕竟，普通百姓在忙碌艰辛的生活之余拿出一点钱去看戏，一味说教很难被接受，反倒是其现实生活中不可能实现但却让人充满向往的才子佳人的浪漫爱情更能吸引其注意，所以《笠翁十种曲》中，多数是生旦爱情故事，可以在戏曲舞台上扮演正生一角的，或者是经过精细化妆的男子，或者是女扮男装，其相貌自然不可能具有浓厚的男子汉的味道，而更多地呈现一种中性的“俊俏”状态。

在《寡妇设计赘新郎　众美齐心夺才子》中，才子吕哉生之所以得众美人的青睐，其“仙子一般”的相貌只是诱因，更被看重的是其“才名籍甚”③。在他与三位名妓的交往中，三个才貌双全的女子之所以放下嫉妒之心对吕哉生死心塌地，原因是从他那里得到“铁券”④般的情诗：身态轻盈的沈留云得其绝句一篇：“云爱云爱霓裳淡欲飞，人间若个许相依？襄王爱作巫山梦，留住行云不放归。”⑤肌肤白美的朱艳雪得小令《风入松》一首：“十年留意访婵娟，今日始逢仙。梅花帐里偕鸳梦，闲评品、柳媚花妍。气似幽兰馥馥，神凝秋水涓涓。醒来疑在雪中眠，莹质最堪怜。又怪人间无艳雪，多应是、玉映霞天。焉得良宵不旦，百年长卧花前。”⑥眉眼最具别样风情的许仙俦得曲《黄莺儿》一支：“处处惹人愁，最关情，是两眸，等闲一转教人瘦。腰肢恁柔，肌香恁稠，凡夫端的难消受。与卿谋，人间天上，若个许相俦。”⑦一诗一词一曲的使用，吕哉生既证实了

① 李渔《无声戏　连城璧》，《李渔全集》第八卷，浙江古籍出版社1991年，第44页。
② 李渔《无声戏　连城璧》，《李渔全集》第八卷，浙江古籍出版社1991年，第44页。
③ 李渔《无声戏　连城璧》，《李渔全集》第八卷，浙江古籍出版社1991年，第375页。
④ 李渔《无声戏　连城璧》，《李渔全集》第八卷，浙江古籍出版社1991年，第378页。
⑤ 李渔《无声戏　连城璧》，《李渔全集》第八卷，浙江古籍出版社1991年，第377页。
⑥ 李渔《无声戏　连城璧》，《李渔全集》第八卷，浙江古籍出版社1991年，第377页。
⑦ 李渔《无声戏　连城璧》，《李渔全集》第八卷，浙江古籍出版社1991年，第378页。

自己的无双才华，又换得了三位才女的青睐。

明清时期，科举对于文人，不是选择，而是必须。《寡妇设计赘新郎》中，吕哉生为参加科举而学习的过程，是其学会做人，"正行止"的过程。他的两位先生，前一位"进退出入之间，管得十分严紧"①，稍有差错，即行打骂处罚；后一位认为"举人进士是前世修的，正人君子是今世学的"②，"每到朔望之日，教他把《太上感应篇》朗颂一过"③，使外貌俊俏的吕哉生"与书本为缘，没有分心之处"④。而吕哉生参加科举考试的过程，是其证明文人的才华和价值的过程：十四岁赴考，县尊就取他第一；在扬州地方考了案首，回到福建，也不曾考个第二。由县而府，由府而道，处处都是他领批；入监之后，没有一次考试不在前列，未及一两年，就做了积分的贡士……吕哉生这一系列科举经历，其实是李渔曾经的得意和科举梦想的延伸。

但要知道的是，李渔的科举经历仅止于"少年得意"，童子试成为"五经童子"⑤后，等待他的是乡试的落榜、因战乱的错失、改朝易代后的无意等等一系列的科举"失意"。落第会让他沮丧，错失会让他遗憾，但改朝易代的过程中，亲见大好河山满目焦土，遍地荒凉，李渔对科举的看法变得诡异而滑稽：他仍然坚持"要求"文人必须参加科举考试，但考科举的目的，不是封妻荫子、光宗耀祖，实现文人的人生价值，而是"要做风流才子，只好多娶几房姬妾……要想姬妾众多，除非中了科甲，方才娶得像意；不然就拼了银子娶来，那些姬妾也是勉强相从，不觉得十分遂意"⑥。通过科举之后，李渔关注的也非为官一方，去造福百姓、安邦定国，而是要追求自己更闲适自在的生活，作品中的吕哉生是这样，自幼习得的文采是为了搏"红颜知己"一笑，科举换来的名声和官职最终只是他周旋于娇妻美妾中的资本。科举是"才子"是"才"的最好证据，而科举之后的潇洒是"风流"不拘泥礼教的自我意识的彰显。

---

① 李渔《无声戏　连城璧》，《李渔全集》第八卷，浙江古籍出版社1991年，第371页。
② 李渔《无声戏　连城璧》，《李渔全集》第八卷，浙江古籍出版社1991年，第371页。
③ 李渔《无声戏　连城璧》，《李渔全集》第八卷，浙江古籍出版社1991年，第371—372页。
④ 李渔《无声戏　连城璧》，《李渔全集》第八卷，浙江古籍出版社1991年，第374页。
⑤ 李渔《春及堂诗跋》，《李渔全集》第一卷，浙江古籍出版社1991年，第134页。
⑥ 李渔《无声戏　连城璧》，《李渔全集》第八卷，浙江古籍出版社1991年，第374页。

（二）

在明清思想解放氛围中，文人圈中呈现出的纵欲风气，妻妾成群、知己无数，在明末清初的文人中，是时尚也是必须。李渔是这种风流观的奉行者，据《龙门李氏宗谱》记载，李渔除正妻徐氏外，另有侧室纪氏、汪氏、王氏、曹姬、乔姬、王姬、黄姬等等。而《寡妇设计赘新郎　众美齐心夺才子》中吕哉生的风流韵事充分体现了李渔对风流的认识。

首先，才子的“风流”是有基本标准的：当“才子”具备了美貌和才华两方面的资本后，就有了选择的权力，其对象也需要在貌和才上达到一定的标准。才子佳人的组合才符合旁观者和才子本人的期待。毕竟，面对“美男娶丑妻”的状况，吕哉生这样容貌如“绝美的妇人”①的风流才子，真的生不如死。这种感觉，不仅当事人会有，旁观者也会有。当李渔以“救世主”的姿态安排吕哉生的“又麻又黑，又且痴蠢”②的“糟糠之妻”“暴病而亡”时，不仅吕哉生获得了解脱，连读者也会有轻松的感触。在李渔的理解中，相对于婚姻所要求的门当户对，才子的风流更需要的是才貌相当。才如吕哉生者，当有姿态“轻飘无着”③如行云的沈留云，肌肤“白到极致，又从白里透出红来”④的朱艳雪，眉眼风情“骚到极致，又能骚而不淫”⑤的许仙俦，以及“奇娇异媚”⑥如乔小姐，有“绝世的姿容”⑦的曹婉淑相配，方不负哉生之倾心与读者之期待。

其次，与才子谱写风流的对象，第一选择绝非良家妇女，而是“名妓”。“才子”的品格决定了其“风流”绝不应以败坏女子的名节开始，所以在最重贞节观的古代社会，良家女子一方面不可能有与才子风流的机会，另一方面也非才子风流的最佳对象。而在有貌、有才、有数量，并且无贞节的顾虑，最好的选择就是青楼的名妓们。名妓，是妓女中的特殊群体。自古名士众多，往往随着时间的流逝被遗忘和湮没，反而是名妓的故事可以千古流传。吕哉生在去除了那位

① 李渔《无声戏　连城璧》，《李渔全集》第八卷，浙江古籍出版社 1991 年，第 375 页。
② 李渔《无声戏　连城璧》，《李渔全集》第八卷，浙江古籍出版社 1991 年，第 375 页。
③ 李渔《无声戏　连城璧》，《李渔全集》第八卷，浙江古籍出版社 1991 年，第 377 页。
④ 李渔《无声戏　连城璧》，《李渔全集》第八卷，浙江古籍出版社 1991 年，第 378 页。
⑤ 李渔《无声戏　连城璧》，《李渔全集》第八卷，浙江古籍出版社 1991 年，第 378 页。
⑥ 李渔《无声戏　连城璧》，《李渔全集》第八卷，浙江古籍出版社 1991 年，第 379 页。
⑦ 李渔《无声戏　连城璧》，《李渔全集》第八第，浙江古籍出版社 1991 年，第 380 页。

“丑妻”的障碍之后，自然而然将视线转向章台楚馆，在百里挑一的选择后，能书善画、且容貌上乘的三位名妓最终成为吕哉生的入幕之宾，与其一起谱写才子佳人的风流故事。在这种一对多的关系中，精力和情感的限制使男子无法保持其在一般男女关系中追逐者的位置，“男子不去嫖妇人，妇人倒来嫖男子”①，在与吕哉生一夜风流之后，要“几两参价赠他，为偿精补肾之费”②，所付出的金钱与礼物，“虽不叫做嫖金，其实与嫖金无异”③。李渔的“开明”在于，他认为真正的风流，不是男子对女子的讨好，而是男子被女子追逐，为妓所嫖的吕哉生并不丢人，反倒让人羡慕。在李渔自己的生活中，乔姬与王姬是其家班的主力演员，乔王二人早逝之后，李渔的家班无以为继地解散就能够证明这两个女子的魅力。换一个角度来讲，在这段时间中，李渔安身立命、养家糊口的财产其实是这两个女子出卖自己的才华和美貌而获得，某种意义上，骄傲如李渔也曾做过被付“嫖金”的风流才子。

无论如何开明，被妓女所嫖的事实对于风流才子来讲，实在有损男性的尊严，所以在《寡妇设计赘新郎　众美齐心夺才子》的后半段，李渔极力从各种角度去挽回男性的颜面和地位。

“五美”中三位名妓对吕哉生的付出，是主动且心甘情愿的：三位女子在得到吕哉生的认可之后，“一个嫖客也不接，终日守着他”④；美丽骄傲如三女毫无嫉妒之心，满足于为吕哉生做小，甚至愿意出聘金为吕哉生聘娶正妻。“情愿”二字，将付“嫖金”的铜臭与功利变得浪漫而唯美。

“五美”中做了吕哉生正妻的乔小姐的出现，证明对风流才子而言，“风流”只是调剂，“家庭”才是必需。在正妻的选择上，其实容貌才华都可以退而求其次，妻子若“奇娇异媚”或“贤惠绝伦”⑤可做意外之喜，首要是其必须出身清白，“是一件簇新的玩器，不曾有人鉴赏过”⑥，贞节至关重要。这才是李渔观念中完整的、完美的家庭生活。良家女子出身的正妻地位的确认，打消了才子风流对象的妄想与痴念，是将“脱俗”的观念归于正轨的必然选择。

---

① 李渔《无声戏　连城璧》，《李渔全集》第八卷，浙江古籍出版社1991年，第375页。
② 李渔《无声戏　连城璧》，《李渔全集》第八卷，浙江古籍出版社1991年，第376页。
③ 李渔《无声戏　连城璧》，《李渔全集》第八卷，浙江古籍出版社1991年，第376页。
④ 李渔《无声戏　连城璧》，《李渔全集》第八卷，浙江古籍出版社1991年，第378页。
⑤ 李渔《无声戏　连城璧》，《李渔全集》第八卷，浙江古籍出版社1991年，第379页。
⑥ 李渔《无声戏　连城璧》，《李渔全集》第八卷，浙江古籍出版社1991年，第386页。

“五美”之一的曹婉淑，与吕哉生及其三位妓妇出身美妾之间的怨愤不可谓不深，与吕哉生定亲之后，却在迎娶之日，等到一顶空轿、一通不该不守妇道的指责、一张决绝的半幅诗笺，曹氏怨过恨过，但其选择不是移情别恋，而是要探问吕哉生悔亲的缘故，寻找转圜的余地，后知悔亲非吕哉生所愿，便使尽计谋也要入吕家之门，即便“做小”也是可以接受的，运筹帷幄之后得到“不大不小，介乎妻妾之间”[①]的第二把交椅更是意料之外的惊喜。才子可安坐不动，佳人自会心甘情愿地破除一切障碍，自荐门庭，安心做小。在李渔看来，佳人为才子费尽心机、绝不动摇的不懈追求，是才子风流的最高境界，也是对曾经被“嫖”深深伤害的风流才子的自尊心的最好补偿。可以看出，对“色欲”层面的“风流”，李渔的态度是矛盾的，他认可才子“风流”的取向，却又维护恪守贞节的正统人家女子的地位。

学界普遍认可李渔在小说中寄寓了诸多自我的形象，周旋于妻妾之间，擅长“疗妒”的费隐公和自建园林选择归隐的顾呆叟被公认为是中年和晚年李渔的自拟。而《寡妇设计赘新郎　众美齐心夺才子》的男主人公吕哉生其实可以视作青年时李渔的自画像。俊俏的相貌、超拔的文采、科举上的洒脱、贤妻美女的围绕，四者叠加，正是尚未经历改朝易代、战乱流离和生活的艰辛磨难时，对人生充满希望和美好向往的“风流”少年李渔的写照。

（姜洪涛）

① 李渔《无声戏　连城璧》，《李渔全集》第八卷，浙江古籍出版社1991年，第397页。

下编　《十二楼》赏析

一 道学风流两不误

——《合影楼》赏析

《合影楼》出自于清代作家李渔的白话短篇小说集《十二楼》(又名《觉世名言》。本篇小说位列卷首,可见其在李渔小说作品中的重要性和独特性。这篇小说充分体现了李渔关于爱情婚姻的理想,即“道学与风流合而为一”,在歌颂自由爱情的同时,又归于劝诫教化。情节构思巧妙,文笔生动,颇具趣味性和喜剧色彩。既符合儒家的伦理道德,又符合人性中对于自由爱情的向往,同时也满足了市井百姓的审美需求。

《合影楼》叙述的故事背景发生在元朝至正年间,描述了一段曲折离奇而又富有喜剧色彩的爱情故事。青年男女珍生和玉娟本是表姐弟,二人的母亲原是同胞姐妹,但由于玉娟的母亲嫁给了道学先生管提举,珍生的母亲嫁给了风流才子屠观察,道不同不相与谋,致使两家势同水火,原本同宅而居,后来一宅分为两院,不相往来。珍生和玉娟容貌都随了母亲,长相俊美,不禁对彼此产生好奇心理,可惜不得相见。一次偶然的机会,二人于自家水阁中纳凉,在水中见到了彼此的倒影,思慕之情油然而生。从此二人每日于影中相见,对影赋诗,花瓣传情,互诉相思,并私订终身,但始终没有违礼背份之举。珍生的父亲偶然间看到了二人唱和的《合影编》诗稿,得知儿子的心思后,请好友路公做媒提亲,被管提举严词拒绝,阴差阳错,屠观察为儿子订婚路公之女锦云,巧的是锦云和珍生竟然是同年同月同日同时所生,可谓是天赐良缘。此事被珍生知道后,坚决反对,非玉娟不娶。屠观察爱子心切,只能悔亲。当锦云知道悔亲之事后,茶饭不思,怨恨父母。最终在路公的巧妙安排之下,珍生同时迎娶玉娟和锦云,携得两位美人归。

爱情是人类永恒的主题,在众多的爱情小说中,《合影楼》以其独特的思想内容和情节构思，为爱情小说的原野上增添了一抹亮丽的色彩。

在思想内容上，小说典型地体现了作者“道学与风流合而为一”的道德理想和美学理想。小说开篇展现了道学与风流看似不可调和的矛盾性和排斥性。文中安排了两个重要人物，管提举和屠观察，一个是道学先生，一个是风流才子。二人虽是一门之婿、连襟之亲，但因为道学先生古板拘执、讨厌风情，风流才子跌荡豪华、又厌闻道学，致使两家势同水火，不相往来，从而为青年男女珍生和玉娟的恋情设置了重重障碍。在“父母之命、媒妁之言”的封建社会，婚姻的主角不是青年男女，而是他们的父母，尤其是父亲，婚姻能否成就主要取决于双方父亲的态度。正因如此，我们不禁为珍生和玉娟的未来感到担忧。在路公为珍生做媒向管提举提亲时，更是被严词拒绝，“素性不谐，矛盾已久。方著绝交之论，难遵缔好之言。欲求亲上加亲，何啻梦中说梦”①！道学与风流的矛盾如此不可调和，珍生和玉娟的爱情更是陷入了绝境。而作者却巧妙地设计了路公这一人物形象，“他的心体，绝无一毫沾滞，既不喜风流，又不讲道学，听了迂腐的话也不见攒眉，闻了鄙亵之言也未尝洗耳，正合着古语一句：‘在不夷不惠之间。’”②李渔的好友杜濬在此处有一段眉批：“不喜风流，倒是真风流；不讲道学，才是真道学。当今之世，只少一位路公，使道学、风流合而为一，不致有门户之忧耳！”③寥寥数语，可谓深得李渔之心。文中的路公，可以看作是李渔本人的化身，李渔借路公展现自己的思想观念和价值判断。路公是一个融“风流”与“道学”于一身的关键人物，所以才能够与管提举和屠观察同时契厚。当他得知珍生和玉娟的爱情故事时，认为：“这桩事情虽然可恼，却是一种佳话。对影钟情，从来未有之事，将来必传。只是做父母的不该使他至此；既已至此，那得不成就他？也罢，在我身上替他生出法来，成就这桩好事。”④于是在他的奇谋妙计之下，让风流才子屠观察的儿子珍生如愿娶到了道学先生管提举的女儿玉娟，并一同迎娶了真风流、真道学的路公之女锦云，最终使得管提举和屠观察化干戈为玉帛，冰释前嫌，和好如初。“道学与风流合而为一”的思想自是不言而喻。

---

① 李渔《十二楼》，人民文学出版社 1986 年，第 9 页。
② 李渔《十二楼》，人民文学出版社 1986 年，第 9 页。
③ 《李渔全集》第 4 卷，浙江古籍出版社 1992 年，第 22 页。
④ 李渔《十二楼》，人民文学出版社 1986 年，第 11 页。

此外，作者一方面歌颂青年男女纯真自由的爱情，歌颂风流，看到了爱情的伟大力量，“只羡鸳鸯不羡仙”。“天地间越礼犯分之事，件件可以消除，独有男女相慕之情、枕席交欢之谊，只除非禁于未发之先。若到那男子妇人动了念头之后，莫道家法无所施，官威不能摄，就使玉皇大帝下了诛夷之诏，阎罗天子出了缉获的牌，山川草木尽作刀兵，日月星辰皆为矢石，他总是拚了一死，定要去遂心了愿。觉得此愿不了，就活上几千岁然后飞升，究竟是个鳏寡神仙；此心一遂，就死上一万年不得转世，也还是个风流鬼魅”①。所以封建礼教虽然能够束缚珍生和玉娟的身体，使二人不能相见，但是却无法阻碍他们的情感和心灵，二人竟因水中倒影而相恋，不顾世俗礼教的束缚，对影赋诗，花叶递笺，互诉衷情，私订终身。路公对二人的恋情虽略有责备，但更多的是同情，认为是一段将来必传的佳话，并帮助他们最终玉成好事。另一方面，作者又赞赏道学，倡导“发乎情，止乎礼义”的爱情，时时不忘劝诫教化世人要依礼而行，不要做违礼背份之事。所以当珍生潜水过来欲存偷香之念时，玉娟坚决以礼相拒，二人虽相爱却终不及乱。路公最终在评论管提举和屠观察的是非曲直时，对二人都有贬斥，批评管提举，“只因府上的家范过于严谨，使男子妇人不得见面，所以郁出病来”②，又批评屠观察，“若还府上的家教，也与贵连襟一般，使得令公郎有所畏惮，不敢胡行，这桩诧事就断然没有了。究竟是你害他，非是他累你。不可因令郎得了便宜，倒说风流的是，道学的不是，把是非曲直颠倒过来，使人喜风流而恶道学，坏先辈之典型”③。这正体现了李渔“道学风流合而为一”的爱情婚姻理想。即“道学”基础上的“风流”，“风流”情结下的“道学”。当然，作为一位受儒家思想和宋明理学浸润熏陶的作家而言，自然更倾向于“道学”，“风流”而终归于“道学”。对于何谓“风流”，李渔有过专门的论述：

若还有才有貌，又能循规蹈矩，不做妨伦背理之事，方才叫做真正风流。风者，有关风化之意；流者，可以流传之意，原是两个正经字眼，为甚么不加在道学先生身上，常用在才人韵士身上？只因道学先生做来的事板腐处多，活动处少，与风流的字义不甚相合，所以不敢加他；才人韵士做出事

① 李渔《十二楼》，人民文学出版社 1986 年，第 1 页。
② 李渔《十二楼》，人民文学出版社 1986 年，第 19 页。
③ 李渔《十二楼》，人民文学出版社 1986 年，第 19—20 页。

> 来，如风之行，如水之流，一毫沾滞也没有，一毫形迹也不着，又能不伤风化，可以流传，与这两个字眼切而且当，所以拿来称赞他。如今世上的人不解字义，竟把偷香窃玉之事做了“风流”二字的注解，岂不可笑！①

这段话更进一步证明了李渔始终主张“道学风流合而为一”的爱情婚姻理想。

在艺术手法上，情节结构构思巧妙，是《合影楼》的最大特点。李渔继承了中国古代小说注重叙事的特点，情节设置离奇曲折，引人入胜。打破了一般才子佳人小说的传统模式，以往的才子佳人小说多是落魄才子和贵族千金相会于后花园或是其他空间场所，一见钟情，丫环梅香代为传书递简，父母从中阻隔，经过一番周折，才子金榜题名，迎娶佳人的结构模式。而作者却没有因袭守旧，采用了“影儿里情郎”的结构模式，围绕一个“影”字为核心，使男女主人公因影生情、赋诗抒情，借水传情，给人以耳目一新之感。情节看似不合理，实则却在情理之中。封建社会，对青年男女有诸多的礼教束缚，男女授受不亲，七岁即不同席，大家闺秀更是要“大门不出、二门不迈”，被禁闭在闺阁之内，青年男女一见钟情的机会实在是少之又少，但是青春的萌动、对爱情的渴望，这是人的本性，是无法扼杀的，因而作者安排珍生和玉娟对影生情，客观上体现了作者对自由爱情的颂扬，对人情人性的体悟，也是对封建礼教的抗争。然而礼教的势力如此强大，早已深入人心，成为社会的道德规范。当管提举拒绝了屠观察的提亲时，珍生和玉娟的爱情陷入了绝境；当珍生和锦云订婚时，更是宣告了珍生和玉娟爱情理想的破灭。就在故事情节陷入僵局时，路公这个作者精心设计的、甚至可以看作作者化身的人物，却想出了一条绝妙好计：因为路公无子，好友管提举经常劝他早点立嗣，于是路公首先以立嗣为名，认珍生为养子，并去管提举家为自己的养子提亲，管公不知真相，同意把女儿玉娟许配给路公之子；同时路公又请管提举做媒，去屠观察家为自己的女儿锦云提亲，要求珍生入赘为婿，屠观察早知此计，自然应允；在同一天，路公为养子迎娶玉娟，又为女儿锦云举办婚礼，而新郎都是同一人，即珍生。路公的巧妙安排成功地打破了僵局，使得故事情节峰回路转、柳暗花明，也打破了以往才子佳人小说才子“金榜题名、洞房花烛”的传统结局模式，通过计谋使得一男迎娶二女的结局虽出人意料，细思之

① 李渔《连城璧》，《李渔全集》第4卷，浙江古籍出版社1992年，第368页。

却又在情理之中。封建礼教固然强大，但却终究无法遏制正在觉醒的人情，有情人终成眷属，是对封建礼教的喜剧式嘲讽，对情感的认同；然而封建礼教早已根深蒂固，想要推翻它并非一朝一夕之事，作者本身就有背负着浓重的礼教枷锁，因而有情人的结合终究是要屈服于礼教规定的“父母之命、媒妁之言”的婚姻制度。小说鲜明地体现了李渔创作注重新奇的特点，“人唯求旧，物唯求新。新者也，天下事物之美称也，而文章一道较之他物尤加倍焉。戛戛乎陈言务去，求新之谓也”①。没有以往才子佳人小说中的门第差距，珍生和玉娟可谓是门当户对，一为提举之子，一为观察之女；没有以往才子佳人小说中相会“后花园”的情节模式，而是珍生和玉娟听家人谈论对方，产生好奇心理，因水阁中的倒影而相恋；没有才子佳人小说中有钱有势而又其貌不扬的贵族公子第三者的出现，而是设置了一个意想不到的和珍生同年同月同日同时而生、容貌美丽、出身官宦的第三者锦云小姐，并让珍生和锦云订亲，成为珍生和玉娟爱情道路上的又一道障碍；没有才子佳人小说中丫鬟梅香的穿针引线，而是巧妙设计了路公这样一个“道学风流合而为一”的人物形象，通过他的智慧，成功地化解了矛盾，消除了障碍，成就了有情人；没有才子佳人小说中的才子高中状元后迎娶佳人的结局模式，而是在路公的计谋之下，使得才子同时迎娶两位佳人。路公是小说中塑造的一个重要人物形象，他的思想和行为体现了作者的道德观念和美学理想。

小说采用双线交叉发展的叙事结构，一条线索围绕着男女主人公珍生和玉娟的爱情发展为主；另一条线索则是通过珍生与锦云由订婚到悔婚再到订婚的曲折情节而展开，两条线索交叉发展，相互推进，使得情节波澜起伏，悬念迭起。珍生和玉娟的爱情遭到了父母的反对，本已岌岌可危；锦云的出现、与珍生订婚，更是让我们为珍生和玉娟的爱情感到纠结；珍生要求退亲、锦云生病并且茶饭不思，让我们为三个青年男女的命运感到担忧，又不禁好奇，路公的计谋成功地化解了矛盾，使得观众的心理由紧张期待到豁然开朗，会心一笑，成功地完成了这篇小说的情节推进。小说始终围绕主要人物展开故事情节，以珍生和玉娟的爱情发展为主线，珍生和锦云的婚姻线索始终围绕主线展开，推动主线的发展，条分缕析，前后照应，结构严谨。作者在结构情节时，多采用“巧合”手法，珍

① 李渔《闲情偶寄·曲词部上》，《李渔全集》第11卷，浙江古籍出版社1992年，第9页。

生和玉娟因为巧合，同时在水阁纳凉，因为水中倒影而相爱；珍生和锦云顺利订婚，主要因为他们恰巧同年同月同日同时而生，八字相合。“巧合”手法的运用，简化了情节的发展进程，突出了矛盾冲突的紧张尖锐，使得小说悬念迭起，引人入胜。

小说语言通俗浅显，诙谐生动，机趣盎然，富有喜剧色彩，体现了李渔的小说作品注重写实性和商业性的特点。小说的主要受众是市民阶层，为了迎合市民阶层的审美需求，小说内容应该贴近现实生活，语言必须通俗易懂，《合影楼》就是这样的一部作品。从第一部长篇世情小说《金瓶梅》问世之后，世情小说的创作便开始繁盛起来，清代更堪称世情小说创作的巅峰期，作家将视角从帝王将相、英雄豪杰等传奇式人物的身上转回到普通市井百姓的身上，写身边的人、身边的故事，更贴近现实生活，更真实可信，从而也更能引起市民阶层的情感共鸣。《合影楼》中的管提举、屠观察、路公虽然都曾经在朝为官，但如今只是广东韶州府曲江县闲住的缙绅，是生活在市井百姓身边的普通人，他们的故事更能引起市井百姓的兴趣。小说虽然描述才子佳人的爱情故事，不乏诗词韵语等典雅语言，但故事的叙述语言则是通俗易懂的市井白话，明白晓畅，雅俗共赏。小说语言诙谐生动，趣味十足，当锦云前去拜访玉娟，欲将“好消息”告知她时，锦云道：“小妹今日之来，不是问安，实来报喜。《合影编》的诗稿，已做了一部传奇，目下就要团圆快了。只是正旦之外又添了一脚小旦，你却不要多心。”[①]文中运用隐语，将二女共嫁一夫的消息以戏曲角色的方式告知对方，幽默风趣，增添了作品的趣味性。此外，小说语言具有个性化的色彩，注重通过语言展现人物的个性，李渔在《闲情偶寄》中说过：“心曲隐微，随口唾出，说一人肖一人。”小说中管提举的语言一本正经，尽显道学之风；珍生的语言随口说出，直诉情怀，时见风流之性；其他人物的语言也都符合各自的身份，展现各自的性格。

同时，我们也应该看到，由于社会和个人的局限，在李渔的作品中还存在着一些不足之处。李渔将戏曲的创作手法运用到小说创作中，导致作品过于注重情节的新奇性，重叙事而轻人物，细节描写不够出色，致使人物的个性和心理不够鲜明；强调“道学与风流合而为一”，这本身就存在着难以调和的矛盾，所以他一方面赞赏自由的爱情，另一方面却又宣讲道学、阻碍风流，告诫封建家长们要

---

① 李渔《十二楼》，人民文学出版社 1986 年，第 16 页。

严分内外，自家的儿女“非但不可露形，亦且不可露影”，“从今以后，也使治家的人知道这番公案，连影子也要提防，决没有露形之事了”①。此外，李渔始终站在男性的立场上，将一夫多妻视为美事，将女子的不嫉妒视为美德，所以当玉娟和锦云得知要同时嫁给珍生时，二人不但没有丝毫怨言，反而“喜个不了”。这当然是站在男性的立场上，审视爱情婚姻的产物。

（田冬梅）

二 说教与娱乐

——《夺锦楼》赏析

《夺锦楼》出自李渔的白话短篇小说集《十二楼》（又名《觉世名言》）。杜濬在《十二楼序》中说：“今是编以通俗语言鼓吹经传，以入情啼笑接引顽痴”，“笠道人将以是编偕一世人结欢喜缘，相与携手徐步而登此十二楼也，使人忽忽忘为善之难而贺登天之易，厥功伟矣！”②这段话很好地概括了李渔创作《十二楼》的目的。《十二楼》以反映青年男女爱情婚姻生活的题材居多，具有很强现实教育意义，同时也不乏娱乐性。“李渔笔下的爱情，绝不仅仅为了迎合市民阶层的欣赏趣味而作为谈资笑柄；往往借助于青年男女爱情生活的悲欢离合来说明人生哲理或生活道理”③。《夺锦楼》就是以才子佳人的完美结合，控诉了封建父母包办婚姻的不合理性，这也体现了李渔的婚恋观。

明末清初商品经济逐渐繁荣，人们在不同程度上摆脱了长期以来在宗法制度下形成的精神禁锢状态，渴望人格独立和思想自由。一些进步的思想家顺应时代发展要求，在爱情婚姻方面提出新观念，批判“存天理，灭人欲”的理学教条。这种思想同时反映在李渔的文学创作中，“李渔是一个十分敏感的作家，他的小说透露出浓郁的时代气息。尽管他的创作初衷是劝惩教化，言不离忠孝节

---

① 李渔《十二楼》，人民文学出版社 1986 年，第 19 页。
② 李渔《十二楼》，人民文学出版社 1986 年，第 1 页。
③ 周钧韬主编《中国通俗小说鉴赏辞典》，南京大学出版社 1993 年，第 353 页。

义，几乎全部从伦理道德的范畴去明理说教，但由于他呼吸了时代的新鲜空气，又能比较客观地审视现实，所以基本上把握住了动荡时代的脉搏”①。在《夺锦楼》中，李渔揭露了封建家长畸形的婚姻观念，反对父母一手控制儿女的婚姻，主张婚姻自主。

《夺锦楼》的故事发生在明代正德年间。武昌有一个鱼行经纪叫钱小江，他的妻子边氏生了双胞胎女儿。钱小江和妻子都是极丑陋愚蠢的，两个女儿却都生得标致聪明。钱小江性情倔强，边氏生性泼悍，夫妻素来不和。给女儿选择夫婿时，两个人就各行其是，不让对方知道，结果两个女儿居然许了四姓人家，因此纠纷遂起，争执不下，诉到官府。本府刑尊代理此案，看到四家儿子都丑陋不堪，与二位佳人实在难以般配，于是怒斥小江、边氏视女儿终身为儿戏，判定四家均不许婚。这时恰好碰到山间百姓送来一对活鹿，刑尊于是下令以活鹿和二女为锦标举考生童，已婚的男子以鹿为标，未婚的男子以女为标。又叫边氏带着两个女儿暂时住在考场的空楼上，悬匾作“夺锦楼”。发榜后，按照先前的命令得到二女的是袁士骏和郎志远两人，后来又得知郎志远的文章是袁士骏代作的，刑尊于是将两位佳人都许配给了才子袁士骏。《夺锦楼》的这一故事题材源于李渔的亲身经历。李渔曾在金华应童子试，并以五经见拔受知于主试，后来金华同知瞿萱儒又将山民献上的两只幼虎中的一只送给他。李渔带着小老虎回乡，一路上引得观者如潮，远近轰动，这使他十分得意。为此李渔还专门写了一首《活虎行》来吟咏此事。

小说中父母对待女儿的终身大事，都固执已见，乱配婚姻，结果将两个如花似玉的女儿配给了“奇形怪状”、丑不堪言的四姓男子，这种荒唐的行为，清楚地呈现了包办婚姻制度的不合理性。从表面看，李渔始终在强调“父母之命，媒妁之言”的必要性和合理性，实际上展示了它的不合理。《夺锦楼》开篇即以一首《如梦令》明确主旨，李渔一针见血地点出了中国古代婚姻中存在已久的问题——父母对儿女婚姻的态度不谨慎，从而耽误了儿女的幸福。

> 一马一鞍有例，半子难招双婿。失口便伤伦，不俟他年改配。成对，成对，此愿也难轻遂。②

① 周钧韬主编《中国通俗小说鉴赏辞典》，南京大学出版社 1993 年，第 354 页。
② 李渔《十二楼》，人民文学出版社 1986 年，第 23 页。

这首词运用比喻，以一马一鞍喻一妇难嫁二夫，可小说中一双糊涂父母，乱许婚姻，先前许了张三，后又配与李四，出尽了洋相。如不是偶遇清官，几乎使一双女儿跌入火坑。正如李渔所说："这首词单为乱许婚姻，不顾儿女终身者作。"接着又发了一番议论，"常有一个女儿，以前许了张三，到后来算计不通，又许了李四，以致争论不休，惊动官府，把跨凤乘鸾的美事，反做了鼠牙雀角的争端"①。封建婚姻制度很难让女子遂愿，因为不能自主择配，只能由父母包办，遇着好的，庆幸；遇着不好的，也只能认命。女儿唯一能做的只有"低头合眼，暗暗堕起泪来"②。《夺锦楼》中，李渔对任意支配女儿的命运，毫不顾及女儿终身幸福的钱小江夫妻进行了尖锐的讽刺。

对于一些父母将跨凤乘鸾的美事办成了鼠牙雀角的诉端，李渔认为他们的过失在第一番轻许而不在第二番改诺，只是因为不能慎之于始，所以不得不变之于终。"做父母的，那一个不愿儿女荣华，女婿显贵？他改许之意，原是为爱女不过，所以如此，并没有甚么歹心。只因前面所许者或贱或贫，后面所许者非富即贵，这点势利心肠，凡是择婿之人，个个都有。但要用在未许之先，不可行在既许之后……当不得他预先盛德，一味要做古人，置贫贱富贵于不论，及至到既许之后，忽然势利起来，改弦易辙，毁裂前盟，这位女儿就不能够自安其身，反要受他盛德之累了"③。这一番言论极为中肯，它从一个侧面反映出父母包办婚姻的用意，本着为子女将来富足生活的考虑，想要门当户对，这样的做法本身没有问题，但是若轻许了又改易，这样往往会制造祸端，惹来麻烦。

对于文学作品中反映的父母包办婚姻的问题，多数人总是一味地加以谴责鞭笞，李渔却能够从父母为着儿女考虑的角度来看待这一问题，颇具人性。同时也对中国延续几千年的父母之命、媒妁之言的婚姻制度提出了新的思考角度，即劝诫天下的父母为了子女的婚姻幸福应当慎重地考虑许婚，对方无论贫富贵贱，都要考虑清楚了再做决断，万不可改弦易辙，耽误了子女的青春和终身的幸福。

《夺锦楼》因父母不睦，于是在为女儿择婿的问题上出现了分歧。矛盾虽然不可调和，却并不给人以紧张感，让读者处于轻松的状态去欣赏故事。待事情

---

① 李渔《十二楼》，人民文学出版社 1986 年，第 23 页。
② 李渔《十二楼》，人民文学出版社 1986 年，第 29 页。
③ 李渔《十二楼》，人民文学出版社 1986 年，第 23—24 页。

闹到不可收拾的地步告到官府，而权威的刑尊又是一个奇人，竟然别出心裁，以这两位姑娘和两头鹿作为奖励，让秀才们做文章比赛，最后四个面貌奇怪的求婚者一场徒劳，才子袁士骏一人独占双娇。从小说的创作风格上看，这篇小说体制虽短小，却颇能代表李渔的小说风格。寓娱乐于说教，是李渔话本小说创作的重要特点。透过劝惩的表面，我们看到了更为明显的娱乐动机。为了达到娱乐的目的，必然要虚化现实，淡化严峻，于是李渔小说就构成了一个喜剧的世界——强化故事的戏剧性，减少庄严感，将劝惩与滑稽融为一体，最后以轻松的喜剧收场。

李渔小说之所以具有这种风格，和他以戏曲为小说的创作宗旨有关。以戏曲知名的李渔，他的小说深受其戏曲的影响。这从他的小说命名为《无声戏》可见一斑。在李渔看来，小说和戏曲没有本质的区别。《十二楼·拂云楼》第四回结尾又一段话："此番相见，定有好戏做出来，不但把婚姻定牢，连韦小姐的头筹都被他占去了，也未可知。各洗尊眸，看演这出无声戏。"①这将李渔对小说和戏剧关系的认识表露得很清楚。对于"戏"，李渔又独独热衷于喜剧，竭力引导人们乐而忘忧。他在《风筝误》的结尾写道："惟我填词不愁卖，一夫不笑是吾忧。举世尽成弥勒佛，度人秃笔始堪投。"②可见，追求娱乐性是李渔小说创作的重要目的。为了达到"一夫不笑是吾忧"的效果，李渔善于在喜剧的氛围中完成故事，借助巧合、误会等传统手法，设置喜剧冲突，使小说具有鲜明的喜剧色彩。这一点在《夺锦楼》的故事情节中，表现得较为明显。

首先，他刻画了一对性格完全对立的夫妻，为女儿婚事各不相让，将两个女儿许配四家，从而激化矛盾，构成喜剧性冲突。其次，对比、夸张手法的运用也增添了《夺锦楼》的喜剧效果。《夺锦楼》中父母与子女在外貌与心灵上产生的巨大反差，"父母极丑陋、极愚蠢，女儿极标致、极聪明"③，对比之中显现出滑稽。钱小江夫妇为女儿选择的四个夫婿也十分可笑，"刑尊抬起头来，把四个后生一看，竟像一对父母所生，个个奇形怪状。莫说标志的没有，就要选个四体周全，五官不缺的，也不能够"④。这里用夸张的笔墨描写了钱小江夫妇乱许婚

① 李渔《十二楼》，人民文学出版社 1986 年，第 148 页。
② 李渔《风筝误》，《李渔全集》第 2 卷，浙江古籍出版社 1992 年，第 203 页。
③ 李渔《十二楼》，人民文学出版社 1986 年，第 24 页。
④ 李渔《十二楼》，人民文学出版社 1986 年，第 29 页。

姻，为女儿所选的夫婿的尊容，读来确实诙谐生动，机趣横生。再次，迎亲时作者把钱小江选定的亲家与妻子边氏的争斗描写成一场战斗，令人忍俊不禁。小说中这样写道："不想男兵易斗，女帅难降，只消一个边氏捏了闩门的杠子，横驱直扫，竟把过去的人役杀的片甲不留，一个个抱头鼠窜，连花轿、灯笼火把都丢了一半下来"[①]，被边氏留在家中，备将来遣嫁之用。事情因走形而显得滑稽可笑，而李渔正是这场喜剧的总导演，他翻手为云、覆手为雨，尽情畅快地穿梭在故事之中。

李渔还通过作品中人物的语言来描写和塑造形象。夫妻二人的独断专行，也是通过人物对话来表现的，让人读后如闻其声，如见其人。例如，"一边说：'我至戚之外，那里来这两门野亲？'一边道：'我喜盒之旁，何故增这许多牢事？'小江对着边氏说：'我家主公不发回书，谁敢收他一盘一盒？'边氏指着小江说：'我家主婆不许动手，谁敢接他一线一丝？'"[②]简短的对话，把夫妻二人针锋相对的气势，描写的活灵活现。

李渔不止一次强调自己创作的娱乐目的，在《风筝误》传奇中李渔写道："传奇原为消愁设，费劲杖头歌一曲。何事将钱买哭声，反令变喜成悲咽。"[③]这是李渔的喜剧宣言。李渔还专门写过一首诗来表达他的这种看法，"学仙学吕祖，学佛学弥勒。吕祖游戏仙，弥勒欢喜佛。神仙贵洒落，胡为尚拘执。佛度苦恼人，岂可自忧郁。我非佛非仙，饶有二公癖。尝以欢喜心，幻为游戏笔。著书三十年，于世无损益。但愿世间人，齐登极乐国。纵使难久长，亦且娱朝夕。一刻离苦恼，吾责亦云塞。还期同心人，种萱勿种檗"[④]。直面世俗和现实，标榜娱情和享乐，这就是李渔小说的风格和追求。

李渔的《十二楼》在艺术上也是有缺陷的，这一点在《夺锦楼》中体现得较明显。文体上的圆熟精致无法掩盖内容上的浮泛空虚，文体上的求新求奇遮掩不了内容上的平庸肤浅。刑尊硬将错配的婚姻改正过来，使才子成了佳人的良人，佳人成了才子的好逑。毫无疑问《夺锦楼》鞭挞了封建包办婚姻的不合理性，但对于一夫多妻制这一男女爱情婚姻上的最大不平等，却表现得很漠然。

---

① 李渔《十二楼》，人民文学出版社 1986 年，第 27 页。
② 李渔《十二楼》，人民文学出版社 1986 年，第 26 页。
③ 李渔《风筝误》，《李渔全集》第 2 卷，浙江古籍出版社 1992 年，第 203 页。
④ 李渔《偶兴》，《李渔全集》第 1 卷，浙江古籍出版社 1992 年，第 25—26 页。

小说中才子佳人终成眷属的美好结局，却掩盖不了两个女儿把幸福放在一人手中的无奈。刻意地追求小说的喜剧效果，难免会带来弊端。《夺锦楼》就没有跳出“金榜题名时，洞房花烛夜”情节模式的窠臼，难免流于浅薄和庸俗。孙楷第指出：“这篇故事中并没有楼，‘夺锦楼’之名，是硬加上的。又全文只是一章，既没有二回三回，标题第一回，这也觉得不大合适。”①

（杨莹莹）

三 戏耍之中的正经与不正经
——《夏宜楼》赏析

李渔的小说《夏宜楼》从男性视角讲述了一个令人艳羡的婚恋故事。瞿生通过千里镜窥探到詹小姐的美貌，打定主意要娶詹小姐为妻。瞿生一次次装作神仙对詹小姐进行了欺骗，先是骗得詹小姐非他不嫁，后又借用千里镜瞒过了詹老爷，最后抱得美人归。在那个时代，官宦家女子少见外人，一般看不到她们的容貌。像瞿生这般先把各家小姐的姿色都看过后挑一个最好的，最终能够娶得娇妻并收用众丫鬟，在当时的男性看来自然是令人羡慕的事情。《夏宜楼》故事情节的设计都是从男性的角度出发的，自始至终充溢着男权主义思想。

李渔的小说与同时代的才子佳人小说不同，不是叙述青年男女的浪漫唯美的爱情故事，而是以男性为主导的婚姻故事。在《夏宜楼》这篇小说里，男女双方的主导者都是男性，女性只不过是其争夺的猎物与玩弄的对象。詹公为了保持女儿名节，以待他日嫁得官宦人家，便将女儿与男子隔绝，没想到还是被瞿生窥见了小姐的容貌。这在瞿生看来是一件极称意的事情，但是对于娴娴来说则是自己的婚姻被控制的开始。接下来便是瞿生为获得詹小姐的芳心，对其进行了多次“欺骗”。他让媒婆向詹小姐问安，即表明他知晓小姐生病，惹得詹小姐疑虑。又将众女仆在池中戏水之事告知，詹小姐遂以他为神仙。在詹小姐赋诗

① 孙楷第《李笠翁与〈十二楼〉》，《十二楼》附录，人民文学出版社 1986 年，第 296 页。

时瞿生又接续四句送与詹小姐，詹小姐惊悸万分，由此决定只嫁此人。从男性的视角来看，瞿生的高明与幸运让人羡慕，但是他对詹小姐的追求确实存在欺骗成分。在这个新奇的故事中，主宰人与受益人都是瞿生，詹小姐、詹老爷、众女仆甚至媒婆都成为了瞿生操纵下的棋子与愚弄的对象。

李渔的小说之所以出现这种情况，与他本人追求享乐的婚姻观有密切关系。李渔赞同古人"食色性也"，"不知子都之姣者，无目者也"的说法。在《闲情偶寄》中阐述了自己对男女之情的看法："我有美妻美妾而我好之，是还吾性中所有，圣人复起，亦得我心之同然，非失德也"；"人处得为之地，不买一二姬妾自娱，是素富贵而行乎贫贱矣。王道本乎人情，焉用此矫清矫俭者为哉？"[①]李渔在创作小说时，经常把自己的人生观融入其中，小说男主人公往往有自己的影子。李渔就是一位风流才子，娶有众多姬妾。在《夏宜楼》中，瞿生的故事就是李渔婚恋理想的体现。男性是婚恋的主导者与享乐者，在结婚之前可以遍览众女子的容貌以便挑选绝色佳人。婚恋的发展由男性引导，又能有圆满的结局。

在小说情节的安排上，我们不得不佩服李渔的创新意识。他将千里镜这种当时少见的新事物写进小说，并使之成为瞿吉人婚事成功的关键因素。但小说中女性人物的心理和行为不太真实。娴娴在听说提亲的瞿生相貌英俊，后又知晓他中了经魁之后，便认定了瞿生，瞿生进京赶考，娴娴因疑虑生病，似与待字闺中的小姐的反应不符。娴娴最终得知自己被骗之后不仅不生气，反而虔诚地供奉千里镜，还允许瞿生娶众女仆。众女仆被人窥见身体并不感到气愤，反而还要嫁与此人。这些失真的情节都是在男权主义思想支配下所作的理想化的安排。

我们在对李渔的男权主义思想进行批判的同时，不得不承认李渔这篇小说，对婚姻爱情的描写与前人有所不同。《夏宜楼》突破了父母之命的婚姻模式，瞿吉人与詹娴娴是先私订终身，再求得父母同意。成就一段好姻缘要通过自身的努力，发挥聪明才智才能成功。杜濬在篇末评道："同一镜（千里镜）也，他人用以眺远，吉人用以选艳，此等聪明，昔人有行之者矣。留木屑以铺地，储竹头以造船，此物此志，无二理也。"[②]他人得千里镜只做登高望远之用，瞿生借千里镜观人鉴物，为自己在深闺中挑选良偶。当然也少不了积极的努力，瞿生

---

① 李渔《闲情偶寄》，《李渔全集》第3卷，浙江古籍出版社2010年，第108页。
② 李渔《十二楼》，《李渔全集》第9卷，浙江古籍出版社2010年，第98页。

本为当地知名之士，为娶詹小姐也不惜备下厚礼拜在詹公门下。詹公三番五次拒绝瞿生的提亲要求，瞿生毫不气馁，按照詹公的意愿进京赴考。其后不料又有两个同年也到詹家求亲，波澜再起。瞿生虽是急得抓耳挠腮，还是故作镇定安慰詹小姐。人人都想要美色，但是好结果要靠自己的才智与努力去争取。结尾李渔设计了瞿生抱得美人归，又娶了小姐的众女仆，意在说明功夫不负有心人。

在小说开篇部分，李渔有过这样的议论："但凡戏耍亵狎之事，都要带些正经，方才可久。尽有戏耍亵狎之中，做出正经事业来者。"①《夏宜楼》中的瞿生正是实践了李渔这样的理论。西洋千里镜本为新奇的玩意儿，可以拿来望远戏耍，但是瞿生却用这样的戏耍器物，再加上聪明狡黠的手段，赚取了詹小姐的芳心，成就了完满的姻缘。这正是在"戏耍亵狎之事"中成就了"正经事业"。

《夏宜楼》可谓《十二楼》中的优秀篇目。李渔在小说创作中成功地运用了戏剧手法。李渔戏剧讲究人物生动形象、个性突出，情节贯通、结构紧凑，语言生动有趣。他将这些戏剧因素都引入了《夏宜楼》中，使得这篇小说带有浓厚的戏剧化色彩。

《夏宜楼》的人物形象生动，贴近现实生活，如同李渔笔下的戏剧人物一般。《夏宜楼》中男女主人公瞿佶与詹娴娴在传统的才子佳人形象基础上又有所发展。二人婚恋情节的设置，不同于张生与崔莺莺的两情相悦，共同努力冲破封建礼教的束缚。瞿生与詹小姐的恋爱虽然同样遭到封建家长的反对，但是他们没有采取幽会、私奔等方式，而是运用"欺骗"的手段来化解矛盾。瞿生与詹小姐的爱情带有市井色彩。瞿生获取詹小姐芳心并不靠才貌，而是靠假装神仙；詹小姐在未受到瞿生撩拨之时还是典型的大家闺秀的样子，没想到一有瞿生的媒婆上门提亲，她便急不可耐地想要嫁人。这样的爱情故事市井气息浓厚，给普通读者以一种亲切感。

《夏宜楼》的故事背景比较集中，如戏剧的分场一般。这篇小说重点描述了几个场景发生的故事，如夏宜楼众女仆洗澡以及小姐责罚的场景、瞿生买千里镜的场景、媒婆与詹小姐对话的场景、詹小姐拈阄定婚事的场景等。这些场景发生的故事不仅是小说情节发展的重要环节，新颖别致，动作性强，而且场景描

---

① 李渔《十二楼》，《李渔全集》第9卷，浙江古籍出版社2010年，第75页。

写本身具有独特的审美价值。以众女仆洗澡场景为例。“时当盛夏，到处皆苦炎蒸”[1]，詹小姐“觉得身体困倦，走到房内去就寝”[2]。众女仆迫不及待脱光衣服跳入荷花池中，众人裸体在水中嬉戏。青天白日下一池碧水，其间众女仆与荷花、绿叶交相辉映。色泽鲜艳的画面，给人一种清水出芙蓉般的美感。在读到后面的情节，得知瞿生曾偷窥到这一场景时，更加佩服作者的艺术匠心。瞿吉人为何一定要娶詹小姐为妻，詹小姐为何相信瞿生为神仙，都可以通过这一场景得到合理解释。

《夏宜楼》的语言通俗浅显、幽默风趣，且符合人物的身份与个性特征，又带有李渔特有的喜剧腔调。“诗文之词采，贵典雅而贱粗俗，宜蕴藉而忌分明。词曲不然，话则本之街谈巷议，事则取其直说明言”[3]。这是李渔对戏曲和话本小说语言的共同要求。我们以描写詹小姐的语言为例。娴娴看见瞿生接续自己的诗作时，受到惊吓的情状：“娴娴听到此处，一发惊上加惊，九分说是神仙，只有一分不信了。就叫取出来看。及至见了四句新诗，惊出一身冷汗。果然不出吉人所料，竟把绛舌一条吐出在朱唇之外，香魂半缕直飞到壁汉之间，呆了半个时辰不曾说话。”[4]在拈阄未能选到瞿生时，詹小姐的表现是，“就把这位小姐惊得柳眉竖直，星眼频睃”[5]，把詹小姐的神情表现得细致入微，通过神情将詹小姐当时惊讶又不知所措的心理表现得活灵活现。在人物语言描写方面，也带着李渔式的幽默。且看詹小姐在确认瞿生为神仙后的言语：“直到收魂定魄之后，方才对媒婆讲出几句奇话来，道：‘这等看起来，竟是个真仙无疑了！丢了仙人不嫁，还嫁谁来！只是一件：恐怕他这个身子还是偶然现出来的，未必是真形实像，不要等我许亲之后他又飞上天去，叫人没处寻他，这就使不得了。’”[6]知书达理的大家小姐竟是这样天真可笑，还要担心许亲后神仙是否会飞走。

李渔偏爱喜剧，其戏剧创作多为喜剧，在话本小说创作中也带有这种倾向。李渔小说的喜剧性不仅表现在上文提到的喜剧人物和幽默语言等喜剧元素的使用上，还表现在李渔对大团圆的喜剧结局的安排上。统观《十二楼》一书，各

---

① 李渔《十二楼》，《李渔全集》第 9 卷，浙江古籍出版社 2010 年，第 76 页。
② 李渔《十二楼》，《李渔全集》第 9 卷，浙江古籍出版社 2010 年，第 77 页。
③ 李渔《闲情偶寄》，《李渔全集》第 3 卷，浙江古籍出版社 2010 年，第 17 页。
④ 李渔《十二楼》，《李渔全集》第 9 卷，浙江古籍出版社 2010 年，第 89 页。
⑤ 李渔《十二楼》，《李渔全集》第 9 卷，浙江古籍出版社 2010 年，第 93 页。
⑥ 李渔《十二楼》，《李渔全集》第 9 卷，浙江古籍出版社 2010 年，第 90 页。

篇小说多为圆满的结局,《合影楼》有情人终成眷属,《生我楼》孝子与父母团圆,《夏宜楼》也是如此。李渔关于大团圆结局有自己的一套理论:“如一部之内,要紧脚色共有五人,其先东西南北各自分开,至此必须会合。此理谁不知之?但其会合之故,须要自然而然,水到渠成,非由车戽。最忌无因而至,突如其来,与勉强生情,拉成一处,令观者识其有心如此,与恕其无可奈何者,皆非此道中绝技,因有包括之痕也。”[①]李渔认为戏剧人物的结局应以大团圆为妙,但“须要自然而然,水到渠成”,切不可牵强。《夏宜楼》中瞿吉人与詹娴娴的团圆虽然经历了詹公拒婚、娴娴错拈纸阄等波折,因为瞿生有千里镜的帮助,最后还是终成眷属,结局真实自然,水到渠成。

（李　臻）

四　恶人回头就是善

——《归正楼》赏析

《归正楼》出自李渔白话短篇小说集《十二楼》,是一篇很独特的小说。《归正楼》讲述的是一个混迹于市井中的拐子的传奇一生。故事发生在明朝永乐年间,小说的主人公名叫贝喜,他出生于“偷盗世家”。贝喜的父亲是穿窬中的高手,人们为相互提醒防范他的父亲,便将“贼”字拆开,又根据他的姓氏,送了他父亲“贝戎”的绰号。等到贝喜这一代,他将家传的偷摸本领搁置,另外去做了拐骗的买卖,因为他更改了祖业,人们便又赠送了贝喜一个褒中寓刺的别号——“贝去戎”。贝去戎认为自己是具有“孙庞之智,贲育之勇,苏张之辩,又要随机应变,料事如神”[②]等天授之才的拐子,他初出茅庐的开张买卖便拐到了一桌新人的酒席。连父母也惊叹他为“神人”,远近数百里都曾受过他的骗,声名日著的贝去戎甚至还开门授徒,形成了一个具有一定规模的拐子集团。之后,贝去戎秉持着“世上没穷人,天下无弃物,就在叫化子身上骗得一件衲头,也

① 李渔《闲情偶寄》,《李渔全集》第3卷,浙江古籍出版社2010年,第63页。
② 李渔《十二楼》,人民文学出版社1986年,第82页。

好备逃难之用"①的原则带着徒弟们几乎骗遍了全国，无论是平民百姓还是精明商人，甚至是京城的达官贵人、官府衙吏，都曾经被骗过。可以说贝去戎真正是"神奇不测的拐子"，善于易容伪装的他凭借着高超的拐骗技巧，真正做到了不露痕迹，致使官府"访不出他姓名，查不着他乡里，认不出他面貌。只见四方之人，东家又说被拐，西家又道着骗，……都说是个搅世的魔王！把一座清平世界，弄得鬼怕神愁，刻刻防奸，人人虑诈。……被他搅了三十余年，天下的人都没法处治"②。这样一个"搅世的魔王"如此行骗多年后，在想到"财物到盈千满万之后，若不散些出去，就要作祸生灾"，于是打定主意"不若寻些好事做做，一来免他作祟，二来借此盖愆，三来也等世上的人受我些拐骗之福"③。在打定主意后不久，贝去戎改邪归正的机会便来了——懂得不义之财难以久聚的贝去戎，曾经在风月场中散财，以财物酬赠的方式结识了众多名妓、龙阳，于是当那些思念贝去戎好处的名妓寻访到他时，作为这些姐妹中一员的苏一娘的出现为贝去戎带来了机会。苏一娘原是为生活所迫、被丈夫卖入烟花之巷，此次跟随着众姐妹寻访贝去戎是希望借贝去戎的慷慨使自己脱离苦难，即便是皈依佛门也无所怨悔。为向贝去戎表明她的立志之坚，她以削发、毁容明志，一个青楼女子如此坚定的归正决心给了贝去戎极大的震撼，于是贝去戎为苏一娘取法号为"净莲"，并出资买下一座庄园作为自身的栖息之地以及苏一娘清修的院所。然而，当贝去戎检查房屋时，燕子衔泥将原本名为"归止楼"的一座楼阁变成了"归正楼"，也使得贝去戎深受震撼，认为种种际遇是上天要劝他回头而显示的征兆，于是拿定主意做了道士，道号"归正"。在骗得仕宦、富商为他们建造佛殿、道观后，贝去戎便真正做到了改邪归正，清心修行，最终，"归正"与"净莲"都修行有成，得道飞升，登了道岸。

话本小说有劝善惩恶的教化传统，李渔的前辈冯梦龙在《古今小说叙》中说："试今说话人当场描写，可喜可愕，可悲可涕，可歌可舞；再欲捉刀，再欲下拜，再欲决脰，再欲捐金；怯者勇，淫者贞，薄者敦，顽钝者汗下。虽小诵《孝经》、《论语》，其感人未必如是之捷且深也。"④李渔的小说也重教化，《归正楼》就是

---

① 李渔《十二楼》，人民文学出版社 1986 年，第 87 页。

② 李渔《十二楼》，人民文学出版社 1986 年，第 81 页。

③ 李渔《十二楼》，人民文学出版社 1986 年，第 90 页。

④ 冯梦龙《古今小说叙》，丁锡根编著《中国历代小说序跋集》，人民文学出版社 1996 年，第773 页。

劝有错之人要及时改过向善。开篇，李渔便通过一大段议论来表明了这种观点，提出“这首新诗要劝世上的人个个自求上达，不可安于下流”，“《四书》上有两句云：‘虽有恶人，斋戒沐浴，亦可以事上帝。’”①劝导人们积极向善，尤其是已经堕入罪恶坑中的人，更要明白浪子回头金不换的道理。李渔明确告诉世人：“这回野史说一个拐子回头，后来登了道岸，与世间不肖的人做个样子，省得他错了主意，只说罪深孽重、忏悔不来，索性往错处走也。”②在第一回末尾又说：“做小说的本意，原在下面几回，以前所叙之事，示戒非示劝也。”③篇末又加以强调：“可见做善事的只要自尽其心，终须得福，不必问他是真是假，果有果无。”④在小说中，只要一有机会，李渔便会发表这类言论，宣扬教化思想。

这篇为巨骗立传的小说，是李渔创作崇尚新奇的产物。

从题材的角度来说，盗贼、拐子的题材能够在一定程度上满足人们的猎奇心理，引起人们阅读的兴趣，这种尚奇的特点很符合李渔创作的理念。李渔认为“新也者，天下事物之美称也。而文章一道，较之他物，尤加倍焉”⑤，又说：“世间奇事无多，常事为多，物理易尽，人情难尽”，“性之所发，愈出愈奇，尽有前人未作之事，留之以待后人，后人猛发之心，较之胜于先辈者。”⑥这种尚奇的创作理念也同样适用于李渔的小说创作，他曾经在《与陈学山少宰书》中这样写道：“若稗官野史则实有微长，不效美妇一颦，不拾名流一唾，当世耳目，为我一新。”⑦李渔写《归正楼》这样一部关于拐子的传奇史是可以理解的。鲁迅先生曾经在《流氓的变迁》一文中指出，自春秋战国起便已经有了侠的传统，如司马迁所说的“儒以文乱法，而侠以武犯禁”，而后“‘侠’字渐消，强盗起了，但也是侠之流”，“然而为盗要被官兵所打，捕盗也要被强盗所打，要十分安全的侠客，是觉得都不妥当的，于是有流氓”⑧，这些流氓存于市井之中，会做出一些为人不齿的事情。明清的白话小说，在李渔之前就有小说名家冯梦龙和凌濛初写过这类题材，如《喻世明言》中的《宋四公大闹禁魂张》，《二刻拍案惊奇》中的《神偷寄

---

① 李渔《十二楼》，人民文学出版社 1986 年，第 79 页。
② 李渔《十二楼》，人民文学出版社 1986 年，第 81 页。
③ 李渔《十二楼》，人民文学出版社 1986 年，第 86 页。
④ 李渔《十二楼》，人民文学出版社 1986 年，第 102—103 页。
⑤ 李渔《闲情偶寄·词曲部》，《李渔全集》第三卷，浙江古籍出版社 1991 年，第 9 页。
⑥ 李渔《闲情偶寄·词曲部》，《李渔全集》第三卷，浙江古籍出版社 1991 年，第 14 页。
⑦ 李渔《与陈学山少宰书》，《李渔全集》第一卷，浙江古籍出版社 1991 年，第 164 页。
⑧ 鲁迅《流氓的变迁》，《鲁迅全集》第四卷 1948 年，第 160—162 页。

兴一枝梅 侠盗惯行三昧戏》。孙楷第先生认为，贝去戎赚人为其造殿一事所采取的策略与冯梦龙《智囊补》卷二十七《谲僧》记载的谲僧的做法相似①。可见这类“盗贼”题材的创作是有传统的，然而李渔的题材选择又并非是典型的盗贼，小说主人公是一个进行坑蒙拐骗的骗子，是一种较为另类的贼，在文学作品中将骗子作为正面人物加以描述，恐怕是不多见的。李渔《归正楼》中的题材选择在继承传统的基础上，又有所发展，努力进行题材的创新，发前人之所未发。

从人物形象角度来看。“拐子”是小说主人公，他来自市井，不是满腹经纶的文人，也不是王侯将相，贝去戎是普通百姓中的一员，甚至他所从事的营生都是为世人所不齿的行当。然而小说所描写的这样一个小人物的一生，又如此地具有传奇色彩，使得读者在对他取得的不义之财颇有微词的同时，又不禁对他种种机智神奇的手段啧啧称奇。百姓，可谓常人，而拐子在生活中也属常见，然而贝去戎由偷入拐、骗尽天下，悬崖勒马、终成正果的一生经历又不能不叫人称“奇”。于“常”中见“奇”，充分体现了李渔求新、求奇的创作理念。具体来说，这种人物形象上的“奇”体现在以下几方面。首先，作品主人公身份的选择上便是一“奇”。以拐骗为职业的骗子可以成为一篇小说中给予肯定的主人公，让公卿、名妓等明清小说中常见的主人公退居次席，成为贝去戎的陪衬与生活中的过客。甚至，这位搅扰天下的巨骗并没有被官府剿捕，而是取得了升仙得道的美满结局。李渔在小说主人公的选择及对其命运的安排上不落俗套。其次，与文学史上类似的形象相比，也具有新奇的特点。从孟尝君手下的鸡鸣狗盗之徒到唐代传奇中那久负盛名的虬髯客，从《水浒传》中的水泊英雄到冯梦龙、凌濛初笔下的宋四公、懒龙，中国古代文学的长廊中一直不乏侠、盗之类游走于社会规则之外的艺术形象，李渔笔下的贝去戎作为骗子的代表也可以归入这类形象之中。李渔的《十二楼》创作在很大程度上受到冯梦龙“三言”以及凌濛初“二拍”的影响，《喻世明言》中的《宋四公大闹禁魂张》与《二刻拍案惊奇》中的《神偷寄兴一枝梅 侠盗惯行三昧戏》两篇小说的主人公也是盗贼，宋四公与他的同行们偷盗手段高强、讲求策略，对于为富不仁的人十分憎恨，但却行事乖张、心狠手辣，他们劫富却不一定去济贫。相比之下，“一枝梅”懒龙使要可爱得多，他也是一个机智敏捷、手段高强的大盗，然而却又是一个重然诺、劫富济贫的侠

① 参见孙楷第《李笠翁与〈十二楼〉》，收入《沧州后集》，中华书局 2009 年。

盗，为了帮助他人甚至不惜身陷险境。《归正楼》中的贝去戎虽然也是与盗贼类似的人物，然而这个艺术形象与前代文学作品中的盗贼形象有很大不同。贝去戎虽然也做过一些坑蒙拐骗的事情，却没有害人性命，对于有困难的人愿意施以援手。贝去戎第一次见到苏一娘，见她“体态端庄，不像私窠的举止，又且羞涩太甚”，便心生疑虑，“问其来历，才知道为贫所使，不是出于本心”①。虽然是在风月场合，贝去戎还是如此细心、体贴，顾及对方感受，当他得知苏一娘的不幸身世之后立即有所行动——“只嫖得一夜，竟以数百金赠之，叫她依旧关门，不可接客”②，这种仗义和慷慨足以让人忘却其巨骗的身份而对其心生敬意。然而贝去戎的这种“不但慷慨，又且温存”的行为与懒龙的侠盗行为又是不同的。懒龙曾因误入一贫穷夫妻家中而慨然赠金，也曾为了资助一个贫儿而两番涉险。相较于懒龙的豪侠行径，贝去戎则没有如此无私与高尚，贝去戎的行动更具有趋利性。这一点从他教育徒弟“世上没穷人，天下无弃物，就在叫化子身上骗得一件衲头，也好备逃难之用。只要招得下船，骗得上手，终有用着的去处”的话语中便可以体会得到。因此他可以偷取他人的新婚喜宴，也可以恣意诓骗从事小本生意的笔客，至于被骗之人的命运则不在贝去戎的考虑范围之内。促使贝去戎主动去做善事的原因则是怕不义之财聚敛过度而使自身蒙受灾难，因此决定散财免灾。这种动机不同于懒龙因古道热肠、侠义情怀而主动去援助他人的行为。但另一方面，贝去戎也不同于宋四公等草莽大盗野性十足，胆大妄为。贝去戎的动机，比之莽夫之怒更显温和，也更富于人性关怀，比之豪侠盗贼则更加注重自我保护。

此外，在小说语言的运用上，《归正楼》体现了李渔小说一贯的语言风格。通俗流畅而又不失机智幽默。如在叙述贝去戎名号来历之时：

> “贝”“戎”二字合来是个“贼”字，又与他姓氏相待，故此做了暗号。及至到他手里，忽然要改弦易辙，做起跨灶的事来，说：“大丈夫要弄银子，须是明取民财，想个光明正大的法子弄些用用。为什么背明趋暗，夜起昼眠，做那鼠窃狗偷之事？”所以把“人俞”改做“马扁”，“才莫”翻为“才另”，暗施谲诈，明肆诙谐，做了这桩营业。人见他别创家声，不仍故辙，也算个亢宗

① 李渔《十二楼》，人民文学出版社 1986 年，第 92 页。

② 李渔《十二楼》，人民文学出版社 1986 年，第 92 页。

之子，所以加他这个美称。其实也是褒中寓刺，上下两个字眼究竟不曾离了“贝戎”。但与乃父较之，则有异耳。①

这段文字，多次运用拆字法，将贝去戎及其父亲的来历叙述出来，行文流畅，语言活泼，饶有趣味。又如，贝去戎被几位名妓寻访到时，贝去戎原以为是仇家找上门，因此易了容：

就把脸上眉间略加点缀，却像个杂脚戏子，在外、末、丑、净之间，不觉体态依然，容颜迥别。那些姊妹看见，自然疑惑起来。这个才说“有些相似”，那个又道“甚么相干”，有的说：“他面上无疤，为甚么忽生紫印？”有的道：“他眉边没痣，为甚么陡起黑星？当日的面皮却像嫩中带老，此时的颜色又在媸里生妍。”大家唧唧哝哝，猜不住口。

一连串口语话的描述，将妓女们疑惑不定的混乱场面生动地展示出来，使人似可想见当时的情貌，表现力极强。

杜濬在《归正楼》篇末总评中发出这样的感叹：“无想不造峰巅，无语不臻堂奥，我不知笠翁一副心胸，何故玲珑至此！”②从一定程度上说明了李渔小说新奇的特点。

（李　茜）

五　龙阳复仇及其他

——《萃雅楼》赏析

《萃雅楼》是李渔创作的一篇话本小说。作品的选材新颖独特，情节跌宕起伏，悬念环环相扣，结局别出心裁。小说不拘一格地将有悖社会伦常的同

---

① 李渔《十二楼》，人民文学出版社 1986 年，第 81—82 页。

② 李渔《十二楼》，人民文学出版社 1986 年，第 103 页。

性恋现象与关乎社会宏旨的朝政斗争联系起来进行表现，不但反映了享乐主义者对五光十色生活乐趣的赏鉴态度，折射出李渔投向同性恋现象的独特审美眼光，而且从俗文学的独特视角展现了中晚明社会的世态人情和政治斗争状况。

《萃雅楼》从议论花铺入手，感叹花铺融汇了极俗之市廛与至雅之花卉，卖花人既趁了肥钱，又享了清福，实在是生意之可羡者，从而引出了生意场中的“俗中三雅”——花铺、书铺、香铺。作者将靠花铺、书铺、香铺营生的人分别比作蜜蜂、蠹鱼、香麝的化身，指出要成为“俗中三雅”，不但要在生意场中选择花铺、书铺、香铺等高雅行业，而且要在经营过程中享受雅趣，否则便是“止变形骸，不变性格”的蜜蜂、蠹鱼与香麝，不但不得其趣，反倒厌花香之触鼻、书史之闷人，成了为书史花香所累的“雅中三俗”。在作者精彩的议论中，渗透着李渔作为享乐主义者、市场文化商人对于生活的审美感受。从作者极口称羡的口吻中，不难看出李渔对营生与生活的独到看法——营生不但要获取丰厚的利润，而且要维护体面的身份，更重要的是从营生中享受雅趣，以赏鉴的心态将营生与生活和谐地融为一体。李渔的《闲情偶寄》就反映了李渔食不厌精、脍不厌细，喜爱名宅、种植与器玩，注重声色、颐养的名士生活态度。而在现实生活中，李渔也力图将“俗中三雅”之一的书铺作为营生之道，他曾经编书写剧，创办书坊翼圣坊(后更名芥子园)，不但凭借创作和经营维持了品位出众的生活，而且在中国的文学史、艺术史和刻书史上都留下了浓重的一笔。可以说，李渔作为一位文化商人在历史上曾经取得过巨大的成功，《萃雅楼》的头回议论就是作者生活态度和审美趣味的说明。李渔以书铺作为营生之道，从中享受雅趣，把异卉名香作为生活不可或缺的部分，又将兼售“古书”、“名花”、“沉檀速降”的古董铺视为最雅的生意，把“开古董铺的”称为“市廛清客”，排在花商、书商、香商之上，不难看出作者对奇花、书史、名香是等量齐观的。作为文人墨客意趣的象征，书籍、名香、异卉、古董全面彰显了文化商人李渔独特的雅兴逸致。因此，“萃雅楼”既是小说的篇名，又是小说的点睛之笔，它概括了商品、陈设、品格和人物的雅致。萃雅楼主人雅士身份与萃雅楼的结构铺陈、生意行当、经营之道完美融合，浑然一体地体现了文化商人李渔对生活雅趣的追求，在一定程度上反映了李渔生活理想。

《萃雅楼》的头回议论本意在于“替斯文交易挂个招牌，好等人去下顾”，但作者笔锋一转，“奉劝世间标致店官，全要以谨慎为主”①，切不可挂美色招牌，很自然地从赏鉴生活雅趣转入叙述故事情节。《萃雅楼》故事发生于明朝嘉靖年间，此时龙阳之好蔚然成风。权臣严嵩、严世蕃父子都颇好男风，严世蕃热恋一个名叫金凤的优童，达到“昼非金不食，夜非金不寝”的地步。中晚明的不少文士官员亦有男风之好，明末文人张岱的《自为墓志铭》写道：“少为纨绔子弟，极爱繁华，好精舍，好美婢，好娈童，好鲜衣，好美食，好骏马，好华灯，好烟火，好梨园，好鼓吹，好古董，好花鸟，兼以茶淫橘虐，书蠹诗魔。”足见追逐安逸享乐的生活在中晚明士大夫阶层间十分流行，崇尚男风已不再是一个需要回避的话题。

《萃雅楼》取材于明朝历史上的朝廷政治斗争。明世宗嘉靖年间，徐阶、邹应龙、林润、黄光升等大臣与严嵩、严世蕃父子围绕朝政大权展开了殊死斗争，其间出现过多次惊心动魄的重大转折，这些事件成为后世小说、戏曲的重要题材。《萃雅楼》便主要是根据徐阶与严嵩、严世蕃的朝政斗争的故事改编而成的。明嘉靖二十年后，严嵩通过政治斗争逐渐掌握了朝政大权，却在军政大事方面无所作为。他为官媚上专权，排除异己，招权纳贿，私吞军饷，废弛边防。明嘉靖三十二年，兵部员外郎杨继盛上书弹劾严嵩，却被严嵩、严世蕃父子处以死刑，此后一段时间朝臣再也不敢与严氏父子为敌。严嵩步入老年之后，明世宗曾多次对严嵩的诏议应答表示不满。首辅徐阶便授意道士蓝道行利用明世宗信奉道教的心理，以扶乩为名，用沙盘代替“神”言，极言严氏父子弄权跋扈之状，从此明世宗对严氏父子逐渐疏远。而御史邹应龙意识到明世宗对严嵩父子的态度发生了变化，于嘉靖四十一年以“植党蔽贤、溺爱恶子”和贪污受贿等不法之事弹劾严氏父子。阅览奏章后，明世宗便下诏将严世藩投入大理狱，命严嵩致仕，“仍给岁禄”。由于严氏父子党羽遍布朝野，蓝道行、邹应龙先后遭到严世蕃的报复，蓝道行更被迫害致死。后来，法司裁定严世藩流放雷州，严嵩退居江西南昌养老。但是严世蕃在流放途中擅自返回南昌，大兴土木，建造别墅，还放出狂言要报复徐阶、邹应龙。恰逢袁州推官郭谏臣因公事路过严府，因严府的仆从监工对郭谏臣兀傲无礼，郭谏臣大怒，上诉状于巡江御史林润。林润曾经劾奏过严嵩党徒，生怕严嵩父子复出报复，便奏称严世藩在江西阴聚徒众、诽

① 李渔《十二楼》，人民文学出版社 1986 年，第 106 页。

谤朝政、图谋不轨。疏上,明世宗大怒,命林润逮捕严世藩等人入京审讯。首辅徐阶知道严世蕃诡计多端,提前拟好揭发严世蕃里通外国、意在颠覆明朝的奏疏,命黄光升等人上奏皇帝。明世宗阅后大怒,下诏抄没严府,流放严嵩,立斩严世蕃。将《萃雅楼》的故事情节与史实比较,就会发现小说基本沿用了史书提供的线索:杨继盛出疏劾奏严嵩——明世宗误判处斩杨继盛——朝臣告发严嵩、严世蕃父子——明世宗假意惩戒严氏父子——忠臣揭发严世蕃而激起明世宗怒火——严氏父子因罪伏法。历史上,皇帝的意志是关系到朝政斗争成败的关键,徐阶利用严世蕃勾结倭寇、蒙古,妄图颠覆明朝政权的罪状,激发了明世宗的怒火,坚定了皇帝彻底查处严氏家族及党徒的决心,最终将严氏势力连根拔掉。因此,杨继盛、沈鍊、邹应龙、林润诸位大臣只是导致严氏父子败落的导火索,成功激起明世宗怒火的徐阶才是整场斗争的核心人物,而徐阶所起草的揭发严世蕃勾结倭夷入寇的状疏无疑发挥了关键作用。《萃雅楼》在改编史实时,基本沿用了史实线索,诸如朝臣告发严氏父子、明世宗假意惩戒严氏父子、忠臣揭发严世蕃勾结倭夷入寇等史实都得以保留,只是将激起皇帝怒火的徐阶换成了权汝修。所以,李渔是把权汝修作为朝政斗争的核心人物来塑造的,由此可见作者对权汝修形象的重视。

小说中的权汝修"生得面似何郎,腰同沈约,虽是男子,还赛过美貌的妇人"①,与朋友金仲雨、刘敏叔二君感情契厚。三人选取结构精致、铺设雅丽的"萃雅楼",合伙经营书铺、香铺、花铺及古董生意。金仲雨、权汝修、刘敏叔三人作为雅士,音乐技艺超群,赏玩的是奇书名香异卉,摩挲的是秦汉唐宋瑰宝,再加上诚实守信的经营之道,赢得了全京城的倾慕。但白玉微瑕,李渔并不赞赏权汝修与金仲雨、刘敏叔二君的关系,《萃雅楼》的叙事中就表现出一定程度的猎奇色彩,整篇小说以男风作为叙事焦点,基本上围绕争夺男色的矛盾冲突展开叙述。李渔将有悖于社会伦常的男色争夺与朝政斗争联系起来表现,一方面在错综复杂的矛盾冲突中成功地塑造了权汝修的形象,另一方面隐约反映出作者对明朝走向覆亡原因的反思。在李渔笔下,权汝修是"身为妾妇"的龙阳,但在权汝修看似柔弱的外表下隐藏着一个坚强的内心世界。在视龙阳为商品的明代社会里,权汝修并不自轻自贱,他聪敏机灵、甘于贫贱、洁身自好、不惧强

① 李渔《十二楼》,人民文学出版社 1986 年,第 106 页。

权、坚守节操。急切不能得手的严世蕃无机可乘，只得利用太监沙玉成对权汝修施以惨无人道的侮辱迫害。权汝修遭受宫刑后，在宿命论思想支配下并未抗争，“料想别无去路，落得输心服意替他（指太监沙玉成）做事，或者命里该做中贵，将来还有个进身，凡是分所当为，没有一件不尽心竭力”①。一旦得知祸患出自严世蕃的指使，权汝修便“切齿腐心，力图报复”。但是权汝修并没有采用暴力复仇的方式，而是采用刚柔相济的计谋。权汝修“见东楼走到，就竭力奉承”，依靠严世蕃的信任，成功地打入严府，留心伺查访问，全面掌握了严氏父子不利朝廷、妨碍军国的罪状，并抓住皇帝假意惩戒严氏父子的时机，巧妙地进入宫禁，全面揭发了严氏父子的罪状，借皇帝之手将仇敌斩草除根，既报了心头之恨，为朝廷除掉了大奸大恶，又保全了自己和朋友。权汝修用意志、气节与智慧战胜了骄横跋扈的权贵，可谓有智、有节、有勇、有谋，可以算得上明清同性恋题材作品中个性鲜明、品格出众的文学形象。

值得注意的是，对权汝修直接施行宫刑的并不是权奸严世蕃，而是“甚得官家之宠”的用事太监沙玉成。沙太监因有痰湿病，“早间入宫侍驾，一到巳刻就回私宅调理，虽有内相之名，其实与外官无异”②。太监能够自由出入宫禁，就有可能与权臣“表里为奸、势同狼狈”，共同把持朝政权柄，做出祸害国家和人民的恶行。《萃雅楼》就详细表现了严世蕃利用沙玉成残害权汝修的罪恶行径。而小说表现的权臣与宦官狼狈为奸的情状并非作者凭空想象，这种情形在明代中晚期政治生活中实在是屡见不鲜。严嵩晚年让严世蕃协理公务，严世蕃就经常贿赂明世宗左右的宦官侍女以打探皇帝的动向意图，这固然是拟写公文的需要，更大程度上则是为了谋求一己之私利。明朝末年的宦官魏忠贤乱政则是宦官与权臣勾结发展到极致的产物，它动摇了大明王朝的统治基础，最终导致明朝覆亡。《萃雅楼》将有悖社会伦理的同性恋现象与明代朝政斗争联系起来进行表现，在一定程度上体现了李渔对明代中晚期政局的思索。小说采用历史素材，却不拘泥于史实，塑造了“小小忠臣”权汝修，代替明代首辅徐阶成就了激怒明世宗、击溃严氏父子、挽救政局的大功。在《萃雅楼》中，朝廷大臣对奸臣当道的局面都无可奈何，最终只能凭借娈童权汝修通过特殊途径实现挽狂澜于既倒的夙愿，似乎可以视为作者对晚明政坛后继乏人的感慨。

---

① 李渔《十二楼》，人民文学出版社 1986 年，第 120—121 页。

② 李渔《十二楼》，人民文学出版社 1986 年，第 116 页。

与前代大多数复仇题材小说类似,《萃雅楼》也体现出因果报应的思想,其目的在于"大有益于风教","奉劝世间人,莫施刻毒心,刻毒后来终有报,八两机谋换一斤"[①],借小说劝诫世人去恶向善。虽然《萃雅楼》主旨有些老套,但是瑕不掩瑜,由于作品具备了题材新颖、情节生动、结局独特等特征,仍不失为一篇引人入胜的优秀小说。

(李继伟)

六 《十卺楼》的艺术新生命

《十卺楼》为李渔的白话短篇小说集《十二楼》中短小精悍之作。孙楷第云:"笠翁的小说,是篇篇有他的新生命的。"[②]《十卺楼》主旨阐发寓理于事,情节构织常中生奇,艺术虚构幻中有真,从而映射出李渔的美学观念与艺术追求。

《十卺楼》叙写明朝永乐初年,浙江温州府永嘉县的秀才姚子榖与堪称"温州城内第一个美貌佳人"的屠姓女子定下婚约。姚父建造新楼以备儿子婚娶,并邀善于请仙判事的郭酒痴为此楼降仙题咏,得名曰"十卺楼",视之为吉兆。良辰美景之际,娶进的新人果然娇美,颇合姚秀才之意。不料,姚秀才于洞房花烛夜发现新娘是一石女。姚秀才的家人瞒着他将此妻休掉,以石女之妹替换。不想此新妇不仅姿容欠佳,且有顽疾。秀才父母无奈又以石女之姊代换。此妇虽温柔妩媚,却于进门时节已有私孕,遂被姚家遣回。之后,姚子榖命运多舛,几经辗转,做了九次新郎,非入门即亡,即因故退亲。姚氏父子遂深疑"十卺楼"所兆非吉,几欲折楼重建。在姚秀才的母舅郭从古的劝说下才作罢。后郭从古于杭城为姚秀才觅得"天下无双"的女子。姚秀才于第十次做新郎之时,发现此女子竟还是最初所娶之石女。两人原有情分,此番一见,更是情浓,无奈无由发泄,很是痛苦。石女遂得一毒瘤,二人情极之时,倒依这毒瘤追欢逐乐起来。石女经受病痛的折磨之后,竟恢复为正常女子的状态。经历艰苦折磨之后的姚秀

① 李渔《十二楼》,人民文学出版社1986年,第124页。
② 孙楷第《十二楼序》,《十二楼》,上海亚东图书馆1949年,第67页。

才夫妇遂如胶似漆、举案齐眉，尽享夫妻恩爱。

李渔对于小说有着自己个性的投入，创造了话本小说的“有我之境”，“从他的不少小说中可以窥见他的身影，窥见他的人生趣味和精神理想，自我辩解和内心告白”①。李渔以“规正风俗”、“警惕人心”为写作宗旨，借助小说阐发他对社会人生的思考与体悟，因而其作品显现出较强的“寓言”性。在谋篇布局方面，往往在入话中提出寓旨，在正话中为凿实此寓旨而安排叙事；在人物塑造方面，艺术形象表现出较强的类型化、象征性。《十卺楼》开篇即称“世上人的好事，件件该迟，却又人人愿早”，道出了一个具有普泛性、规律性的道理。接着将“世上好事”再缩小至人人“望得急切”的“富贵婚姻”，泛举人人“愿早”的心理，并举陶朱公、姜太公的晚年富贵，梁鸿、孟光老大成婚配的例子以说明何以“该迟”的原因。最后又宕开去，以“古语云：‘若将容易得，便作等闲看。’事事如此，不独婚姻一节为然也”，又重申此道理的普遍适用性。在正话部分，小说的情节则围绕着姚秀才欲望的实现与破灭加以推进。主人公姚子穀象征着一种急切的欲念，而他所遇到的女子则象征着一系列的磨折。姚秀才一出场即显示出对“娶个天姿国色”的女子的强烈渴望，因此不肯轻易就婚。直到十八岁才定下屠氏之女，乃“温州城内第一美貌佳人”。此乃愿望的初步实现。其后，姚父邀请善于请仙的郭酒痴为姚家新建之楼降仙题咏，得“十卺楼”之名。众人将此解读为，姚秀才“必有一位夫人，九房姬妾，合算起来，共有十次合卺”；并以此推测，姚家“子为仕宦，父即封翁”，因而“十卺”乃极美之兆。这一预言对于姚秀才而言，可谓锦上添花。及至良辰吉日，姚秀才揭开新人的纱笼，看到其轻盈绰约、袅娜端庄，更是惊喜欲狂。此时，姚秀才的愿望得到极大满足。然而，紧接着情节却陡然转变。姚秀才正要与新人温存时，惊异地发现娇美的妻子竟是石女，其情绪不禁急转直下，跌入低谷。随后，姚秀才的家人瞒着他将石女休弃，换回石女之妹与姚秀才为妻。经历了新婚之夜的极度失望之后，姚秀才的愿望乃是能与妻子缱绻温存。在他不明就里的情况下，与石女之妹同床共枕，得遂心愿，因而惊喜不已。此时，其愿望看似又得以实现。然而，待天亮看到新妇差强人意的容貌，姚秀才不免心生嫌恶。加之渐渐发现女子另有顽疾，更是懊恼不已。此种情势下，姚秀才只愿遣归此女，免受污秽之苦。秀才的父母在他浑然不知

① 杨义《中国古典小说史论》，中国社会科学出版社 2004 年，第 490 页。

的情况下，遣归石女之妹，换回石女之姊。此女不仅温柔妩媚与石女纤毫无异，且使姚秀才得享云雨之欢。然而，令姚秀才沮丧的是，此女竟在进门的时节已有私孕。长此以往，姚家难免蒙羞。因而亦将此女遣回母家。姚秀才再次陷入失意之境。此后，姚秀才在一次次失败的婚姻中频繁品尝生活的酸甜苦辣，五味杂陈。他娶来的女子，不仅容颜丑陋，性体愚顽，且多病早夭。三年间，做了九次新郎，却不曾有一番着实。个体的心理欲求在世事无常中被一次次摧损，姚秀才经受着心灵的磨折。直到他对"十卺楼"的预兆产生深切的怀疑，即将放弃对生活的憧憬时，又在第十次婚配时，于阴差阳错间与石女重聚。且石女在经历一病痛的折磨后，奇迹般地恢复正常，二人终获恩爱美满的生活。作品中寄寓着李渔的生活哲学，展现出既顺应人性的欲求，又直面现实困境与折磨的人生智慧，体现出其人生哲学的实用精神。

李渔强调文艺的创新性，认为只有独创的新奇的戏剧作品，才具有强烈的艺术魅力。他认识到："以尖新出之，则令人眉扬目展，有如闻所未闻；以老实出之，则令人意懒心灰，有如听所不必听。"①离开了创新，艺术之美必将枯萎，观众美感的泉源也随之干涸。同时，他又主张从日常生活中求新求奇。其小说题材虽多为街谈巷议、耳闻目见之事，然而通过其艺术加工提炼可翻出新意、呈现奇趣。《十卺楼》便在波澜起伏、摇曳多姿的情节发展中达到常中生奇、引人入胜的审美效果。小说中首先出场的郭酒痴便堪称"奇人"，可于酒醉后请仙判事，且所占吉凶祸福极为灵验。他为姚家所题"十卺楼"之名令人匪夷所思，且题诗云："十卺原非错，诸公枉见疑。他年虚一度，便是醉人迷。"此诗之文义艰深玄妙而引人猜度，为读者设下悬念。众人皆以为预示着姚秀才将来必有一位夫人，九房姬妾，其为仕宦无疑。可是事多莫测，第一个进门的妇人虽是美貌佳人，却是一石女，被公婆打发回娘家，换回其妹。可又遇一奇，二人同是一母所生，却妍媸粗细迥别，且此女又有恶疾相随，遂又被遣回娘家，换回石女之姊。不料，此女已有五个月的私孕，只得又发回娘家。"等到三年之后，已做了九次新郎，不曾有一番着实"，娶来的女子丑陋愚顽，且多病早夭。只急得姚秀才"欲火如焚，只要寻死"。最后无辙，要远远的再娶一房。更奇的是，娶回的正是起初成亲的石女。作者在此一顿，又设一悬念："醉仙所题之字，依旧不验了。第

① 李渔《闲情偶寄》，《李渔全集》第3卷，浙江古籍出版社1991年，第52页。

十次做亲,又遇着这个女子,少不得还要另娶。无论娶来的人好与不好,就使白发齐眉,也做了十一次新郎,与'十卺'二字不相合了,叫做甚么神仙。"接着,作者又生奇想,竟让天公开眼令石女得一巨毒,愈后重现女儿身。姚秀才的第十次婚姻终得美满,与"十卺"之名相契合。李渔将现实生活的原始结构状态打破,按照必然律或可然律重新进行组织,从而创造出更富有戏剧性的矛盾冲突。

艺术虚构的真实性是小说重要的审美意蕴。李渔认识到艺术真实乃是生活真实与艺术虚构的辩证统一,认为文艺作品必须"既出寻常视听之外,又在人情物理之中"①。要实现艺术真实,首先要设身处地想象人物的内心世界,"欲代此一人立言,先宜代此一人立心","务使心曲隐微,随口唾出,说一人,肖一人。"②作者在叙写姚秀才一波三折、意外迭出的婚姻经历时,便注意展现其在面对每一次婚姻变故时的心路历程,揭示其在命运的漩涡中被动地挣扎。对于少有才名、家境殷实的姚秀才而言,娶一位娇美的妻子并不是非分之想。而在初次婚配时竟遇一石女,失望怨怒在所难免。第二位妻子的顽疾带给姚秀才的是夜夜忍受污秽之苦,无法安睡。这种日复一日地忍受也颇为痛苦。第三位妻子在未进门时已有私孕,对于姚秀才则意味着尊严蒙羞。此后的几次婚姻,他在命运的捉弄中一次次经受身心的折磨。作者从生活之常理与人性之常情出发设置情节,使戏剧性的矛盾冲突建立在现实基础之上,因而使读者阅至姚秀才的频繁婚变时,对其无奈尴尬与失落惆怅产生感情共鸣,深感故事情节新奇而不荒诞。且在感叹姚秀才的姻缘蹭蹬、命运多舛的同时,对作者所阐发的人生感悟产生价值认同。

此外,为实现小说的艺术真实,李渔还注重作品情节逻辑的严密。他强调文学创作要注意"针线紧密",认为"照应埋伏,不止照应一人,埋伏一事,凡是此剧中有名之人,关涉之事,与前此后此所说之话,节节俱要想到"③。在《十卺楼》中,姚秀才与石女的重逢是极为巧合之事。为不使读者感到突兀,作者注重情节的铺垫与照应。先是在第九次婚姻失败之后,姚氏父子因怀疑"十卺楼"非吉兆欲折毁重建,被秀才的母舅郭从古劝阻,并期待"十次合卺,如今做过九次,再做一次就完了匾上的数目,自然夫妻偕老,再无意外之事了"。这便为第十次

① 李渔《笠翁一家言文集》,《李渔全集》第1卷,浙江古籍出版社1991年,第47页。
② 李渔《闲情偶寄》,《李渔全集》第3卷,浙江古籍出版社1991年,第47页。
③ 李渔《闲情偶寄》,《李渔全集》第3卷,浙江古籍出版社1991年,第10页。

婚姻以及石女的再次出现创造了可能性。郭从古于远离温州的杭城为姚秀才择婚，石女又因其顽疾而从温州辗转至杭城，为郭从古得遇石女提供了契机。同时，郭从古原与石女并未谋面，不知她与姚秀才以往的姻缘，加之石女的娇美“天下无双，人间少二”，令郭从古认为她就是姚秀才的佳偶。因而，姚秀才于第十次择婚时重娶石女便顺理成章。李渔以其高超的艺术创作手法，于情节的跌宕起伏中实现逻辑的谨严缜密，从而使情节的发展水到渠成，既满足读者好奇尚异的阅读期待，又不违背人情物理之真实，使读者体验到身临其境、感同身受的审美愉悦。正如黑格尔在《美学》中曾说：“艺术家之所以为艺术家，全在于他们认识到真实，而且把真实放到正确的形式里，供我们观照，打动我们的感情。”①

诚然，作品因篇幅所限，对人物的语言、心理等未能进行生动细腻地描写，导致艺术形象的性格特点不够鲜明突出。然而，作品依然体现出丰富审美意蕴。

（薛 蕾）

七 惜福延年 乐极生悲

——《鹤归楼》赏析

《鹤归楼》讲述的是两个青年文士在靖康之变前后的婚姻与仕途的故事。这两人一名段玉初，一名郁子昌，都是绝意功名之人，却因为皇帝诏命不得不参加科举考试并且榜上有名，又因此而被朝中大臣官尚宝看中，分别取其侄女儿绕翠和女儿围珠为妻。但由于二女均为当时徽宗皇帝的后妃人选，二人遭到皇帝妒忌，被委任为使臣护送岁币、锦帛出使金国。临别之时，郁子昌与妻子恋恋不舍，悔不曾把围珠的肖像画下来带在身边，天天观瞻；而段玉初却显得十分洒脱、毫不在意，不仅对妻子冷言冷语，还将所居楼房的匾题名“鹤归楼”，以示不

---

① 黑格尔《美学》第一卷，人民文学出版社 1962 年，第 343 页。

望生还之心。到了异国，郁子昌由于得到岳父的财力支持，早早就完成了任务还朝，却因小人谗言连家门都来不及进就又被派了出去，几经磨难，九死一生。由于思念妻子心切，归家时少年白发，未老先衰。自从郁子昌离家之后，妻子围珠日夜思念丈夫归来，忧心如焚，以致容颜迅速憔悴，最后因相思染上疾病，不幸身死。而当初不求生还的段玉初，由于怀抱一颗恬淡之心，立定主意任金人威逼决不妥协，几年之后，金人渐渐放弃了对他的索求，并任其自由出入，避免了郁子昌后来遭遇的劫难，最后与妻子团圆，并恩爱偕老。绕翠则为丈夫离别时的行为而心寒，索性安于恬淡，立志守寡，最后夫妻团圆时仪态竟然更添了几分，较之分别前更显风韵。

故事最后的结果是，一无所求，不求生还，一心要惜福修身的寡情之人容颜不改地归来，不仅仕途顺利，还与美貌的妻子偕老百年。而一生宦兴索然，惟愿求得绝色佳人为妻，对妻子极尽爱恋的人却未老先衰，官至台辅却于婚姻一事终究难以遂愿。李渔想要借此表达的思想是，造物忌盈，人们不应该放纵个体的欲望去追求享乐，而应该遵守礼法，惜福安穷、知足守分，以免乐极生悲、欢娱难继。

在话本的入话部分，这种思想就已经明确地表达出来。李渔的话本小说基本都还遵循着传统话本小说的模式，在正话开始之前先讲述一个小故事作为头回，引出下文。《鹤归楼》的头回讲述的是一穷一富两个商人夏日客于他乡，同宿一屋，面对蚊虫和酷暑，两人的表现不同。穷人因为没有蚊帐而在屋里奔走躲避蚊虫叮咬，但内心极为平静。而富人虽在蚊帐中却因酷暑难耐，而思念家中的安逸生活。之后富人向穷人求取了在此恶劣环境中使心境平淡的秘方：每遇困境，就与那些处境更差的人作比较，借以安慰自己。富人得之，通身汗下，很快就进入了梦乡。头回所讲故事很简单，与正话的主题十分契合，只是劝世的意图更明显一些：遵守礼法，不放纵自己的个体欲望，安贫乐道。

在正话部分，主要体现在对段玉初婚姻观念的肯定和对郁子昌一生惟愿求娶绝色佳人却终不能遂愿的无形贬斥中。李渔将段玉初婚姻的完美结局归因于他对天命、礼法的恪守上。段玉初深谙福祸相依，水满则溢，造物忌盈，不会使人满愿之理，他认为人生有三种过分之福，即少年成名、登科入仕、娶得绝色佳人，常人得其中一样就会犯造物之忌。这就导致了他的婚姻观与人别有不同：婚姻之事不宜强求，总是越晚越好，过早枕席之欢，只会招致祸端。即使面对世间第一美貌的妻子，他也常怀忧虑之心，不肯尽享男欢女爱，一心惜福以免灾难祸端。然而造物忌盈，却偏爱惜福之人，最终，段玉初在脱得劫难之后，与第一位绝色佳人相伴终老。而郁子昌的坎坷婚姻，主要是由于他将夫妻之爱视作明教乐土，一生所愿唯有娶得绝世佳人肆意行乐，但终因过分追求并放纵自己的欲望，先是失去了第一美人绕翠，不得已求其次，后又与妻子天人永隔，并在有生之年终未遂愿。

段玉初所思所为，既有虚静适意的道家品格，也有不执着于我，不执着于物的佛教思想精髓，但更重要的是兼具儒家礼教规范。今人孙楷第先生将段玉初名字的解读成"断欲于初"，不无道理。这种思想也是作者人生观的体现。李渔姬妾众多，自己却常常外出打抽丰。他在《鹤归楼》中让段玉初对妻子决绝的做法，其实也常常用之于自己的生活中。因此，孙楷第先生在论及李渔《鹤归楼》时认为，段玉初身上有着李渔的影子，他的思想很大程度上也是李渔自己的观点。

李渔经历了明清易代的社会变迁，他的思想毫无疑问会浸染上这个时代的特征。明代中后期社会发生了翻天覆地的变化，宋明理学的至尊地位虽依然牢固，但陆九渊倡导的"心学"，到了明代王阳明又有新的发展。程朱理学要求人们遵守伦理纲常，主动断绝个体的各种欲望，目的是为统治者制造顺民。但是陆王"心学"，尤其是王学左派则明确反对理学对人性的束缚，它肯定人的自我意识和欲望追求，认为这些都是人之本性，应该得到尊重，并鼓励人们主动追求情爱和物质享受。然而随着明王朝的灭亡，清朝统治者面对自己建立起来的新政权，急需一个为巩固政权服务的思想工具，于是极力推崇存天理灭人欲的理学思想，压制陆王学说，将李贽等人的思想视为异端加以钳制，使理学思想发展出现回光返照的迹象，而心学则陷于低迷。这种思想的变迁和异动，对生活在这一时期的知识分子不免产生影响，文化商人李渔也不例外。

李渔《鹤归楼》一方面借段玉初之口劝诫人们要节制情感欲望，惜福安贫，遵守礼法规定，以免乐极生悲；另一方面又说段玉初惜福安贫是在积累才华阅历，以待后来取得日生月大的利息，最大限度地实现自我追求。小说对段玉初婚姻生活的描写最为真切地体现了这一点。段玉初为避免造物之忌，不愿早婚，却意外地娶得当世第一美女为妻，为此他惴惴不安，新婚燕尔常常对着妻子忧心忡忡，慨叹自己身份低微，不该享受这样的艳福，担心久后必遭不幸。因此即使在枕席之欢、云雨绸缪之际也常感到不安。却在吃尽苦头，终于出使还朝之后，段玉初一改新婚时的愁苦，与妻子幽默调笑，尽情表达自己的感情，闺房之中委曲绸缪，极尽欢娱，俨然一个风流浪子。作者本想借段玉初来劝世人遵从理法，却无意中倡导了对情爱的追求，段玉初对待婚姻的惜福守分的态度不过是克制自己的情感和欲望，以求得更为长久婚姻的权宜之计，他并不排斥对美满爱情婚姻的追求，相反内心充满了渴求和艳羡。这种前后矛盾的行为和结局，体现出作者内心深处的矛盾挣扎。

李渔《鹤归楼》设置了两条平行的叙事线索，以两个不同的婚恋故事表达同一个主题：惜福安贫，知足守分，以免造物忌盈。一条线索是段玉初的仕途及其与绕翠的婚姻故事，另一条是郁子昌的仕途及其与围珠的婚姻故事。两条线索齐头并进，又相互关联，段、郁二人是同榜进士，段玉初之妻绕翠乃是郁子昌之妻围珠的堂妹，两位均是绝色女子，都曾被皇帝选为后妃，又都因忠臣进谏逃过一劫，段、郁二人由于同样的原因出使异国与妻子离别。然而同中有异。先是两人的人生道路有异。段玉初自小有“神童”之称，但他认为造物忌盈，唯恐志太满、意太得会导致不幸，因此，绝意功名，不愿过早成婚，一心惜福安贫，不想却高中科举，娶得当世最美的女子为妻，并偕老百年。郁子昌将功名看得很淡，却对婚姻一事极为认真，定要娶得绝色女子成婚，先是科举中第名次在段玉初之下，虽与第一美人订婚，可谓志满意得，然而造物忌盈，偏使他不得遂愿，娶了当世美貌第二的女子为妻，最后天人永隔。接着是对于情爱的态度有异。段玉初、郁子昌少年得志，得享“过分之福”。段玉初为此终日忧心，不敢过分享受，即使是枕席之欢也不敢恣意为之。待到不得已而离别，却将生离视作死别，决绝而去，以使妻子断绝相思之情。最终由于他的惜福安贫，得脱灾难，冠带而归，与妻子偕老百年。郁子昌把婚姻看得极重，惟愿娶得绝世佳人。虽然没能与第一佳人成婚，但妻子围珠也有倾国倾城之貌。因此新婚之后，心满意足，不管什么造物忌盈、盛极而衰之理，一味追求享乐，与妻子琴瑟和鸣，恣意行乐，即将久别更是眷恋不已，使妻子倍感情深意切。最终，妻子因为思念太过，抑郁而终，郁子昌唯一的追求也随之落空。而自己并不上心的功名，却偏偏极为顺利，最后官至台辅。

《鹤归楼》中两条结构线索，形成鲜明对比，显示出作者的艺术匠心。小说中对比手法的运用无处不在。段玉初、郁子昌婚后的不同表现，前者惜福之余，尚且忧心忡忡；后者纵情享乐，毫无顾虑。二人即将出使，离别之时对待妻子的态度，前者决绝冷漠，示意不再归来，以使妻子不胡思乱想，安心度日；后者与妻子依依惜别，难舍难分，致使妻子日日悬望，终因相思而死。出使过程中，前者立定主意宁死不屈，结果短暂的煎熬之后，便入避难之地出入自由；后者努力奔波以求早日还朝，却历经波折，一再被遣。出使归来，前者干练之余，丝毫不见衰老，并得与妻子终老天年；后者则历尽沧桑，未老先衰，白发丛生，与所爱天人永隔。一生惟愿常居温柔乡，在明教乐土中恣意放纵情欲的段玉初，偏不能实现自己的追求，不仅失去了绝色佳人，人生几度婚姻均以天命不肯眷顾而告终。一直惜福安贫，将娶佳人为妇视为享受过分之福而惶恐不安的段玉初，却最终与佳人在温柔乡中安度一生。在一系列的对比中凸显主题，让读者从不同人物的选择及其所带来的结果中吸取教益，自觉地克制欲望，惜福安贫，以求福报。

总之，李渔《鹤归楼》是一篇故事精彩，内涵丰富，艺术上不落俗套的话本小说佳作，正如杜睿评中所说："此一楼也，用情最深，取径最曲，是千古钟情之变体。"①

（马小溪）

八　守节与存孤的悖论

——《奉先楼》赏析

《奉先楼》出自李渔白话短篇小说集《十二楼》，集中体现了李渔"三美俱擅"的美学原则。李渔认为小说戏曲"其可传与否，则在三事：曰情，曰文，曰有裨风教。情事不奇不传；文词不警拔不传；情文俱备，而不轨乎正道，无益于劝惩，使观者、听者哑然一笑而遂已者，亦终不传"，"三美俱擅，词家之能事毕矣"②。李渔正是以其寓怀疑精神于劝惩教化之中的丰富思想内涵；于尖新奇巧之中循人情物理的审美意蕴；重结构谨严中灵活运用叙述技法的艺术表现，使作品实现

① 李渔《十二楼》，人民文学出版社 1986 年，第 197 页。

② 李渔《笠翁一家言文集》，《李渔全集》第 1 卷，浙江古籍出版社 1991 年，第 47 页。

思、情、文的多维统一。

《奉先楼》叙写明末南京舒秀才，家中七代单传，娶妻后直到三十岁才幸育一子。适逢兵荒马乱之际，舒秀才为保家族血脉，于家祠奉先楼中遍告族人，望妻子遇敌军时立意存孤，勿拘小节。后乱军蜂至，舒秀才抛家弃子逃亡出行，妻子罹遭淫污，却含羞忍辱抚养孩子。鼎革之后，舒秀才寻妻觅子，历经颠沛流离，得遇已成将军之妇的妻子及被将军视如己出的孩子。妻子将儿子托付于舒秀才后，悬梁自缢。将军将她救活，感其刚烈，允其随舒秀才归乡，还夫妻母子团圆。

劝惩是中国古代白话小说的重要主题，正如鲁迅所说："俗文之兴，当由二端，一为娱心，一为劝善，而尤以劝善为大宗。"[①]李渔也将"规正风俗"、"警惕人心"标举为自己的写作宗旨，并将小说集《十二楼》称为《觉世名言》。《奉先楼》的显性思想内涵就与此旨归一脉相承。"奉先"守礼，宁愿饿死也不吃牛肉的"半斋"秀才，"忍辱存孤"、"事终死节"的贤妇，体谅人心、仗义将妻子让与原夫的将军，围绕三个人物的抉择构织出一个探讨道德伦理的故事。然而在教化之中又寄寓着作者的怀疑精神。以"孝"、"节"作为行为规范内在要求的儒家道德价值观念在作品中显露出尖锐的矛盾。在流寇猖獗，奸淫妇女、残杀孩童的背景下，若要保全舒家百世宗祧，舒娘子只能忍辱成为失节之妇，这就违背了"节"。若要守住名节，舒娘子只能以死保全清白，然而她却无法守护襁褓中的孩子。未能保全舒家的血脉，则意味着她未能尽到"孝"道。李渔洞悉道学家的贞节观的漏洞，先是以子之矛刺子之盾，以孝道压倒贞节，又以对个体生命的关怀攻击道学的残忍。非此即彼的伦理矛盾以舒秀才"乱世从权"的逻辑加以解决。因此，舒秀才央求舒娘子"万一你母子二人落于贼兵之手，倒不愿你轻生赴难，致使两命俱伤；只求你取重略轻，保我一支不绝"。这种情节设置似乎是在修补传统的道德观念，实际在披露其漏洞和矫情的同时已经将其解构。李渔以小说来艺术化地剖析自我的思想纠结，展现对社会伦理道德的思索。他革新话本小说，引人注目之处即在于，在曾经因属市井伎艺而呈现模式化的文学体式中，趣味盎然地投入"自我"，创造了话本小说的"有我之境"。

与此思想内涵相呼应，作品呈现出悲喜交集的多重风格。《奉先楼》的结局秉承李渔小说惯常的皆大欢喜的喜剧结局。因为舒秀才谨守奉先楼碑文中所

① 鲁迅《中国小说史略》，《鲁迅全集》第九卷，人民文学出版社2005年，第115页。

载之高僧的训诫，能持“半斋”，故而三十得子，幸延家庭血脉；且在生命垂危之际，遇北斗星君送其还生。于是得以千里寻亲，巧逢妻儿。并承将军恩义，送归爱妻娇儿，成就夫妻完聚、骨肉团圆的喜剧。然而，在蜕去作品的喜剧外壳之后，读者能感受到其中蕴含着对社会的关注，对人性的关怀。首先，小说深刻展现出社会动荡造成的家庭悲剧。舒氏夫妇所生活的时代，“流寇猖獗，大江南北没有一寸安土。贼氛所到之处，遇着妇女就淫，见了孩子就杀。甚至有熬取孕妇之油为点灯搜物之具，缚婴儿于旗竿之首为射箭打弹之标的者”。社会的动荡导致生灵涂炭，以至“十家怀孕九家堕胎，不肯留在腹中驯致熬油之祸；十家生儿九家溺死，不肯养在世上预为箭弹之媒”。正因如此，舒秀才一家夫妻恩爱、喜得娇儿的甜蜜被无情打破，面临生离死别之苦。舒秀才面对兵匪之患，无奈之下别妻弃子，于饥寒交迫中几乎命丧黄泉。舒娘子则在孤苦无依中怀抱幼子在乱军中颠沛游离。此外，作品还深切表现出节孝观念导致的命运悲剧。如前所述，置身于“三纲五常”枷锁中的舒娘子，又遭逢兵患频仍的乱世，再加之保全宗祧的责任，难免陷于“全贞”、“尽孝”的悖论之中。即使得到丈夫与族人的应许，劝其“守节事小，存孤事大”，然而深受纲常思想熏染的舒娘子深切地为自己遭受玷污感到屈辱，且敏锐地觉察到即使留命抚孤，“这种功劳非同小可”，但若果真腼颜回到丈夫身边，只会自取其辱。因而她将幼子交与丈夫后，自己却索梁求死。尽管将军感其刚烈、舒秀才心存温情，舒娘子依然不能以失节之妇的身份回到家族中。只能依将军嘱舒秀才时所言：“你如今回去，倒是说前妻已死，重娶了一位佳人，好替他起个节妇牌坊，留名后世罢了！”这何尝不是另一种意义上的死亡。这种悲剧与喜剧交融的特点，正是李渔怀疑精神与游戏精神错杂交织的思想状态的艺术再现。读者能深切感受到，作者对那些颠簸于兵寇肆虐之境，挣扎于纲常伦理之网的脆弱生命倾注着人性关怀，同时又力图以自由想象、幻设手法“寓哭于笑”，实现作品的“机趣”。于是作品中虽依然呈现着作者的“笑意”，只是他的自由的笑，时或带着艰涩，时或带着悲凉。

“新奇”是李渔小说突出的审美特点。李渔认为“新也者，天下事物之美称也。而文章一道，较之他物，尤加倍焉。戛戛乎陈言务去，求新之谓也”①。《奉先楼》虽摹写市井百姓的生活，却也体现出尖新奇巧的艺术特点，即如作品中所

① 李渔《闲情偶寄》，《李渔全集》第3卷，浙江古籍出版社1991年，第9页。

宣称:“这篇正文虽是桩阴骘事,却有许多波澜曲折,与寻常所说的因果不同”,并提醒读者“不可被‘阴骘’阻了兴头,置新奇小说而不看也”。小说以生活中偶然性的巧合来构成故事冲突,情节回旋跌宕,波澜起伏。舒秀才于寻妻儿途中因持戒甚坚,饥馁几死。其魂灵偶遇巡察人间善恶的北斗星君,助其还魂归阳。此巧合令舒秀才得以保全性命。舒娘子亦有一番奇遇。虽怀抱婴儿被闯贼带在军中四处漂泊,却机缘巧合做了将军的妻子,更可喜的是,将军对她“宠爱不过”,“把他带来的儿子视若亲生”。这一巧合又使母子性命俱得保全。而当舒秀才因颠沛流离而受苦不过,“一连哭了三四夜,不想被船上听见,恼了一位太太,等到天明,差几个牢子拿到船边审究”,不承想这位太太正是他朝思暮念的妻子。此巧合使夫妻二人别后相逢。作品于尺幅间起波澜,于庸常中显新奇。使读者在舒秀才夫妻的悲欢离合中,也经历心情的舒急忧喜,体会到艺术审美的快感。

在追求“新奇”之艺术趣尚的同时,李渔并未忽视人情物理在小说创作中的重要意义,深刻认识到“奇”与“真”的辩证关系:“幻无情为有情,既出寻常视听之外,又在人情物理之中,奇莫奇于此矣。”①作品奇中有真的审美意蕴,主要体现在舒秀才、舒娘子及将军三个人物在各自面临两难时所做的抉择。对于舒秀才面临保全孩子性命抑或维护妻子贞节时选择前者的举动,作品铺垫了其必然性,“舒族之人极其繁衍,独有他这一分,代代都是单传,传到秀才已经七世”,保全宗祧是舒秀才肩负的责任,加之作者赋予舒秀才权变思想与宽贞观念。而读者群体与作品中的人物又具有相类的价值观念,因而舒秀才的选择便顺理成章。舒娘子的行止如前文所述,在彼时的伦理观念笼罩下亦具有典型意义。而将军的选择则更富有人情意味。将军原对舒娘子就“宠爱不过”;当确知她与舒秀才相逢却并未背叛自己时,对她心生赞许;及至救下悬梁自尽的舒娘子,又为其刚烈感佩不已;兼及将军深明大义,思及“我做英雄豪杰的人,那里讨不出妇女,定要留个节妇为妻”,因而有此义举。人物的言行举止遵循其性格心理的内在逻辑,因而使读者深感出意料之外又入情理之中。即如睡乡居士所言,“失真之病,起于好奇。知奇之为奇,而不如无奇之所以为奇”②,而要达到“无奇”之“奇”,就是要“举物态人情,恣其点染”。《奉先楼》这种于尖新奇巧之中循人情

① 李渔《笠翁一家言文集》,《李渔全集》第1卷,浙江古籍出版社1991年,第47页。
② 睡乡居士《二刻拍案惊奇序》,凌濛初《二刻拍案惊奇》,中华书局1991年,第3页。

物理的审美意蕴正是对明代以来话本小说优秀传统的继承与发展。

《奉先楼》在艺术表现方面，重结构谨严中又灵活运用叙述技法，显示出李渔高超的艺术敏感度和丰富的文学表现力。李渔对小说戏曲的结构有鲜明的艺术追求，即“立主脑”，并具体指出：“一本戏中，有无数人名，究竟俱属陪宾，原其初心，止为一人而设；即此一人之身，自始至终，离合悲欢，中具无限情由，无穷头目，究竟俱属衍文，原其初心，又止为一事而设：此一人一事，即作传奇之主脑也。”①《奉先楼》即以舒秀才抚子奉先为核心，写其育子之喜，保子之难，寻子之艰，复得之幸。围绕此主脑，又涉及对舒秀才之妻及将军的描写，亦杂有族人、乡邻、兵寇等诸多人物事件，使作品于丰富的人物层次中凸现出主要人物形象，并使主旨得以强化。而作为话本小说卓有成效的改革者，李渔对小说技巧加以灵活运用，艺术表现手法变化多样，在精致的天地中施展其写作才华。首先是打破中国古典小说常用的全知视角的叙述格局，恰当间入限知视角，以形成悬念。《奉先楼》叙至舒娘子在船中识得帘外之人正是自己日夜牵挂的丈夫时，却没有即刻相认，而是无情地命人用铁链将他锁住，只待将军发落。将军的表现亦令读者莫名其妙。初见舒秀才“竖起双眉，满脸杀气”，待仔细验其伤处，“只见铁索所盘之处磨得肉绽皮穿”，反而回嗔作喜。在这些情节发展的关键时刻，习惯于依赖神通广大、无所不知的叙述人来了解事情原委的读者突然陷入一种茫然状态，他们不知道此时舒娘子和将军那反常的表情后究竟藏着怎样的心思，也无法预料舒秀才将会面临怎样的命运。这种对人物内心描述的回避，令情节显得险象环生，使读者在重重疑云中欲罢不能。此外，李渔也在有条不紊的叙事中调整叙事节奏，使作品疏可走马、密不容针，令读者在疏急有致的节奏中如品妙曲。文中舒秀才被捉到船上做纤夫，先是以舒秀才“一连哭了三四夜”概述此间情状。随之则对舒娘子审问、呵叱、拘锁舒秀才的场景进行细致描述。叙写当时身为将军夫人的舒娘子“隔着帘子”质问舒秀才。当舒秀才“把姓名举止与寻妻觅子的话，说了一番”之后，舒娘子则高声呵斥他，并命人将其锁住。接着又用“一连捱上三日”带过。直至第四日将军归来，由怀疑舒秀才图谋不轨的“杀气”，到听完舒秀才的辩解后心存怀疑的“怒气”，再到验完伤后，疑虑消解的“喜气”，作者对将军的心理变化进行浓墨重彩地描摹。李渔以多角度复

① 李渔《闲情偶寄》，《李渔全集》第3卷，浙江古籍出版社1991年，第8页。

合、自由转换的叙事模式，使作品叙事一气贯通，形成俯仰自得的视角与灵动有序的节奏。读者也可以感受显隐开阖的艺术场景与高下起伏的文学节奏。这种叙述视角的灵活变化，既为后来的白话小说叙事带来创新，也逐渐成为中国古代小说叙事模式的重要特点。

诚然，作品虽为话本小说之佳作，亦非无瑕之璧。因李渔以娱乐读者作为其文艺创作追求，故使《奉先楼》所蕴含的悲剧情调和苍凉力度在皆大欢喜的喜剧结局中被稀释。而其中如北斗星君之类神幻形象的出现，则显现出刻意穿插之痕，难免导致幻而失真之弊。然而，瑕不掩瑜，作品依然为读者带来丰富的审美享受。

（薛　蕾）

九　买人为父的道德思考

——《生我楼》赏析

《生我楼》出自李渔白话短篇小说集《十二楼》，这篇小说不但情节曲折离奇，语言生动本色，更为引人注目的是其中体现的李渔思想中儒家道德意识与商人重利意识的融合。李渔独特的文人与商人的双重身份使其在创作《生我楼》时既不忘劝人为善的道德主题，又处处流露出实用为本的商业意识。

《生我楼》讲述了发生在宋朝末年的一个令人称奇的故事。乡间财主尹厚与妻子苦于婚后久未得子，便于祖屋之外另建起一座小楼居住，尹厚也因此得别名“尹小楼”。不久后便生了个儿子，本是一件喜事，只可惜这个孩子天生残疾，只有一个肾子，而且还在三四岁的时候走失了。尹小楼夫妇痛不欲生，乡人劝他们立嗣子，可尹小楼却另有一番主意。他装扮成乞丐模样走街串巷，要卖身给一个没爹没娘的人作继父，实际上是要寻找一个有情有义之人继承家产。恰巧遇到一个后生名叫姚继，可怜他无家可归，于是买他作父，不但对他恭恭敬敬，还将财产交其掌管。尹小楼心内暗喜，欲将自家家产送与姚继。元兵入侵，尹小楼情急之下将实情相告。姚继得知后欲聘娶旧主人之女与其一同还乡，不想心上人却被元兵掳走拍卖，姚继本想买回此女，却因乱兵不准观看面孔而错买了一位老妇，后在老妇的提示下才买回了心上人。因尹小楼未告知真实地址，姚继等三人只好回到老妇家中，却刚好遇到尹小楼。四人相聚之后竟然发现老妇就是被元兵掳走的尹小楼的老妻，而姚继正是当年走失的尹小楼的独肾儿子，经过多年乱离，一家人终于得以团聚。

《生我楼》以事奇取胜，用战乱中的奇异遭遇吸引读者，并警醒世人恤孤怜寡，时时心存善念。宣扬劝人为善的儒家伦理道德一直是李渔小说创作的主要动机，他在《闲情偶寄》中就提出："凡作传奇者，先要涤去此种肺肠，务存忠厚之心，勿为残毒之事。以之报恩则可，以之报怨则不可；以之劝善惩恶则可，以之欺善作恶则不可。"①李渔将自己的小说称为"无声戏"，显然是将小说作为不能演唱的传奇来创作的，这种劝善惩恶的创作目的也贯穿在他的小说创作中，《生我楼》就是代表作品之一。小说的主人公之一姚继是作者塑造的具有儒家传统道德的模范，他在街头见到扮成乞丐的尹小楼便生出怜悯之心，义正词严地制止了众人的骚扰，他说："鳏寡孤独之辈，乃穷民之无靠者，皇帝也要怜悯他，官府也要周恤他，我辈后生，只该崇以礼貌，岂有擅加侮嫚之理？"②实际上就是李渔在借姚继之口劝告世人恤孤怜寡。《生我楼》的故事虽然貌似不合常理，但在李渔的笔下却成为一个劝人敬老的极好范例。姚继不惧人言，买乞丐作父，并孝顺有加，之后更是将误买的老妇认作母亲，不但安排饭食还脱下自己的衣物为其御寒。这种种善行既为他赢得了恤孤怜寡的好名声，也使他找回了亲生父母与心上人。李渔以姚继的遭遇充分宣扬了劝人行善和善有善报的思想，就像《生我楼》中所说："奉劝世人，虽不可以姚继为法，个个买人做爷娘，亦不可以姚继为戒，置鳏寡孤独之人于不问也"。③

《生我楼》以及《十二楼》其他小说中透露出的劝善惩恶的写作宗旨与李渔本身的儒士身份密切相关。在传统的儒家伦理观中，关怀鳏寡孤独之人是君子所为，更是实现"大同"理想世界的途径。《孟子·梁惠王下》中就指出："老而无妻曰鳏，老而无夫曰寡，老而无子曰独，幼而无父曰孤。此四者，天下之穷民而无告者。"只有将鳏寡孤独之人都纳入关怀奉养的范围之中，才能达到《礼记·

---

① 李渔《李渔全集》第3卷，浙江古籍出版社1991年，第6页。

② 李渔《十二楼》，人民文学出版社1986年，第218页。

③ 李渔《十二楼》，人民文学出版社1986年，第229页。

大同篇》中描绘的“人不独亲其亲，不独子其子，使老有所终，壮有所用，幼有所长，矜、寡、孤、独、废疾者，皆有所养”的“大同”世界。李渔从小学习诗书六艺，十六七岁时即能下笔千言，曾因在童子试中成绩优异而被主考官许豸誉为“五经童子”，之后也曾数应乡试。传统的儒家文化早已融入他的思想深处，成为他一生创作的根基，以至于在他在小说中也总是戴着道学的面具宣扬封建礼教，时刻不忘借故事警示世人。李渔在《闲情偶寄》的《凡例》中明确把“规正风俗”、“警惕人心”标举为写作宗旨，又把小说集《十二楼》称为《觉世名言》，自号“觉世稗官”，也是希望自己的小说能够有益世道，足见李渔宣扬教化的良苦用心。

《生我楼》的故事情节围绕买卖人口展开，起初是尹小楼自愿卖身为父，姚继买其做父，后姚继为娶曹氏错买尹小楼老妻，最后又揭开多年前真相，原来姚继当年也是被拐卖才离开家乡的。从小说中的人物身份看，姚继及其旧主人曹玉宇都是从事贩布买卖的商人，即使是世代务农起家的财主尹小楼的身上也带着追逐利益的商人气质。这种情节结构和人物身份使得小说中笼罩着浓厚的市井阶层的商业气息。商人所特有的追求利益的一面在《生我楼》中体现得淋漓尽致。尹小楼夫妇遭遇丧子后一直未有后代，亲戚朋友劝他立嗣，尹小楼却道出一番惊人言论。他说：“立后承先，不是一桩小事，全要付得其人。我看眼睛面前没有这个有福的孩子，况且凭空白地把万金的产业送他，也要在平日之间有些情意到我，我心上爱他不过，只当酬恩报德一般，明日死在九泉之下，也不懊悔”。① 他选嗣子的标准并不是血缘亲疏，也非人才品格，而是看是否对自己有过恩惠。封建社会中十分普遍的立嗣子被他当成了商品买卖，正像他自己所说：“要等个有情有义的儿子，未曾立嗣之先，到要受他些恩惠，使我心安意肯，然后把恩惠加他。别个将本求利，我要人将利来换本，做桩不折便宜的事与列位看一看，何如？”②为了避免家乡听到此番言论的人用假情假意骗他，尹小楼还特地背井离乡去寻找后嗣，这全然不像一个以务农为生的财主，更像是精心算计本利得失的商人。遇到姚继之后，看到这个继子对他恭敬有加，但尹小楼仍放心不下，依然隐藏真实姓名和籍贯，仔细留心观察、多方试验他的真心。乱兵入侵之际，他首先想到的不是如何逃命，而是将姚继唤到面前，问他：“收布

① 李渔《十二楼》，人民文学出版社 1986 年，第 215 页。
② 李渔《十二楼》，人民文学出版社 1986 年，第 216 页。

的资本共有几何？放在人头上的可还取讨得起?"[1]《生我楼》中的尹小楼千方百计为别人设局，又时刻提防，唯恐自己入了他人圈套，商人阶层的精明在他身上得到了充分的展现。而被作者当做道德典范的姚继也并非完人，他虽然怜悯卖身的尹小楼，但心里也存着"也使百年以后传一个怜孤恤寡之名"的私心。本欲在元兵的人市中解救心上人，却错买了一个老妇，他也"高兴大扫，连声叫起屈来"，无奈之下才想到："我前日去十两银子买着一个父亲，得了许多好处；今日又去几两银子买着这件宝货，焉知不在此人身上又有些好处出来?"[2]便决定将老妇当做人事送与尹小楼。这哪里是善行孝道的志诚君子所为！姚继在此时已不再是出于怜悯之心而是为了获得好处，也为了给尹小楼准备见面礼才收留了老妇。不仅面对陌生人是这样，即使是心上人也如此。姚继本欲买回曹氏，却因不能确定面容而犯愁，这时他心中想的不是如何能找到曹氏，而是算计着："就使不能相遇，另买着一位女子，只要生得齐整，像一个财主婆，就把他充了曹氏带回家中，谁人知道来历。"[3]当小说中的人物面对欲遵循伦理道德而不能的情况，李渔给予的解决办法是随机应变，用最妥善的方法灵活应对。就像《生我楼》开头的一段题外故事所述，宗室之妇被掳，本是失节之事，但因其"慷慨悲歌，形于笔墨，亦当在可原可赦之条"[4]。可见，李渔对于儒家伦理规范的理解具有两面性，一方面将其作为理想进行宣扬，赞美姚继之类的人物；另一方面，面对具体情况，又总是用灵活权变的态度看待儒家道德规范。对于像姚继这样用小市民的生活智慧解决问题的情况，李渔也总是持宽容欣赏的态度。这种理解的产生源于李渔既从事文学创作又经营商业的人生经历，他亦儒亦商的双重身份直接影响了其价值取向和创作态度，使他的小说中总是充斥着正统文化趣味与市民趣味的融合。在小说中，即使是父子亲情也可以像商品一样交换买卖，虽是孝子，也可因做了蚀本买卖而懊悔不已。李渔将趋利避害、精明算计的市井人情融入创作，既符合人物身份，又使情节推进显得合乎情理，虽然不免市井气浓厚，但也为读者真实展现了江浙一带充满商业气息的都市图景。

《生我楼》中市民阶层的商业意识无处不在，一方面是由小说题材本身的商

---

① 李渔《十二楼》，人民文学出版社 1986 年，第 221 页。
② 李渔《十二楼》，人民文学出版社 1986 年，第 225 页。
③ 李渔《十二楼》，人民文学出版社 1986 年，第 224 页。
④ 李渔《十二楼》，人民文学出版社 1986 年，第 214 页。

业性导致的，更为重要的是由李渔本身独特的文化商人身份决定的。李渔出身药商家庭，成名后又曾长期率家庭戏班干谒权贵之门，以唱戏获得缠头之资，恰似今人经营文艺团体以演出获利，不过李渔作为“商人”的地位，主要还是来源于他自办书坊、刻印书籍的行为。李渔一生的著作非常之多，有小说、戏曲、诗文杂著、曲论、词论等。而这些著作部分由他自己办的芥子园书坊刊印出售。芥子园所刻书籍行销全国，十分出名，由于销售量大，还引发了被人盗版的问题。李渔以文艺活动维持生计，又为将来的文艺活动积累资本。虽然李渔用文艺谋取金钱的生活方式常被人诟病，但他却对自己文化商人的身份从不讳言，甚至有几分自得，例如他在诗中曾写道“水足砚田堪食力，门开书肆绝穿窬”①，就是对自食其力的商贾行为的自我认同。李渔的商业经营活动几乎伴随他的一生，他的文学创作也必然会因此而受到市民审美情趣和价值观念的影响，《十二楼》中就有不少对于商业活动的描写，如《三与楼》中虞素臣卖楼，《归正楼》中贝去戎用谲术发财致富，《闻过楼》中殷太史为顾呆叟置业等等，因此当我们阅读《生我楼》时也就不难理解其中流露出的商人式的价值取向了。

《生我楼》以情节曲折离奇取胜，整个故事建构在一连串的机缘巧合基础之上，正像李渔所说：“谁想造物之巧，百倍于人，竟象有心串合起来等人好做戏文小说的一般，把两对夫妻合了又分，分了又合，不知费他多少心思！这桩事情也可谓奇到极处、巧到至处了，谁想还有极奇之情、极巧之事。”②这“极巧之事”就是指本是继子的姚继竟然就是当年被拐走的尹小楼的亲生子。李渔在此处又借尹小楼之口惊叹：“怎么有这等奇事？终不然我的儿子不曾被虎驮去，今日是皇天后土怜我夫妻积德，特地并在一处，使我骨肉团圆不成？”③用巧合来结撰故事，虽然容易引起读者阅读兴趣，但细读之下仍不免显得纤巧。李渔也意识到了情节牵强之处，于是将诸多巧合归因为“天性使然”，尽力使人物行为符合常理。但《生我楼》的情节也有设计十分精巧之处，如尹小楼为试验姚继真心便隐藏了真实籍贯，以至于在仓促分手之际姚继仍不知内情，这就为姚继没有真实地址只好跟老妇回乡埋下了伏笔。姚继随老妇回乡，没想到老妇正是尹小楼的妻子，此时的全家团圆才显得顺理成章。

① 李渔《癸卯元日》，《李渔全集》第1卷，浙江古籍出版社1991年，第301页。
② 李渔《十二楼》，人民文学出版社1986年，第228页。
③ 李渔《十二楼》，人民文学出版社1986年，第229页。

李渔的小说虽然以“有裨世道”为创作目的，但却从不板起道学的面孔说教，而是用生动有趣的故事感染读者，劝人向善。虽然小说主题总是维护封建纲常、宣扬教化，但小说中的人物却并未完全按照封建道德行事。《生我楼》中的姚继买人作父固然是李渔褒扬的对象，但对于姚继身上显现的追求利益、讲求实用的市民趣味他也未加苛责。这其实是李渔将自我意识投入小说创作的表现，他的一生既追求文人雅士的风雅生活，又为了维持生计不得不经营书坊，集文人与商贾为一身的双重身份造就了他独特的审美趣味和价值观念。在此影响下的小说创作也呈现出儒家文化与商人文化交汇融合的风貌。

（王　楠）

十　李渔的居乡梦

——《闻过楼》赏析

《闻过楼》是李渔白话短篇小说集《十二楼》中的最后一篇，一直被认为是作者融入自我意识最多的一篇小说。主人公顾呆叟即是李渔的化身，寄寓了作家对耕云钓月、绿野娱情的隐逸生活的喜爱，他的命运也正是李渔的美好愿望——获得贤明的达官贵人的认可和资助。善于结撰故事的李渔在《闻过楼》中用跌宕起伏的情节和清雅空灵的文字为自己构建了一个美妙的梦。

《闻过楼》的故事发生在明嘉靖年间，常州宜兴有一在籍大老殷太史，他有一个中表弟兄叫顾呆叟，此人恬淡寡营，是隐逸一流，因不利于场屋，遂自废举业。殷太史爱其品质高洁，对他的谏言规诫从善如流，城中其他乡绅也都乐于向他求教。呆叟因此不耐烦嚣，为享清闲，执意在乡下购宅置地。殷太史与众乡绅劝而无果，只得随他。殷太史无法再听诤言，苦思之下题其楼曰“闻过楼”。呆叟在乡下隐居未及半载就接连遇到祸事，先是县中派役要他监管收粮，花尽了积蓄才行贿得免，后又遇强盗劫掠，损失颇重，其后半年间节衣缩食，熬穷受困，本以为终能安居，没想到又被诬陷通匪窝赃，受押入城。行到离城数里之处，之前相交的乡绅大老们赶来慰问，将呆叟一家暂时安顿在一个雅致的宅院中，并相约帮他免陷囹圄。呆叟半信半疑，之前收贿的差人又将贿银送回，正在他惊诧不已之时，又出一桩奇事，半年前抢劫他家的那伙强盗找上门来，将所劫之物原物奉还，引得呆叟愁上加愁，生怕又添嫌疑，此时恰逢县令登门拜访，陈述今后问道之意，呆叟这才安下心来。晚间诸乡绅与他把酒压惊，他满心疑惑却不知何故，众人见了个个掩口而笑，殷太史这才将事情原委告知于他。原来呆叟在乡下隐居所遇三桩横祸，都是诸位乡绅为赚他回城与县令一同设计出来的计谋。为了能日夜受教，殷太史等人和县令各出一份钱资为呆叟购置了这处新居，只为能日夜求教，聆听规诫。呆叟惊喜毕集，最终决定移居近郊。为方便往来，殷太史又在他庄园之侧改建别业，将“闻过楼”的匾额挂在书楼之上，从此可以时时“闻过”了。

李渔在戏曲和小说中融入自我的经历，加入自我的评价，为他的作品打上了独一无二的印记，这在他的短篇小说集《十二楼》中表现尤为明显。孙楷第先生在《李渔与〈十二楼〉》中谈到《闻过楼》时说：“这一篇小说是笠翁自己的梦。”[①]小说中的故事包含李渔真实的人生经历，即“旧梦”，也包含他的理想生活，即“新梦”。主人公顾呆叟就是李渔自己的化身。首先，李渔与呆叟人生经历相似。李渔少年时便具才气，也曾中过秀才，但几次赴乡试均未如愿，遂不再应试。呆叟才德兼备，但因场屋不利，便绝意功名，一心归隐山林，在乡间结庐避世。呆叟退出场屋的原因虽然与李渔不同，但二人均是止步于乡试，在小说中李渔借呆叟之口为自己辩护说：“秀才只可做二十年，科场只好进五六次，若还到强仕之年而不能强仕，就该弃了诸生，改从别业。镊须赴考之事，我断断不为。”[②]绝意仕进之后，李渔回到家乡兰溪躲避战乱，构建了他人生中的第一个别业——伊山别业。小说中呆叟也“就在荆溪之南去城四十里，结了几间茅屋，买了几亩薄田，自为终老之计”，其实，“荆溪”便是“兰溪”，伊山别业也正在兰溪之南去城四十里左右的地方。小说入话中引用的《山斋十便》就是李渔当年建成伊山别业时所作的《伊园十便》，而呆叟居住过的两处乡间居所也处处存留着伊山别业的影子。别业建成后，李渔虽然享受了一段闲居时光，但为了生计不得不离开兰溪。即便如此，他心中营建别业的梦仍一直存在，一有余力便开始兴建园林。

---

① 孙楷第《李笠翁与〈十二楼〉》，见《十二楼》附录，人民文学出版社 1986 年，第 305 页。

② 李渔《十二楼》，人民文学出版社 1986 年，第 234 页。

其次，李渔与呆叟志趣相似。李渔自恃才高，常自命不凡，以高隐之士自比，因此也常表白自己对隐逸生活的喜爱。如《闲情偶寄·颐养部》叙述他在“明朝失政之后，大清革命之先”的一段生活时称：“予绝意浮名，不干寸禄，山居避乱，反以无事为荣。夏不谒客，亦无客至，匪止头巾不设，并无衫履而为之。或裸处乱荷之中，妻孥觅之不得；或偃卧长松之下，猿鹤过而不知。洗砚石于飞泉，试茗奴以积雪；欲食瓜而瓜生户外，思吱果而果落树头。可谓极人世之奇闻，擅有生之至乐矣。后此则徙居城市，酬应日纷，虽无利欲熏人，亦觉浮名致累。计我一生，得享列仙之福音，仅有三年。今欲续之，求为闰余而不可得矣。伤哉！”①李渔对此等神仙之乐念念不忘，不但自己享受山林之乐，还在小说中劝人隐居江湖，充分显示出他对林泉生活的喜爱。呆叟更是一个带有山林隐逸之气的才人，为了专心享受隐逸之趣，离城去郭。李渔在小说中这样写道：“呆叟自入山中，遂了闲云野鹤之性，陶然自适不啻登仙。”②表达了他对呆叟隐逸生活的羡慕与赞美。在营造园林方面，李渔在小说中透露出的品位也与实际生活并无二致。如《闻过楼》中描述众乡绅为呆叟所建居所时的一段文字：“柴关紧密，竹径迂徐。篱开新种之花，地扫旋收之叶。数椽茅屋，外观最朴而内实精工，不竟是农家结构；一带梅窗，远视极粗而近多美丽，有似乎墨客经营。若非陶处士之新居，定是林山人之别业。”③事实上，李渔也毫不掩饰自己对于花竹、梅窗等园林景致的喜爱，他称：“竹能令俗人之舍，不转盼而成高士之庐”④，“予又尝取枯木数茎，置作天然之牖，名曰梅窗，生平制作之佳，当以此为第一。”⑤由此可知，李渔将自我生活趣味和艺术审美倾注在小说中的呆叟身上，使他成为了自己的代言人。

最后，李渔在呆叟身上寄托了自己的人生理想。小说中的呆叟虽生性淡泊，只求避世，身边却总有一批渴慕他才学的乡绅官人。为了能聆听箴言，他们三番四次连骗带逼赚呆叟进城，更不惜花费大量钱财为呆叟营建居所，连一县之尊也折腰登门请呆叟离乡。一介平民，只因能进谏箴言，便被这些官员贵人推崇至此，这实在是李渔毕生的梦想。李渔在兰溪伊山别业闲居不久便迁居杭

---

① 李渔《闲情偶寄》，《李渔全集》第3卷，浙江古籍出版社1992年，第318—319页。
② 李渔《十二楼》，人民文学出版社1986年，第237页。
③ 李渔《十二楼》，人民文学出版社1986年，第240页。
④ 李渔《李渔全集》第11卷，浙江古籍出版社1992年，第301页。
⑤ 李渔《李渔全集》第11卷，浙江古籍出版社1992年，第172页。

州，后又移居金陵，在这期间他一直周游各地，在达官贵人家中做清客以获取收益。为维持生计，他还组建戏班，带领自己的姬妾在官府名门巡回演出赚取钱财，当时许多文人都对这种生活方式不以为然，对李渔的为人也颇多鄙夷。而李渔作为“打抽丰”的文人，他的心理是十分复杂的。他自小受到传统儒家教育，年轻时也曾希望通过科举实现学而优则仕的理想，但明清鼎革使他的理想化为泡影，欲为官而不得，求隐居而不能。只得出山给人做清客，饱尝儒者的辛酸和悲屈。但他又不甘居下流，虽然他失去了传统文人的清高资本，但仍抱有入世之心。李渔《伊园十便》诗有“日坐东轩学钓鳌”与“徐投香饵出轻鲦”①之句，是谓“钓便”，正化用姜子牙钓鱼所引用的古语“且将香饵钓鳌”一句。李渔并非淡泊名利，只是学习姜子牙钓鱼以退为进的生活哲学，等待他命中的周文王，这也许便是他一直周游于权贵之门寻求资助的原因。身为儒者又兼做商贾，他的周游之举也许是满足矛盾心理的最佳途径。怀有这样心态的李渔，写出呆叟这样的人物遭遇也就不足为奇了。在他心中，呆叟的经历是像他一样的失意文人所能期望的最好命运，既能隐居在清雅的园林之中，又可以得到当权者的认可和资助。只可惜，在动荡的社会环境下，这样的梦只能实现在李渔的小说当中。

李渔十分善于制造戏剧性的矛盾冲突，在紧密的结构中安排伏笔、布置照应，造成一波三折的阅读效果。在《闻过楼》中，呆叟搬家至乡下未及半载便遭派役，好不容易尽其所有脱了苦差，正在生息之时，又祸从天降遭到强盗劫掠，刚刚熬过这困苦时期，又被诬陷通匪。李渔刻意将三次祸事的发生时间分隔开，两次矛盾冲突加剧的中间都夹入平淡的情节，但此时的平静却使后面的矛盾显得更为激烈，给读者带来了新奇曲折的阅读感受。还有呆叟被众人骗到一处新居之后，刚安顿下来，便有上回派役的差人来访，呆叟甚是惊恐，恐怕是县令仍派人拿他，没想到来人却将前日收受的贿银原数奉还，呆叟这才放下心来。谁知又遇到强盗，却并不来抢劫，也将劫物送还。呆叟心还未定，门外又有县令登门，本以为是来抓捕自己，哪知县令却以礼待他。最后，众人揭开谜团，原来呆叟经历的这些祸福都是众人精心设计的。李渔在处理这几个情节时使用了中国古典小说中常用的手法，即情节的陡转。在叙事时打破事件的正常发展，

① 李渔《十二楼》，人民文学出版社 1986 年，第 233 页。

反其道而行之。起初情势朝某一方向发展，不断演变渐进，似乎到了山穷水尽的地步，这时却突然柳暗花明，出现了意想不到的结果。《闻过楼》故事情节紧凑而富于变化，充满戏剧性的矛盾冲突，既引发读者的阅读兴趣，又充实了故事内容，最大限度展示了小说这一叙事性文体的魅力。

李渔把第一本小说集命名为《无声戏》，已表明了自己的小说观，即将小说看作无声的戏剧，用他的"立主脑"、"密针线"等戏剧理论观照其话本小说创作也是可行的。他说："编戏有如缝衣，其初则以完全者剪碎，其后又以剪碎者凑成。剪碎易，凑成难，凑成之工，全在针线紧密。一节偶疏，全篇之破绽出矣。每编一折，必须前顾数折，后顾数折。顾前者，欲其照映，顾后者，便于埋伏。照映埋伏，不止照映一人、埋伏一事，凡是此剧中有名之人、关涉之事，与前此后此所说之话，节节俱要想到，宁使想到而不用，勿使有用而忽之。"①前文埋下伏笔，后文一定有照应的文字。在《闻过楼》中，前文有差人收受呆叟贿银，后文便有退回贿银；前文有强盗抢劫呆叟家时留下了几个包袱，后文便有县中以通匪窝赃罪名抓捕呆叟；前文有呆叟对众人哄他可以暂住新居心存疑虑，后文便揭晓众人为他购买新居的真相。三桩祸事与三桩喜事紧密勾连，相互照应，构成了《闻过楼》完整紧密的故事结构。李渔把小说当作戏剧来写，注重人物、情节的完整性，在最大程度上突出矛盾冲突，使读者获得犹如欣赏戏剧般的波澜起伏的审美体验。

杨义在《中国叙事学》中提出这样一个观点，"全知、限知是视角的静态分类。但在视角的动态操作中，我国叙事文学往往以此局部的限知与彼局部的限知，由此及彼，相互呼应，合成全局的全知"。从全局上看作家使用的是全知视角，但从局部看却分为一个个的限知视角。李渔在描述顾呆叟隐居期间的波折时采用的便是限知视角，顾呆叟的视角即是叙事者的视角，他对接二连三的打击虽然无奈却只好承受，由此引发了惊恐、疑虑、惊喜等情绪，在最后揭晓谜团的时刻李渔又重新回到全知视角，解释事件的来龙去脉。由于限知视角的使用，读者只能看到事件的表面，如此更激起了阅读的好奇感和紧张感。限知视角的叙事方式只讲述顾呆叟个人视野中的世界，局限的视角和立场形成了一个个悬念，而悬念的化解又成为一个新的悬念，最终由作者作为全知叙事者来揭

① 李渔《闲情偶寄》，《李渔全集》第11卷，浙江古籍出版社1992年，第10页。

开事实的真相，整个故事结构才得以完整。全知视角与限知视角的流动转换制造出若即若离的效果，极大增强了故事的戏剧性和娱乐性。

李渔既有对富贵生活的欣羡，也有对清闲雅致的隐居生活的向往，两种生活态度在他身上融合成一个矛盾体，《闻过楼》的故事为李渔内心的矛盾找到了一个解决途径，也给他提供了一个理想中的桃花源。

（王 楠）

后 记

本书为中央民族大学自主科研计划项目的最终成果，由我和中央民族大学中国古代文学专业部分在读和毕业的博士生、硕士生共同完成。当初申请这个项目基于两个方面的原因：一是 2009 年意大利著名汉学家、罗马大学东方研究学院教授史华罗先生邀我参加他主持的大型国际合作项目“明清文献中的情感、心境词汇研究”，并提供了二十多种明清时期的文学和历史著作让我选择研究文本，由于我以前写过几篇研究李渔话本的论文，对李渔比较熟悉，便选了李渔的小说集《十二楼》；二是 2010 年中央民族大学研究生院出台一项规定，本校研究生、尤其是博士研究生至少要参加导师主持的校级以上正式立项的本专业科研项目 1 项，计 1 学分。当时我名下有八名研究生，包括四名博士生，必须为他们提供科研实践的条件，完成学业。于是，我于 2010 年以“李渔话本研究”为题，申报了学校的自主科研计划项目，并获准立项。

光阴如梭，一晃三年过去了，当年申请这一项目时的在读研究生全都毕业了。经过大家的共同努力，项目也做完了。先后参与这一项目的有 10 名研究生，所做工作分两部分：一部分是对《无声戏》、《十二楼》中的名篇佳作进行分析解读；另一部分是对《十二楼》中的情感词汇及其句子进行确认、解释和翻译。最后形成了两种成果：一种是本书，另一种是《〈十二楼〉中的情感词汇研究》。本书分为三编，上编为《李渔话本综论》，由我撰写。中编为《〈无声戏〉解读》，第一篇由我撰写，第二篇、第三篇、第四篇、第六篇、第七篇、第八篇、第九篇、第十篇由姜洪涛（天津对外经济贸易职业学院教师）撰写，第五篇由张璐（台湾政治大学博士研究生）撰写。下编为《〈十二楼〉赏析》，第一篇由田冬梅（大理学院教师）撰写，第二篇由杨莹莹（中央民族大学研究生）撰写，第三篇由李臻（中央民族大学研究生）撰写，第四篇由李茜（北京中公教育天津分校教师）撰写，第五篇由李继伟（北京邮电大学教师）撰写，第六篇、第八篇由薛蕾（中央民族大学博士研究生）撰写，第七篇由马小溪（平顶山教育学院教师）撰写，第九篇、第十篇由王楠（中央民族大学博士研究生）撰写。中编和下编的每篇文章末尾均有署名。为了全书的学术观点与语言风格的基本统一，所有文章都经我删节、修改。

当初在论证这一项目的时候，希望在学术上达到两个目标：一是将李渔的小说与其人生经历、思想观念结合起来进行研究，将李渔小说与前人作品以及李渔本人的其他文体的创作进行比较，准确把握李渔话本的特征；二是对李渔话本中影响较大的作品进行文本细读，看看是否"篇篇有他的新生命"，如果有，又新在何处。当初是信心满满，做完后底气不足，丑媳妇总要见公婆，是否实现初衷只能由读者来评判了。

傅承洲于2013年酷暑